부로두웨 마술단

서해문집 청소년문학 013

초판 1쇄 인쇄 2021년 5월 1일
초판 1쇄 발행 2021년 5월 10일

지은이   박미연
펴낸이   이영선
책임편집   김종훈

편집   이일규 김선정 김문정 김종훈 이민재 김영아 김연수 이현정 차소영
디자인   김회량 이보아
독자본부   김일신 김진규 정혜영 박정래 손미경 김동욱

펴낸곳 서해문집 | 출판등록 1989년 3월 16일(제406-2005-000047호)
주소 경기도 파주시 광인사길 217(파주출판도시)
전화 (031)955-7470 | 팩스 (031)955-7469
홈페이지 www.booksea.co.kr | 이메일 shmj21@hanmail.net

ⓒ박미연, 2021
ISBN 979-11-90893-64-0 43810

서해문집
청소년문학
013

박미연 장편소설

서해문집

차례

단발머리 소녀

서둘러야 했다.

정오에 남대문통에서 출발한다고 했으니, 죽기 살기로 달리면 시간을 맞출 수 있을지도 몰랐다. 동희는 숨 돌릴 틈도 없이 뛰고 또 뛰었다. 가을로 접어든 경성의 아침 공기는 꽤 차가웠지만, 속 저고리는 이미 땀으로 젖어 축축했다.

어느새 신작로 너머로 남대문이 보이기 시작했다. 남대문은 일본 천황을 상징한다는 사쿠라(벚꽃) 문양을 새긴 휘장으로 뒤덮여 있었다.

뿌아아아아.

남대문처럼 요란한 꽃 장식을 한 전차가 굉음을 내며 동희 옆을 지나쳤다.

전차는 곧 정류장에 사람들을 잔뜩 부려 놓았다. 흰색 두루마기 를 입은 할아버지에 맥고모자를 쓴 모던보이, 깡뚱한 개량 한복 차림의 아가씨와 기모노를 입은 일본인까지 다양했다.

전차에서 막 내린 사람들뿐 아니라 그전부터 몰려든 이들로 남대문통은 벌써 북새통이었다.

'이러다 구경은커녕 사람들 뒤통수만 보다 가겠는걸.'

까치발을 들고 큰길을 내다보던 동희는 애가 탔다. 이대로는 안 되겠다 싶어 빽빽하게 서 있는 사람들 사이를 억지로 비집고 들어갔다. 사방에서 조선어로, 또 일본어로 욕이 날아들었지만 개의치 않았다. 조금이라도 틈이 보이면 날래게 몸을 밀어 넣으며 앞으로 나아갔다. 마침내 넓고 반듯한 대로가 보였다.

"저기! 저기 온다."

누군가 외치자 사람들이 일제히 목을 길게 빼고 두리번거렸다. 동희의 가슴도 쿵쿵쿵 세차게 뛰었다.

환호성과 함께 붉은색, 황금색 깃발을 든 기수들이 파도처럼 밀려들었다. 그 뒤로 나팔이며 북을 신나게 연주하는 음악대가 따랐다. 기수들은 음악에 맞춰 커다란 깃발을 좌우로 흔들었고, 때로는 연달아 몇 바퀴를 돌리기도 했다. 구경꾼들은 흥겨운 음악에 어깨를 덩실거리며 손뼉을 쳤다.

"역시 일본 최고의 마술단다운 등장이구먼."

"그러게 말일세. 덴쓰네의 명성이 일본에서 하늘을 찌른다며? 경성에서도 보게 될 줄이야."

"글쎄, 마술단을 데려오려고 경성협찬회에서 자그마치 삼천 원을 썼다는 얘기 못 들었어?"

"얼마나 대단한 공연이기에 그런지 빚을 내서라도 꼭 보러 가야 겠어."

주변에 선 어른들의 흥분한 목소리가 동희의 귀에 파고들었다. 그렇게 대단한 마술단을 이제 곧 볼 수 있다고 생각하니 온몸이 찌릿찌릿했다.

동희가 덴쓰네 마술단의 이름을 처음 들은 건 2년 전이었다.

보통학교에서 돌아오던 길이었다. 무슨 일인지 저잣거리에 사 람들이 구름 떼처럼 몰려 있었다. 호기심에 기웃거리던 동희의 입 에선 곧바로 탄성이 흘러나왔다. 까만 양복에 실크해트를 쓴 남자 의 손끝에서 갑자기 하얀 새가 날아올랐다. 그뿐만이 아니었다. 입 에서는 알록달록한 손수건이 끝도 없이 나왔고, 공 하나가 다섯 개 로 늘어났다가 갑자기 사라졌다. 마술단을 알리기 위한 맛보기 공 연이라 했다. 맛보기가 저 정도인데 실제 공연은 얼마나 대단할 까? 넋 나간 표정으로 서 있는 동희에게 누군가 덴쓰네 마술단의 이름을 일러 주었다. 하지만 입장료가 어찌나 비싼지 감히 엄두도 낼 수 없었다.

마침내 한껏 차려입은 마술단원을 태운 인력거가 줄지어 나타 났다. 양복을 입은 남자들, 몸에 꼭 맞는 드레스를 입은 여자들은 모두 하나같이 멋지고 아름다웠다. 그 속에서도 단연 돋보이는 이 가 있었다. 일본식으로 머리를 틀어 올려 하얀 목덜미를 강조했고,

어깨를 드러낸 붉은 드레스를 입은 덴쓰네였다. 일본 마술의 여왕이라는 별명답게 우아하게 손을 흔들었다.

"아! 저이가 덴쓰네구나."

동희는 자신도 모르게 덴쓰네의 인력거를 쫓아갔다. 하지만 사람들의 물결에 휩쓸려 인력거는 금세 멀어졌다. 얼마나 기다렸던 순간인데 이렇게 금방 끝나 버리다니, 동희는 온몸에 기운이 빠지는 것처럼 허탈했다. 짧은 행진을 보는 것만으로는 마술에 대한 갈증을 풀 수 없었다.

한숨을 쉬며 발길을 돌리려는데 인력거 행렬의 맨 뒤쪽에서 큰소리가 들려왔다.

"아이고, 왜 이러세요. 좀 비키세요."

어디서 들어본 듯한 목소리에는 난처한 기색이 역력했다. 이어 술에 잔뜩 취한 목소리가 들렸다.

"젠장, 너나 당장 멈춰. 저년이 내 딸이라고. 이심아! 이심아, 너 맞지?"

행진이 끝난 게 아쉬웠던 사람들이 새로운 구경거리가 생기자 이내 몰려들었다. 호기심을 참지 못한 동희도 그 틈에 끼어들었다.

앗! 어째 귀에 익은 목소리다 했더니 아버지의 인력거였다. 때에 절어 꾀죄죄한 저고리에 잔뜩 헝클어진 머리하며 꼭 거지꼴을 한 중년의 사내가 인력거를 붙잡고 못 가게 늘어지고 있었다.

그러고 보니 아침 일찍 아버지가 품삯이 두둑한 일을 맡았다며 나가신 게 떠올랐다. 평소엔 질색하던 핫피(검은색 인력거꾼 상의)를 챙겨 입고 지카타비(작업화)까지 신은 채였다. 높으신 분이라도 태우는 건가 했는데 마술단 행진 일이었다니.

동희는 아버지를 발견하자 얼른 사람들 사이로 몸을 숨겼다. 여기 있는 걸 들키는 날엔 그 성격에 다리 하나는 족히 부러지고도 남을 거였다.

앞서가던 인력거가 점점 멀어지자 초조해진 모양인지 아버지는 인력거를 놓고는 사내를 밀쳤다. 별로 세게 밀지도 않았는데 사내는 바닥에 나동그라졌다.

"아이고, 이놈이 사람 치네. 네가 뭔데 내 딸년을 못 데려가게 하는 거야?"

"아니, 이것 보시오. 저 애는 일본 사람이오. 당신 딸을 왜 여기서 찾는 게요?"

다시 일어선 사내는 막무가내로 인력거를 잡고 늘어졌다. 아버지가 막아서자 이번엔 아버지의 멱살을 잡았다.

'왜 아버지는 저렇게 삐쩍 마르고 비틀거리는 사람한테 쩔쩔 매고 있지? 아버지 주먹 한 방이면 바로 나가떨어질 것 같은데.'

동희는 덩치도 크고 힘도 좋은 아버지가 왜 참고만 있는지 알 수 없었다. 꼭 사람들의 시선을 끌지 않으려 애쓰는 것 같았다.

갑자기 인력거에서 일본어가 들려왔다.

"무슨 일이에요? 누가 좀 도와주세요."

겁에 질린 여자애 목소리였다.

동희는 그제야 인력거를 살펴봤다. 열다섯이나 됐을까? 동희 또래처럼 보이는 소녀가 앉아 있었다. 새하얀 블라우스에 보드라운 보라색 벨벳 치마, 값비싸 보이는 구두를 신은 소녀는 가냘픈 새처럼 온몸을 떨고 있었다. 소녀의 큰 눈망울에 맺힌 눈물이 금방이라도 떨어질 것 같았다. 그 모습에 무슨 이유에서인지 동희의 가슴한 구석이 저릿했다.

거지꼴을 한 사내가 소녀의 손을 잡아끌자 새된 비명소리가 들렸다. 도저히 가만히 있을 수가 없었다. 에라, 모르겠다. 동희는 눈을 질끈 감고는 앞으로 나섰다.

"저기 순사가 와요! 순사가…."

술 취한 와중에도 순사 소리를 들은 사내는 깜짝 놀랐다. 동희는 사내에게 바짝 다가갔다.

"아저씨, 여기서 이러면 주재소에 끌려가요. 얼마 전에도 길거리에서 주정하는 사람한테 태형 스무 대를 때렸다더라고요."

주재소라는 말에 사내는 비척거리며 뒤로 물러섰다. 그러고는 초조한 듯 소녀를 향해 외쳤다.

"내 다시 널 찾으러 올 거야. 아비를 버리다니 천벌 받을 년."

사내는 인력거 앞에 침을 퉤 뱉고는 골목으로 비틀거리며 사라졌다.

후유, 가슴을 쓸어내리는데 뒤통수가 따가웠다. 아버지가 눈을 부라리고 있었다. 겸연쩍은 표정으로 뒷걸음질 치던 동희의 눈에 땅에 떨어진 뭔가가 보였다. 소녀의 동그란 챙 모자였다. 동희는 낡은 바지춤에 제 손을 허겁지겁 닦고는 모자를 주워 소녀에게 건 넸다.

"고마워."

모자를 받은 소녀는 생긋 웃었다. 희고 매끄러운 뺨에 볼우물이 깊게 팼다. 언제 겁에 질렸냐는 듯 밝은 미소였다. 목덜미 중간까지 오는 단발머리에 눈썹을 따라 일직선으로 자른 앞머리가 찰랑거렸다. 아까 본 덴쓰네가 화려한 여왕이라면, 소녀는 마치 이제 막 세상 구경을 나온 별당 아기씨 같았다. 그런 생각을 하며 멍하게 소녀를 바라보는데 아버지가 팔꿈치로 동희 옆구리를 찔렀다.

"공부하고 있으랬더니 여기서 뭐 하는 거야? 그만 돌아다니고 얼른 집에 들어가. 그리고 제발 좀 남의 일에 끼어들지 말고."

"이게 남의 일인가요? 아버지가 곤란한 것 같아 나선 건데."

"저 일본 애 때문은 아니고?"

정곡을 찌르는 아버지 말에 동희는 괜히 헛기침을 했다.

아버지는 쯧쯧 혀를 차고는 인력거를 잡았다. 막 출발하는데 갑자기 인력거에 앉아 있던 소녀가 뒤를 돌아보며 일본어로 외쳤다.

"우리 공연 보러 와."

동희가 주워 준 모자 밑으로 소녀의 짧은 단발머리가 앙증맞게 흔들렸다. 동희는 자기도 모르게 손을 흔들며 일본어로 외쳤다.

"응, 꼭 갈게."

끙, 하는 소리와 함께 아버지의 인력거가 속도를 냈다. 소녀는 멀어졌지만 "우리 공연 보러 와"라던 말이 자꾸만 귓가에 맴돌았다. 어느새 그 말은 동희의 머릿속에서 '날 보러 와'로 바뀌어 있었다. 공연을 꼭 보러 가야 할 이유가 또 하나 생긴 것 같았다.

하지만 곧바로 한숨이 나왔다.

비싸기로 소문난 덴쓰네 마술 공연의 입장료 때문이었다. 특등석은 무려 1원. 1등석은 70전이었다. 그나마 가장 싼 것이 30전이었다. 온종일 인력거를 끄는 아버지에게 손을 내밀 수는 없었다. 게다가 이번 달 신문 배달 삯도 보름 후에나 나올 거였다.

어디서 돈을 구하지, 동희는 긴 한숨을 내쉬었다.

사람들이 빠져나간 남대문통 거리엔 각종 전단지며 쓰레기들이 너저분하게 뒹굴고 있었다. 정처 없이 걷던 동희는 답답한 마음에 발끝에 채는 종이 뭉치를 힘껏 걸어찼다.

순간 동희의 눈이 번쩍 뜨였다. 덴쓰네의 사진이 커다랗게 실린 종이였다. 얼른 주워서 보니 아침마다 배달하던 바로 그 신문이었다. 잔뜩 구겨지고 더러워진 신문을 손바닥으로 겨우 편 후 동희는 신문 기사를 천천히 읽었다.

"금일 일본 마술의 여왕 덴쓰네의 입경 기념으로 하단에 있는 광고란을 오려 오시면 반액을 할인해 드리오. 단, 할인권은 오늘자 신문 한정이외다. 와! 이거 정말이야? 반액이면 십오 전이라는 거잖아?"

동희는 갑자기 눈앞이 환해졌다. 15전이라면 신문 배달을 하면서 모아 둔 돈이 얼추 될 것 같았다. 다급하게 기사 아래에 붙어 있는 광고를 찾았다. 그런데 하필 오려 가야 할 광고란이 절반쯤 찢겨 있었다. 동희는 허겁지겁 주변에 떨어진 종이들을 뒤졌지만, 헛수고였다.

털썩, 동희는 땅바닥에 그대로 주저앉고 말았다. 아침에 배달할 때 미리 봤다면 얼마나 좋았을까? 제 머리를 쿵쿵 쥐어박으며 후회를 했지만, 소용없는 일이었다.

멍하니 걷던 동희는 힘이 빠져 자꾸만 비틀거렸다. 그러다 마주 오던 이와 쿵, 부딪히고 말았다. 양복에 구두까지 한껏 빼입은 신사였다. 동희는 몇 번이나 허리를 숙이며 죄송하다고 사과를 했지만, 신사는 더러운 것이라도 묻은 듯 양복을 털어 댔다. 그때 동희의 눈에 신사가 옆구리에 끼고 있던 신문이 보였다.

"저, 나리. 그 신문 다 읽으셨으면 저한테 주시면 안 될까요?"

"뭐? 신문은 왜?"

"그게, 오늘 신문 광고란을 오려 가면 덴쓰네 마술단 입장료를 할인해 준다고 해서요."

동희의 말에 신사가 신문을 내려다보았다.

"아, 그런 광고를 본 것 같구나. 난 이미 지난달 동경에서 덴쓰네 공연을 봐서 필요 없지만 말이다. 전기 날개옷 댄스며, 공중 소녀회전술은 얼마나 놀랍던지. 아, 무엇보다 싸로메(살로메). 싸로메가 잊히지 않는구나. 왜들 그렇게 덴쓰네를 떠받드는지 알겠더라고."

신사는 눈앞에 공연이 펼쳐지는 양 떠들어 댔다. 눈을 빛내며 듣고 있는 동희를 보더니 신사가 빙글거렸다. 그러고는 접은 신문을 내줄 듯 옆구리에서 꺼냈다. 하지만 동희가 손을 뻗자 신문으로 손을 탁 쳤다. 그냥 줄 수 없다는 뜻이었다.

"그, 그럼 반값에 그 신문을 사겠습니다. 어떠세요?"

"고놈 셈이 정확해서 좋구나. 옜다. 공연 잘 보거라."

신사는 1전을 받고서야 신문을 동희에게 건넸다. 그래도 할인권을 구해서 다행이었다. 이제 공연을 볼 수 있다는 생각에 들뜬 동희는 서둘러 신문보급소로 달려갔다.

오늘은 보급소 청소 날이었다. 열흘에 한 번 소장님은 오후에 보급소 청소를 따로 시켰다. 그렇다고 삯을 더 주는 것도 아니었다. 탐탁지 않았지만, 신문 배달을 계속하자면 참는 수밖에 없었다.

보급소에는 종구가 먼저 와 있었다. 덩치는 훨씬 크지만, 동갑내기인 종구는 동희를 대놓고 싫어했다. 늦게 들어온 주제에 자기 구역을 뺏어 갔다는 이유였다. 보급소 소장님이 일본어를 할 줄 아는 동희에게 일본인 거주지인 진고개를 맡겼기 때문이었다.

종구는 바닥을 대충 쓸더니 빗자루를 툭 던졌다.

"내가 바닥 쓸었으니까 닦는 건 네가 해."

동희는 그런 종구의 태도에 부아가 났지만, 허리춤에 끼워 둔 신문 생각을 하며 꾹 참았다. 동희는 대걸레를 빨아 바닥을 열심히 닦았다. 하지만 종구가 걸레질을 하는 곳마다 괜히 알짱거리며 방해를 했다. 화가 머리끝까지 났지만, 동희는 간신히 참으며 말했다.

"좀 비켜 줄래?"

"뭐 인마? 내가 내 발로 마음대로 걸어 다니지도 못해?"

"네가 자꾸 앞을 가로막잖아."

쳇, 종구는 어이없다는 듯 웃더니 갑자기 동희의 멱살을 잡았다.

"어쭈! 이게 소장님이 좀 예뻐한다고 뵈는 게 없나? 내가 언제 네 앞을 가로막았어? 네가 내 앞길을 막았지. 새끼야!"

동희도 더는 참지 못하고 종구의 다리를 세게 걸어찼다. 예상치 못한 반격에 종구는 길길이 날뛰며 주먹을 휘둘렀다. 동희가 고개를 숙이며 날래게 피하자 더 약이 올랐는지 동희를 벽으로 밀어붙였다.

"이게 무슨 짓들이야!"

소장님의 화난 목소리가 들려온 것과 동시에, 벽에 부딪힌 동희의 허리춤에서 신문이 툭 떨어졌다. 떨어진 신문을 종구가 재빠르게 낚아챘다. 보급소에서 배달하는 신문이라는 걸 확인한 종구의 눈이 번뜩였다.

"아니 이게 뭐야? 네놈이 왜 오늘 신문을 가지고 있는 거야?"

그러더니 소장님에게 그 신문을 흔들어 보였다.

"기무라 소장님. 아무래도 동희 이놈이 그동안 신문을 빼돌린 것 같습니다. 이놈이 도둑이었다고요."

소장님이 다가오자 종구는 침을 튀기며 동희를 도둑으로 몰아붙였다.

갑자기 도둑이라니, 동희는 황당했다. 그러다 문득 최근에 신문을 못 받았다는 항의가 부쩍 많아졌다는 사실이 떠올랐다. 소장님은 아무래도 신문 도둑이 있는 것 같다며, 바쁘더라도 대문 앞에 대충 던져 놓지 말고 지정된 장소에 넣으라고 당부를 할 정도였다.

내가 아무리 미워도 그렇지 도둑 누명이라니, 동희는 어이가 없었다. '그렇다고 소장님이 네 말을 믿을 것 같아?'라고 말하려는데 소장의 눈빛엔 이미 의심이 가득했다. 동희는 다급하게 말했다.

"아닙니다. 절대 아니에요. 이 신문은 어떤 나리가 다 본 거라고 해서 제가 일 전을 주고 산 겁니다."

"거짓말 마. 누가 네놈한테 읽던 신문을 판단 말이야. 헛소리하지 말고. 지금까지 얼마나 빼돌린 거야? 응?"

종구는 점점 더 소리를 높였다.

"아니라고요. 제가 왜 그러겠어요?"

그때까지 가만히 듣고 있던 기무라 소장이 차가운 표정으로 한마디 했다.

"네가 글자 좀 읽을 줄 안다고 으스대더니, 몰래 신문을 읽으려고 빼돌린 게로구나. 이래서 조센징은 잘해 주면 안 돼. 꼭 뒤통수를 친다니까."

아무리 설명해도 듣지 않았다. 언제는 글을 읽을 줄 안다고 추켜세우더니 이제는 으스댄다고 비아냥거리다니, 동희는 기가 찼다.

소장은 주재소에 끌려가고 싶지 않으면 그동안 손해 본 신문 값을 당장 물어내라며 으름장을 놓았다. 결국, 동희는 비상금으로 모아 둔 15전을 다 내놓을 수밖에 없었다.

억울함에 주먹을 부들부들 떨며 보급소 문을 뛰쳐나오던 동희는 이죽거리던 종구의 표정을 잊을 수 없었다.

진짜 마술

동희는 부쩍 쌀쌀해진 청계천변 바람을 맞으며 조심조심 걸음을 내디뎠다. 보통학교 다닐 때 입던 검정 두루마기에 사각 교모까지 쓰고 있어 발밑이 더 신경 쓰였다.

며칠 전 내린 비로 천변은 온통 진흙투성이였다. 계천을 끼고 다닥다닥 붙은 토막집들은 금방이라도 무너져 내릴 것 같았고, 계천에서 올라오는 오물 냄새는 코를 찔렀다.

보통학교에 다닐 때만 해도 빨리 성공해서 이런 토막집에서 벗어날 꿈을 꾸고는 했었다. 학교에 가는 것이 즐거웠고, 누구보다 열심히 공부했다. 하지만 2년 만에 월사금 독촉을 견디지 못해 그만두고 말았다. 아버지는 곧 다시 보내 준다고 했지만, 하루 벌어 하루 사는 인력거꾼의 벌이로는 학교에 돌아갈 수 없을 거란 걸 알았다. 그래서였다. 혼자 공부하고 있으라는 아버지 말에도 동희는 몰래 돈 벌 일을 알아보고 다녔다. 하지만 열다섯 살 조선인 소년이 할 수 있는 일이라고는 신문 배달이나 구두닦이, 식당 종업원 같은 허드렛일뿐이었다. 그마저도 어제 쫓겨나고 말았지만 말이다.

어느새 도착한 광화문통에는 전국 각지에서 몰려든 사람들로 가득했다.

모두 조선물산공진회를 구경하려고 온 거였다. 공진회는 일본이 조선을 합병한 5주년을 기념하기 위해 만든 행사였다. 공진회 때문에 경성은 이미 한 달 전부터 축제 분위기였다. 거리에는 만국기가 걸렸고, 집집마다 일장기가 휘날렸다. 하루가 멀다 하고 모형 비행기 날리기며 자전거 경주 같은 행사가 벌어졌다. 덴쓰네 마술단 역시 공진회를 축하하기 위해 거금을 주고 초청한 거였다.

동희는 광화문이 보이자 사각 교모를 고쳐 썼다. 누가 봐도 영락없는 보통학교 학생이었다. 이렇게 차려입은 것은 어제 우연히 들은 얘기 때문이었다.

보급소에서 뛰쳐나와 거리를 방황하던 동희는 마침 공진회를 보고 나온 학생들과 마주쳤다. 물건은 일본이 최고라느니, 철도관의 꼬마 열차가 제일 재미있었다느니 하며 신나게 떠들어 댔다. 그러다 '보통학교 학생들에게는 공짜 표까지 주니 정말 고맙지 않냐' 하는 얘기를 들었다. 5원이나 하는 공진회 입장료가 공짜라니, 빈털터리나 다름없는 동희에게는 희소식이었다. 물론 공진회에 들어가도 덴쓰네의 마술 공연 입장료는 따로 내야 하지만 말이다.

"자, 겁먹지 말고 일단 부딪혀 보자. 공진회에 들어가기만 하면, 마술 공연장이야 어디 개구멍 하나 없겠어?"

동희는 크게 심호흡을 했다. 그러고는 긴 줄이 늘어서 있는 매표소 앞을 지나쳐 곧장 광화문으로 걸어갔다. 하지만 입구에서 표 받는 이가 막아섰다.

"어이, 표를 내야지."

올 게 왔구나. 동희는 떨지 않으려고 주먹을 꽉 쥐었다.

"보통학교 학생은 입장료가 면제된다고 들었습니다."

"어허, 그건 어제고. 오늘은 그런 얘기 못 들었는데."

"제가 어제는 아파서 학교를 못 갔습니다. 오늘 선생님께서 네 동무들은 다 갔다 왔는데 너도 가 봐야지 하셨어요. 가서 대일본제 국의 선진문화를 꼭 보고 배워 오라고 하셨습니다."

옆에 있던 다른 직원이 어깨를 툭 쳤다.

"그냥 보내 줘. 어차피 한 명이라도 더 동원하라고 난리잖아."

"흠, 좋아. 들어가 봐라. 좋은 구경 많이 하고."

동희는 가슴을 쓸어내리며 서둘러 광화문으로 향했다. 졸지에 공진회장 입구가 돼 버린 광화문에는 세 개의 문이 모두 활짝 열려 있었다. 왕만 다녔다는 가운데 문으로 사람들이 무시로 드나들고 있었다.

경복궁 안으로 들어가자 가장 먼저 시원스레 물을 뿜어 올리는 분수대와 높은 장식 탑이 보였다. 장식 탑이 얼마나 높은지 사람들이 고개를 하늘로 향하고 구경하느라 여념이 없었다. 그 뒤로 원래 있던 궁궐들을 헐어 만든 전시관들이 쭉 서 있었다. 1호관이니 2호관이니 하는 전시관에는 일제가 조선을 합병한 후 조선의 산업이 얼마나 발전했는지를 선전하기 위한 물품과 볼거리가 가득하다고 했다.

하지만 동희는 마술 공연이 열릴 연예관으로 곧장 뛰었다. 다른 볼거리에는 관심도 없었다. 빨리 마술 공연장으로 몰래 들어갈 방법을 찾아야 했다.

탁 트인 공간에 선 순간, 동희는 얼어붙듯 서고 말았다. 유럽풍으로 지어진 웅장한 연예관은 희고 단단한 석조건물이었다. 개구멍 따위는 찾아볼 수 없었다. 예전에 러시아 곡마단이 천막에서 공연하는 것을 본 동희는 연예관 역시 그럴 거라고 지레짐작을 하고 있었다.

혹시나 싶어 몇 바퀴나 돌면서 꼼꼼히 살폈지만, 빈틈이라고는 없었다. 동희는 단발머리를 찰랑거리며 '우리 공연 보러 와' 하며 웃던 소녀를 생각하자 애가 달았다. 어떻게든 방법을 찾아야 했다.

그때였다.

굳게 닫혀 있던 뒷문이 열리더니 양손에 짐을 가득 든 조선 아이가 들어갔다가 나오는 것이 보였다. 동희보다 두어 살 어려 보이는 아이 앞에는 아직도 짐이 한가득했다.

슬쩍 다가가 물어보니 도시락을 배달하는 길이라고 했다. 동희는 힘들어 보이는 아이에게 고향에 있는 동생 생각이 나서 그런다며 도와주겠다고 나섰다. 아이는 의심 한 번 하지 않고 해맑은 얼굴로 고개를 끄덕였다.

동희는 아이를 따라 짐을 들고 몇 번이나 뒷문을 들락날락했다. 드디어 마지막 도시락을 두고 나오는 길이었다. 동희는 갑자기 배를 움켜쥐고는 인상을 잔뜩 찌푸렸다.

"형! 왜 그래요? 어디 아파요?"

"아이고, 갑자기 배가 아프네. 이게 마지막이지? 나 측간 들렀다 갈 테니 너 먼저 가."

아이는 몇 번이나 고맙다는 인사를 하고 나갔다. 동희는 측간에 가는 척하며 숨을 만한 곳을 찾았다. 어딘가 몰래 숨어 있다가 공연 시간이 임박해지면 나올 생각이었다.

하지만 생각처럼 쉽지 않았다. 동희는 미로처럼 복잡한 복도에서 길을 잃고는 우왕좌왕했다. 그러다 결국 유카타를 입은 남자와 딱 마주치고 말았다. 험악하게 인상을 쓴 남자는 다짜고짜 일본어로 욕을 했다.

"이 새끼, 넌 누구야? 조센징이 왜 여기에 있어? 쥐새끼처럼 뭘 훔치러 온 거야. 응?"

그러고는 순사를 부른다며 동희의 멱살을 잡고 질질 끌고 나갔다. 정말 순사에게 잡혀가기라도 한다면 어찌 될지 몰랐다. 겁에 질린 동희는 잘못했다고 빌었지만 남자는 더 우악스럽게 동희를 잡아끌었다.

그 순간, 어디선가 낭랑한 일본어가 들려왔다.

"당장 그만해요. 그 아이 놓아 주세요. 걔, 내 친구예요."

단발머리 소녀였다. 오늘은 화사한 분홍색 복사꽃이 그려진 기모노를 입고 있었다.

유카타 남자는 갑자기 나타난 소녀를 보더니 깍듯하게 인사를 했다. 동희는 덩치 큰 사내가 자기보다 한참이나 어리고 작은 소녀에게 공손하게 구는 것이 낯설기만 했다.

"이 녀석이 아가씨 친구라고요?"

"네. 내가 오라고 한 거예요."

유카타 남자는 믿기지 않는다는 듯 동희를 아래위로 훑어보고는 마지못해 멱살을 놓아주었다. 남자가 복도 끝으로 사라지자 소녀는 그제야 생긋 웃으며 말했다.

"날 보러 왔니?"

소녀의 입에서 유창한 조선말이 나오자 동희는 깜짝 놀랐다.

"너 조선 사람… 이었어?"

"응. 내 이름은 유정이야. 이유정."

단발머리 소녀가 조선인이었다니, 뜻밖의 사실에 동희의 가슴이 두근거렸다.

"뭐야? 숙녀가 이름을 밝혔으면 너도 이름을 알려 줘야지."

유정이 새침한 표정으로 재촉하자 당황한 동희가 더듬거리며 대답했다.

"아! 저, 난 남동희라고 해."

"이름이 동희였구나."

혼잣말처럼 되뇌던 유정은 동희의 눈, 코, 입을 구석구석 살폈다. 골똘히 자신을 보는 유정의 시선에 어색해진 동희는 괜히 손을 들어 얼굴을 닦았다.

"내 얼굴에 뭐라도 묻었어?"

"아, 아니야. 그냥 내가 아는 사람이랑 닮은 것 같아서."

"정말? 그게 누군데?"

"아무것도 아니야."

한숨을 쉬며 말끝을 흐리던 유정은 돌연 동희의 손을 잡아끌었다.

"가자! 공연 보러 온 거지? 그런데 어쩌지? 오늘은 아쉽게도 내 공연이 없는 날이야. 그래도 다른 공연도 재미있을 거야."

유정은 긴 복도를 지나 복잡한 무대 뒤도 거침없이 헤쳐 나갔다. 동희는 유정을 놓칠세라 뒤를 바짝 따랐다. 왜 입구가 아니라 뒷문으로 몰래 들어왔냐고 물어보지 않아서 얼마나 고마운지 몰랐다. 가끔씩 뒤돌아보는 유정과 눈이 마주칠 때마다 동희는 이상하게 심장 근처가 저릿저릿했다.

"다 왔어! 우리 저기 앉자. 저기가 제일 잘 보여."

유정은 동희의 손을 끌고는 관객석 맨 앞으로 갔다. 무대와 관객석 중간에 간이 의자 몇 개가 놓여 있었다. 유정은 공연이 없는 배우들이 앉는 자리라고 했다. 시간이 지나자 덴쓰네의 유명세답게 1000석도 넘는 좌석이 꽉 들어찼다. 곧 깜빡하고 전등이 꺼지더니 삽시간에 공연장은 어두워졌다.

"이제 곧 시작할 거야."

유정이 옆에 앉은 동희에게 귀엣말을 했다. 쿵쿵쿵 가슴이 어찌나 요란하게 뛰는지 이러다가 심장이 터져 버릴 것만 같았다. 유정의 옆에 앉아서인지, 곧 마술을 볼 수 있어서인지는 동희도 알 수가 없었다.

정신을 홀딱 뺄 것 같은 요란한 음악 소리가 들리더니 무대 가운데로 화려한 조명이 쏟아졌다. 조명 속에는 나비넥타이와 실크 해트로 한껏 멋을 낸 마술사가 서 있었다. 마술사는 아무것도 없는 빈 모자에서 꽃을 피우고 흰 새를 날아 올렸다. 몇 년 전 시장에서 본 바로 그 마술이었다. 화려한 무대 위에서 보니 더욱 놀랍고 신기했다. 하지만 진짜 마술은 지금부터였다.

얇은 흰옷을 입은 소녀가 무대에 나오자 마술사는 소녀의 눈에 눈가리개를 씌웠다. 그러고는 나무 십자가에 소녀를 매달았다. 큰 칼이 가차 없이 소녀의 배를 향했다. 순간 피가 솟구치며 소녀의 흰옷을 붉게 물들였다.

"으악!"

"아이고, 저를 어째!"

사람들이 비명을 질렀다. 어떤 이는 차마 못 보겠다며 눈을 가렸다. 동희도 까무러칠 듯 놀랐다. 그때였다. 갑자기 조명이 천장을 비추자 죽은 줄 알았던 소녀가 학을 타고 하늘에서 내려왔다. 소녀는 말짱한 모습으로 무대에 서서 인사를 했다.

관객들은 무대가 떠나가라 박수를 쳤다. 동희도 손이 얼얼해지도록 손뼉을 쳤다. 어떻게 손끝 하나에 꽂히며 새가 나타났다 사라지는 걸까? 게다가 사람을 죽이기도 살리기도 하다니. 너무 놀랍고 신기했다. 동희의 눈에는 마술사가 마치 불가능한 것이 없는 신과 같아 보였다.

두근거리는 가슴을 채 쓸어 내지도 못했는데 유정이 동희의 옆구리를 쿡 찔렀다.

"이제 스승님이 나오실 거야. 오늘 마술 중에서도 가장 중요하고 멋진 무대지."

스승님이라니 누구? 하고 물어보려는데 무대가 시작됐다. 웃음기 걷힌 유정의 표정이 사뭇 진지해져 있었다.

"와! 덴쓰네다."

"드디어 그 유명한 덴쓰네의 싸로메를 직접 보는 건가?"

기대에 찬 소리들이 관객석에서 터져 나왔다. 문득 자신에게 신문을 팔았던 신사의 말이 생각났다. 싸로메가 잊히지 않는다는 말. 얼마나 대단한 마술이기에 그런 걸까? 동희도 숨을 죽인 채 무대를 지켜보았다.

싸로메는 성경에 나오는 세례자 요한의 이야기를 토대로 만든 마술이었다. 덴쓰네는 어머니의 복수를 위해 세례자 요한의 목을 요구하는 싸로메 역할이었다. 일곱 겹의 베일을 쓰고 춤을 추다 하나씩 벗는 덴쓰네의 고혹적인 춤은 그녀의 미모만큼이나 단연 돋보였다.

그렇게 덴쓰네에게 넋이 나가 있는 사이, 춤이 끝나고 날카로운 칼이 번쩍, 하늘을 갈랐다. 순간 요한의 목은 잘리고 말았다. 쟁반에 담긴 목이 싸로메에게 건네진 바로 그때. 갑자기 요한이 눈을 번쩍 떴다. 관객들이 놀라 비명을 질렀다. 동희도 심장이 철렁 내려앉았다.

싸로메가 비명을 지르며 쓰러지자 요한의 목이 공중으로 떠올랐다. 이어 천둥소리와 함께 번개가 번쩍 무대를 갈랐다. 다음 순간 싸로메가 사라진 무대에는 요한이 멀쩡하게 서 있었다.

'아아! 이게 정말 가능하다고?'

온몸을 감싸는 충격으로 동희의 머릿속은 새하얘졌다.

환상을 현실로 보여 준 마술사에게 관객들은 아낌없이 박수갈채를 보냈다. 더없이 자랑스러운 표정으로 인사를 하는 마술사를 보자 동희의 가슴 깊은 곳에서 뜨거운 무언가가 울컥 솟아올랐다. 단지 신기함이나 감동 같은 것이 아니었다. 부러움이었다. 나도 저 환호와 박수를 받고 싶다는 열망이었다.

"하고 싶다."

동희가 자기도 모르게 중얼거리자, 옆에 앉은 유정이 고개를 돌렸다.

"뭐? 뭘 하고 싶다고?"

"나도 마술을 하고 싶다고. 나도 저런 무대에 서고 싶어."

동희의 말에 유정이 깔깔깔 소리 내 웃었다.

"너, 어지간히 반한 모양이구나. 그런데 그게 그렇게 쉬운 일이 아니야. 일본인이 조선인에게 마술을 가르쳐 줄 것 같아?"

"왜 안 돼? 너, 너도 덴쓰네의 제자라며?"

"난 아버지가 조선총독부의 장관이니까 덴쓰네가 특별히 받아 준 거야. 덴쓰네의 하나뿐인 조선인 제자가 바로 나라고. 몇 년 후면 내가 저 싸로메 역할을 하게 될 거야. 제이의 마술의 여왕으로 사람들의 환호와 칭송을 한 몸에 받을 거고 말이야."

분수에 맞지 않는 꿈은 꾸지도 말라는 유정의 말에 동희는 울컥 화가 났다.

"두고 봐! 나도 어떻게 하든, 무슨 방법을 쓰든 마술사가 될 거야. 유명한 마술사가 돼서 꼭 무대에 서고 말 거라고!"

동희는 주먹을 꼭 쥔 채 다짐하듯 소리쳤다. 그러자 유정은 기모노 소매에서 하얀 손수건을 꺼냈다.

"이 손수건을 잘 봐!"

유정은 손수건을 앞뒤로 펼쳐서 보여 주었다. 손수건 외에는 아무것도 없었다. 한 손으로 손수건을 길게 늘어뜨린 후 다른 손을 펼쳐 입김을 훅 불었다. 순식간에 손수건이 사라지고 그 자리에는 탐스럽고 붉은 종이꽃이 피어 있었다.

"와! 어, 어떻게 한 거야?"

두 눈이 휘둥그레진 동희가 말을 더듬자 유정이 종이꽃을 내밀었다.

"그건 비밀이야. 하지만 무슨 비밀이든 풀 열쇠는 있는 법이지. 마술은 요술이 아니니까 말이야. 어때? 알아낼 수 있겠어? 너 혼자서 알아내면 인정해 줄게. 네게 마술사로서 재능이 있다고."

"당, 당연하지. 다음번엔 네 앞에서 이 꽃을 피워 보일게!"

무턱대고 큰소리부터 치는 동희를 보며 유정은 후후, 작게 웃었다.

그때였다. 무대 뒤에서 유리코를 찾는 어떤 여자의 목소리가 들려왔다. 유정이 겁먹은 얼굴로 벌떡 일어나더니 인사도 없이 달려 나갔다. 그 바람에 손수건이 바닥에 떨어지고 말았다. 잠시 망설이던 동희는 손수건을 주워 들고는 그 뒤를 쫓아갔다. 얼마 못 가 고개를 숙이고 있는 유정의 뒷모습이 보였다. 그 앞에 서 있는 이는 덴쓰네였다. 놀란 동희는 재빨리 벽 뒤로 숨었다.

"유리코! 이렇게 연습을 게을리 해서야 언제 무대에 설 수 있겠어? 네 아버지도 나도 네가 빨리 마술사가 되길 바라는 거, 모르진 않겠지?"

화를 내던 덴쓰네는 이내 표정을 바꾸었다. 아름다운 얼굴에 미소를 띤 채 유정의 머리를 천천히 쓰다듬었다.

"조선인인 네가 무대에 서서 일본의 선진 마술을 보여 줘야 내선융화(일본과 조선은 서로 어울려 갈등이 없이 화목하게 됨)에도 도움이 되지 않겠니?"

"네! 스승님. 기대에 어긋나지 않도록 열심히 하겠습니다."

유정이 허리를 숙여 깍듯이 인사를 하자 덴쓰네가 유정을 안고는 부드럽게 등을 토닥였다.

"유리코, 스승님이 뭐니? 둘이 있을 땐 어머니라고 부르라니까."

"네. 어머니."

덴쓰네에게 안긴 유정은 세상을 다 가진 것 같은 표정이었다.

동희는 일본 최고의 마술사, 덴쓰네의 양녀이자 제자인 유정이 너무나 부러웠다. 그것이 아버지 덕분인지, 유정의 재능 덕분인지는 별로 중요하지 않았다. 앞으로 마술사가 될 유정의 미래는 찬란하게 빛날 것이 분명했다. 동희는 그 옆에 서 있고 싶었다. 아니 함께 빛나고 싶었다. 동희는 유정이 준 종이꽃을 꽉 쥐며 속으로 외쳤다.

"두고 봐! 나도 꼭 마술사가 될 테니까."

붉은 종이꽃

"하아, 무슨 눈이 십일월부터 내리는 거지."

눈송이가 흩날리는 잿빛 하늘을 올려다보며 동희가 중얼거렸다. 이제 곧 구경꾼들이 몰려들 텐데 왜 하필 지금 눈이 내리는 건지, 하늘이 원망스러웠다. 꽁꽁 언 손으로 천막 앞을 쓸고 있는데 일본인 단장이 동희를 보자마자 소리쳤다.

"어이! 조센징. 게을러 빠져서는 언제까지 거기만 쓸고 있을 거야. 천막 안은 언제 치우려고 그러는 거야!"

코 밑에 작고 검은 콧수염을 기른 뚱뚱한 곡마단 단장이 동희를 흘겨봤다. 가뜩이나 쭉 째진 눈이 더 가늘어졌다.

"네네. 다 끝났어요. 이제 막 천막 청소하려고 했어요."

동희는 빠르게 비질을 하며 천막 안으로 뛰어 들어갔다. 콧수염 단장 앞에서는 바쁜 일이 아니더라도 뛰어다녀야 했다. 조금이라도 꾸물거리면 '게으른 조센징'이라는 욕을 듣기 일쑤였다. 천막 안은 낮 공연 후 구경꾼들이 버려 놓은 쓰레기며, 흙먼지에 먹다 버린 음식까지 잔뜩 떨어져 있었다. 동희는 한숨을 푹 쉬며 청소를 다시 시작했다.

동희가 진고개에 새로 문을 연 일본 곡마단에서 허드렛일을 한 지 벌써 한 달째였다. 덴쓰네 마술단이 조선에서 큰 성공을 거두자 곧 몇몇 곡마단이 일본에서 건너왔다. 그중 한 곳에서 조선인 사환을 구한다는 소식에 앞뒤 잴 것 없이 달려들었다. 일본어도 꽤 하는 데다가, 월급은 조금만 주셔도 되니 제발 일하게 해 달라고 간곡하게 매달리는 동희를 곡마단에서도 마다할 이유는 없었다.

처음엔 일하는 틈틈이 마술을 배워 보려던 생각이었다. 그런데 막상 와 보니 덴쓰네 마술단과는 비교도 할 수 없을 정도로 수준이 낮은 곳이었다. 공연도 대부분 공중그네나 자전거 타기 같은 곡예를 위주로 했고, 마술사는 단 한 명뿐이었다.

게다가 그 유일한 마술사는 마술 연습을 하고 있을 때 누가 보는 것을 매우 싫어했다. 자신의 비법을 훔쳐 간다고 생각하는 모양이었다. 언젠가 흘끔거리다 들켜 뺨을 맞은 적도 있었다. 그럴 때마다 동희는 '일본인이 조선인에게 마술을 가르쳐 줄 것 같아?'라던 유정의 말이 자주 생각났다.

"유정인 지금쯤 일본에서 무대에 올랐을까?"

문득 한 달 전 조선을 떠난 유정이 떠올랐다. 힘들 때마다 자꾸 생각해서일까? 시간이 흐를수록 유정의 모습이 생생해졌다. 유정의 찰랑대던 단발머리와 까맣게 빛나던 눈동자. 나란히 앉아 있을 때 코를 간질이던 한여름 치자꽃 같은 달콤한 향기까지도 선명했다. 그러자 가슴을 쿡쿡 찌르는 듯한 통증이 느껴졌다.

유정이 떠나기 전에 꼭 한 번은 만나고 싶어 덴쓰네 일행이 묵는다는 여관 근처를 기웃거린 적도 있었다. 하지만 일본 마술사들 사이에서 환하게 웃고 있는 유정의 앞에 차마 나설 수가 없었다. 초라한 제 모습이 부끄러워서였다. 유정에게 당당해지기 위해서라도 마술사가 되어야 했다. 그래서 선택한 것이 곡마단 사환이었는데 여태 마술을 가까이에서 보지도 못했다.

동희가 얼추 청소를 끝내자 곡마단 단원들이 천막 안으로 우르르 들어왔다. 각각 무대 한구석에서 몸을 풀기 시작했다. 마술사는 언제 오나 싶어 두리번거리는데 차력사 하나와 눈이 마주쳤다. 얼른 눈을 내리깔았는데 그 틈을 놓치지 않았다.

"야! 조센징. 이리 와 봐."

평소와 달리 싱글싱글 웃으며 동희에게 부탁이 있다 했다. 순간 안 좋은 예감이 들었지만 피할 수도 없었다.

"부, 부탁이라니요? 어떤?"

"내 조수가 오늘 바빠서 말이야. 네가 연습 상대가 돼 주었으면 하는데."

차력사는 막무가내로 동희를 동그란 과녁 앞에 세웠다.

"내가 요즘 칼 던지기를 맹연습 중이거든. 그런데 그냥 던지면 재미가 없잖아. 명색이 곡마단이면 보는 사람들 심장을 바짝 오그라들게 해야지. 안 그래? 사람 하나쯤은 딱 앞에 서 있어 줘야 재미있는 거라고. 칼날이 아슬아슬하게 귀를 싹 스치면서 과녁에 팍, 하고 꽂힐 때 박수가 쏟아지는 거 아니겠어.”

차력사가 오싹하게 웃으며 말했다. 옆에서 몇몇 단원들이 흥미가 당긴 듯 쳐다봤다.

“그거 연습하다가 조수가 칼 맞은 거 아니야?”

누군가 웃으며 얘기하자 차력사는 입술에 손가락을 갖다 대며 조용히 하라는 시늉을 했다.

“그걸 그렇게 크게 말하면 어떡해. 지금도 쟤 덜덜 떠는 꼴 안 보이냐?”

“하여간 조센징들은 애나 어른이나 죄다 겁쟁이라니까.”

“그만들 해. 저러다 바지에 오줌 지리겠네.”

재미난 구경거리 앞에서 단원들은 동희를 놀리며 한마디씩 했다. 그 상황을 즐기는 듯 차력사는 연신 빙글거렸다. 정말 다리가 벌벌 떨려 주저앉고 싶었지만, 그러면 더 비웃음을 살 거였다. 동희는 그저 빨리 끝나길 바라며 이를 악물었다.

“어때? ‘난 겁쟁이 조센징입니다’라고 말하기만 하면 그냥 보내줄 수도 있는데.”

결국, 이거였구나. 이 말을 들으려고 이 소동을 벌인 거구나. 어른들이 애 하나를 두고 이렇게 비겁하게 굴다니, 동희는 화가 치밀어 올라 저도 모르게 소리치고 말았다.

"아니요! 겁 안 납니다."

순간 주위가 조용해졌다. 뭐? 내가 지금 뭐라고 지껄인 거야. 금방 후회가 밀려왔다. 하지만 이왕 이렇게 된 거 무를 수도 없었다.

"원망하지 마라. 분명 피할 기회를 줬어."

차력사가 칼을 고쳐 잡으며 던질 준비를 했다. 그 모습을 보며 동희는 눈을 꼭 감았다.

잠시 후 슈욱. 귓가에 바람이 스쳤다. 이어서 팍하고 머리 뒤에 있던 과녁에 칼이 꽂히는 소리가 났다. 그러자마자 오른쪽 귓바퀴가 따끔하더니 뜨거운 액체가 뺨 위로 죽 흘러내리는 것이 느껴졌다.

"피! 피다."

누군가 외쳤고, 웅성거리는 소리가 들렸다. 눈을 뜬 동희는 뺨에 진득하게 흐르는 것을 손바닥으로 닦았다. 붉은 피가 흥건했다. 그걸 보며 멍하게 서 있는데 누군가 동희의 귀를 살폈다. 귀가 불에 덴 듯 화끈거렸다.

"칼날이 좀 스쳤나 보군. 귀는 멀쩡해."

콧수염 단장이었다. 그 말엔 어떤 감정도 섞여 있지 않았다. 단장은 동희는 보지도 않은 채 차력사에게 호통을 쳤다.

"이런 장난할 시간 있으면 연습이나 제대로 해. 본 공연에서 피를 보이는 순간 넌 끝장이야."

기가 죽은 차력사가 고개를 끄덕였다. 나머지 단원들도 단장의 눈치를 보며 각자의 자리로 흩어졌다. 동희에게 미안하다고, 괜찮으냐고, 말해 주는 사람은 아무도 없었다. 동희는 단장이 던져 준 수건으로 귀를 대충 동여맸다. 피가 조금씩 배어 나왔으나 다행히 큰 상처는 아닌 듯했다.

곧 구경꾼들이 몰려들었다. 표를 받으랴, 자리를 정리하랴 정신이 없어서 아픔을 느낄 새도 없었다. 저녁 공연이 끝나고 모두가 떠난 후에도 동희는 혼자 남아 뒷정리를 했다.

늦은 밤에서야 돌아온 집은 썰렁했다. 아버지는 요즘 매일 늦었다. 야간 일이 돈이 더 된다며 밤늦게까지 인력거를 끌었다. 경성 밖까지 나가는지 다음 날 들어올 때도 많았다. 그래서 마음 놓고 곡마단을 다니는 거였지만 말이다.

동희는 얼마 남지 않은 땔감으로 아궁이에 불을 지폈다. 이걸로는 몸을 녹이긴 힘들 것 같았다. 이제 곧 본격적인 겨울이 시작될 텐데 걱정이었다. 애초에 얼기설기 판자를 세우고, 짚을 대충 둘러 만든 집이었다. 겨울이면 찬바람이 방 안에 그대로 들이쳤다.

아버지가 몸이 부서져라 인력거를 끌어도 이 토막집을 벗어날 길이 없었다. 언제쯤 뜨끈한 아랫목에서 따뜻한 쌀밥 한번 먹어 볼 수 있을까. 동희는 이 지긋지긋한 가난에서 벗어나기 위해서라도 빨리 마술사가 되고 싶었다. 그러려면 오늘 당한 일쯤은 견뎌야 한다고 스스로를 달랬다.

동희는 식은 보리밥을 된장에 비벼 먹고는 이불 안으로 기어 들어갔다. 비로소 긴장이 풀리면서 수건을 동여맨 귓가가 욱신욱신 아팠다. 툭, 눈물이 떨어졌다. 그냥 겁이 난다고 말할걸, 왜 그렇게 오기를 부렸는지 모를 일이었다.

돌이켜보면 곡마단에서 일한 한 달 남짓한 시간이 전부 그랬다. 어느 누구도 동희와 함께 밥을 먹지 않았고, 이름도 불러 주지 않았다. 할 일은 또 얼마나 산더미 같은지 숨 돌릴 틈도 없었다. 곡마단 문을 열기 전부터 문을 닫을 때까지 동동거리며 뛰어다녔다. 천막 주변 청소부터 자리 정리, 시간이 남으면 거리를 돌아다니며 광고지도 붙였다. 돌아오면 단원들의 온갖 심부름을 하느라 또 뛰어다녔다. 잽싸게 움직이지 않으면 즉각 고함이 날아왔다. 뺨을 맞는 것도 다반사였다.

그래도 동희는 이를 악물고 버텼다. 마술을 조금이라도 가까이에서 보기 위해서였다. 그게 마술사가 되는 길이고, 유정에게 가까워지는 길이라 믿었기 때문이다. 지금 와서 포기할 순 없었다.

동희는 이불을 걷어차고는 벌떡 일어나 앉았다. 그러고는 품속에서 종이꽃을 꺼냈다. 붉고 화려했던 종이꽃은 어느새 너덜너덜해져 있었다. 굳은살이 가득한 손으로 종이꽃을 쥐자, 묘하게 머리가 맑아졌다. 어느새 동희는 종이꽃 피우기에 집중했다.

"꽃을 반만 소매 안으로 집어넣은 후에, 손목을 구부렸다 펴면서 이렇게 잡아당기면, 얍!"

어설프지만 동희의 손에는 분명 종이꽃이 피어 있었다.

"이야! 됐다. 됐어."

좀 전까지 울었던 것도 잊고 신나서 소리쳤다.

이렇게나마 꽃을 피우게 된 건 닷새쯤 됐다. 그동안 유정이 수수께끼처럼 내준 마술의 비밀을 풀려고 안 해 본 짓이 없었다. 얇게 접어 보기도 하고, 손수건 안에 감춰도 보았다. 분명 어디다 숨겼다가 꺼내는 것일 텐데 도통 방법을 알 수가 없었다.

그러다 얼마 전 결정적인 비밀을 알아챘다. 매일 똑같은 마술을 보다 보니 어느 순간 동작 하나하나가 자세히 보이기 시작했다. 그리고 마침내 어디서 나와서 어디로 사라지는지 영 알 수 없었던 마술사의 공이 보인 것이다. 공은 그의 소매 안에 들어 있었다. 저거였구나! 동희의 온몸에 짜릿한 소름이 돋았다.

집에서 수없이 소매 안에 숨긴 꽃봉오리를 펴는 법을 연습했다. 유정이 순식간에 꺼내던 것에 비하면 아직 멀었지만 그래도 꽃을 피울 수 있어 기뻤다. 이제 손수건이 사라지는 비밀만 알아내면 될 터였다.

"동희야, 자니?"

문밖에서 아버지의 목소리가 들려왔다. 오늘도 늦게까지 인력거를 끈 모양이었다.

동희는 재빨리 자리에 누워 자는 척을 했다. 귀에 난 상처를 보이고 싶지 않았다. 방에 들어온 아버지는 동희의 얼굴을 가만히 내려다보더니 이불을 당겨서 덮어 주었다. 그러고도 한참이나 눕는 기척이 없어 동희는 슬며시 실눈을 떴다.

아버지는 방 한구석에 놓아둔 항아리를 어루만지고 있었다. 장을 담는 장독도 아니고, 쌀독도 아닌 그 항아리를 아버지는 틈날 때마다 닦고 어루만졌다. 어릴 때 숨바꼭질을 한다고 그 항아리에 숨었다가 아버지한테 무지 혼난 기억이 떠올랐다. 대체 무슨 항아리이기에 저리 아끼는 건지 알 수가 없었다. 순간, 밝은 달빛에 아버지의 눈가가 반짝였다. 눈물인가? 늘 강해 보였던 아버지의 눈물에 동희는 당황스러웠다.

잠시 후 항아리를 쓰다듬던 아버지의 팔이 바닥에 툭 떨어졌다. 항아리에 기대 잠이 든 것 같았다. 얼마나 피곤했으면 저리 불편한 자세로 잠이 들었을까? 동희는 안쓰러운 마음에 아버지를 편히 눕혔다. 돌아서던 동희의 발끝에 하얀 무언가가 채였다. 편지 봉투였다.

'까막눈인 아버지가 편지는 왜?'

의아한 마음에 달빛에 봉투를 비춰 보았다. 어려운 한자에 붉은 인장. 한눈에 봐도 중요해 보이는 편지였다. 편지 심부름인가 싶어 낡은 앉은뱅이책상 위에 가만히 올려놓았다.

아버지 코 고는 소리를 들으며 동희도 까무룩 잠이 들었다.

아침에 눈을 뜨니 옆자리가 비어 있었다. 아버지는 벌써 일을 나간 듯했다. 그새 방 한구석에 아침상까지 차려 놓았다. 숟가락을 뜨던 동희의 눈에 상 옆에 놓인 작은 꾸러미 하나가 보였다. 뭐지? 궁금한 마음에 열어 보니 솜을 누빈 목도리였다.

'아! 아버지는 뭘 이런 걸. 종일 밖에서 일하는 아버지가 더 추우실 텐데.'

뜻밖의 선물에 동희는 목이 멨다. 자식 하나 바라보고 사는 아버지를 속이는 게 마음이 편치 않아서였다.

'아니야, 내가 빨리 마술사로 성공해서 돈을 많이 벌면 돼. 그러면 아버지도 인력거 그만 끌어도 되고.'

애써 고개를 젓고는 꾸역꾸역 밥을 입으로 밀어 넣었다. 동희는 아버지한테 받은 목도리를 단단히 두르고는 집을 나섰다. 곡마단 일을 열심히 해보자고 굳은 결심을 했지만, 막상 근처에 오니 발걸음이 무거웠다. 오늘은 또 무슨 일을 당할까, 겁도 났다. 심호흡을 한참이나 하고서야 천막으로 들어갔다.

아직 이른 시간인데 웬일인지 마술사가 혼자 연습을 하고 있었다. 누군가 들어오는 기척에 놀라 동작을 멈췄다. 동희라는 걸 확인한 마술사는 눈살을 찌푸렸다.

"어이 조센징. 바깥 청소부터 해. 새 마술을 연습 중이니까 방해하지 말라고."

방해하지 말라는 건 근처에 얼씬거리지 말라는 뜻이다. 동희는 얼른 허리를 숙이며 네네, 대답했다. 나가면서 흘낏 보니 마술사의 손에 황금색 손수건과 꽃이 들려 있었다.

'설마 유정의 마술을 하려는 건가?'

그렇게 생각하자 마음이 조급해졌다. 이제 손수건만 사라지게 하면 되는데, 동희는 어떻게든 그 마술을 보고 싶었다.

'그래! 어쩌면 거기서 보일지도 몰라.'

동희는 천막 뒤편으로 소리를 죽인 채 살금살금 걸어갔다.

잠시 주변을 살피고는 아무도 없는 걸 확인한 후 땅바닥에 엎드렸다. 천막을 고정해 놓은 무거운 나무를 살짝 밀고는 천막 끝자락을 들어 올렸다. 저만치 마술사의 다리가 보였다. 동희는 몸을 더 낮추고 천막을 조금 더 들어 올렸다. 드디어 심각한 표정을 한 마술사의 옆얼굴이 보였다.

'됐다! 여기라면 손동작까지 잘 볼 수 있을 거야.'

동희의 심장이 기대감으로 사정없이 뛰었다.

마술사는 손수건에 불을 붙였다. 순식간에 타오른 손수건 대신 꽃이 나타났다. 두 송이, 세 송이 거듭 나타났다. 마술사는 네 송이에 도전하고 있었다. 하지만 거기까지가 한계였는지 번번이 실패였다. 역시 꽃은 소매에 감춰 뒀다가 잡아당겨서 꺼내고 있었다.

'그런데 아무리 봐도 불이 붙은 손수건이 어디로 사라지는지 모르겠는걸. 조금만 더 가까이에서 보면 보일 것도 같은데.'

마음이 급해진 동희가 더 자세히 보려고 몸을 앞으로 내밀었다.

그때였다.

"거기 누구야! 뭘 훔쳐보고 있는 거야!"

헉! 차력사였다. 들키면 몇 대 맞는 거로 끝나지 않을 거였다. 동희는 재빨리 몸을 일으켰다. 도망가려던 찰나, 동희의 눈에 땅에 떨어진 목도리가 보였다. 아버지가 준 목도리를 두고 갈 순 없었다. 목도리를 줍자마자 동희는 차력사에게 멱살을 잡히고 말았다.

"아니, 넌? 네가 여기서 뭐 하고 있는 거야?"

동희의 얼굴을 본 차력사가 의아하다는 듯 물었다.

"그 새끼가 내 마술을 훔쳐보고 있었던 거야. 비법을 훔쳐 가려던 거겠지."

어느새 마술사가 곁에 와 있었다. 씩씩대던 마술사는 동희의 뺨을 후려쳤다. 입안에 상처가 났는지 비릿한 피 맛이 느껴졌다.

"너 언제부터 훔쳐본 거야? 내 마술 비법을 팔아넘기려고 한 거지? 누가 시킨 거야? 응?"

마술사는 동희를 노려보며 다그쳤다.

"죄송합니다. 하지만 누가 시킨 게 아니에요. 제가, 제가 마술사가 되고 싶어서 그랬어요."

"뭐? 조센징 주제에 감히 마술사가 되겠다고? 이 버러지 같은 놈이 제 분수도 모르고 날뛰는구나."

마술사는 동희의 뺨을 다시 올려붙였다. 몸이 휘청거렸지만 쓰러지지 않으려고 다리에 힘을 주었다. 그러자 차력사가 동희 앞으로 나섰다.

"이것 봐, 그 정도로는 어림도 없어. 이 새끼 눈빛 보라고. 이런 새끼는 제대로 혼쭐이 나 봐야 해."

차력사는 소름 끼치게 웃더니 묵직한 주먹을 휘둘렀다. 명치를 정통으로 맞은 동희는 그대로 나가떨어졌다. 컥, 엄청난 통증에 숨을 쉴 수가 없었다.

"어디 이번에도 잘난 척해 보시지. 설마 겁이 나는 건 아니겠지? 일어나. 이 미개한 조센징 새끼. 누구 덕에 먹고사는 줄도 모르고. 감사할 줄도 모르는 무식한 것들."

차력사는 땅에 뒹굴고 있는 동희를 걷어찼다. 배를 맞지 않으려고 동희는 저도 모르게 몸을 웅크렸다. 차력사는 사정을 봐주지 않겠다는 듯 연거푸 발길질했다. 이렇게 맞다가 죽을 수도 있겠다 싶었다. 의식이 점차 흐릿해지던 그때 '그만둬'라는 소리가 들렸다. 단장이었다. 단장이 뛰어와 말리지 않았으면 얼마나 더 맞았을지 몰랐다. 발길질은 멈췄지만, 동희는 그 자리에서 그동안 일한 돈 한 푼 받지 못하고 쫓겨나고 말았다.

아버지의 소원

채 낫지 않은 몸으로 동희는 청계천 동쪽에 있는 낙산에 올랐다. 땔감을 줍기 위해서였다. 더 가까이에 있는 남산에는 이미 조선통감부부터 남산대신궁까지 일본인들이 다 차지하고 있어서 얼씬도 할 수 없었다.

곡마단에서 두들겨 맞고 쫓겨난 지 벌써 열흘이 지났지만, 움직일 때마다 통증은 여전했다. 게다가 며칠 전 내린 눈으로 발까지 푹푹 빠지는 통에 얼마 가지도 못했는데 벌써 숨이 찼다. 이미 야트막한 곳은 사람들이 싹 쓸어 가 황무지나 다름없었다. 점점 깊은 산으로 들어갔지만 변변한 땔거리는 보이지 않았다.

동희는 잠시 쉬기로 하고 밑동만 남은 소나무 그루터기에 기대앉았다. 그 짧은 순간에도 습관처럼 품에서 종이꽃을 꺼내 꽃을 피웠다. 그동안 얼마나 연습을 했는지 눈 깜짝할 사이에 붉은 꽃이 피어났다.

"정말 잘할 수 있는데…. 왜, 왜 조선인은 안 된다는 거야!"

동희는 공연히 허공을 향해 소리를 질렀다. 자꾸만 가슴이 답답했다. 머리로는 포기하자 하면서도 화려한 무대 위에서 박수갈채를 받던 마술사의 모습이 잊히지 않았다. 볼우물을 패며 말갛게 웃던 유정의 얼굴도 자꾸만 또렷해졌다. 마술사가 되고 싶은 마음은 시간이 지날수록 더 간절해지기만 했다.

하고 싶은데 할 방법이 없으니 정말 미칠 노릇이었다. 그럴 때마다 동희가 할 수 있는 건 그저 종이꽃을 피우는 것뿐이었다. 여태 손수건을 사라지게 하는 방법도 알아내지 못했지만 말이다.

"그날 그렇게 들키지만 않았다면 지금쯤 마술의 비밀을 알아냈을까?"

아쉬운 마음이 들었지만 이내 고개를 저었다. 자신을 사람 취급도 하지 않았던 곡마단 사람들이 진저리를 칠 만큼 무섭고 싫었다.

"흥! 내가 이까짓 것 혼자서라도 꼭 해내고 말 거니까."

동희는 이를 악물고는 자리에서 일어났다. 그러고는 찬바람이 들지 않게 목도리를 야무지게 두르고 매듭까지 묶었다. 빨리 땔감을 마련한 후 집에서 연습을 하고 싶었다.

한참을 더 올라가니 그나마 비쩍 마른 가지가 달린 나무들이 보였다. 동희는 서둘러 낫을 꺼내 잔가지들을 잘라 냈다. 후드득, 눈 위에 떨어진 가지를 줍느라 허리를 숙였다. 가지를 주워 몸을 일으키려는데 그만 목도리가 나뭇가지에 걸려 떨어지고 말았다. 풀리지 말라고 단단히 묶은 매듭이 걸린 모양이었다. 그 순간, 번쩍하고 생각 하나가 머릿속을 스쳤다.

"매듭! 그래, 매듭이었어."

동희는 잘 휘는 나뭇가지를 골라 낫으로 잘라 냈다. 그러고는 쓱쓱 익숙한 솜씨로 거친 껍데기를 벗겨 내고 다듬었다. 동희는 어릴 때부터 뭐든지 손으로 뚝딱뚝딱 만들기를 좋아했다. 특히나 동희가 만든 연은 얼마나 튼튼한지 동네에서 연싸움만 했다 하면 늘 1등이었다. 얼레는 동희 아버지가 만든 것이 최고였다. 겨울이면 동희네 집에 얼레를 만들러 온 아이들이 길게 줄을 서곤 했다. 부자가 손재주 좋은 것도 똑 닮았다는 말도 많이 들었다.

동희는 잠시 눈을 감고 머릿속에 모양을 그렸다. 이내 확신에 찬 듯 거침없이 나뭇가지를 동그랗게 휘어 팔찌 모양을 만들었다. 나뭇가지 끝은 매듭을 걸 수 있게 살짝 구부렸다. 완성된 나무 팔찌를 손목에 끼운 후 소매를 덮어 안 보이도록 했다. 이만하면 마술을 할 준비가 얼추 끝난 것 같았다. 이번엔 정말 잘될 것 같은 예감이 들었다.

동희는 오른손 손바닥 안에 종이꽃을 쥐고, 왼손에는 매듭을 살짝 묶은 손수건을 들었다. 숨을 고른 동희는 드디어 오른손으로 종이꽃을 피웠다. 동시에 왼손에 들고 있던 손수건 매듭을 반대쪽 소매 안의 나뭇가지에 걸어 밀어 넣었다. 어설프긴 했지만, 손수건이 사르륵 소매 안으로 빨려 들어가듯 사라졌다.

"됐다!"

동희는 환호성을 질렀다. 한 달 넘게 매달린 마술을 성공했다는 기쁨이 온몸을 감쌌다. 가슴에 바람이라도 든 듯 자꾸 웃음이 나왔다. 금방이라도 유정이 그 고운 얼굴로 '잘했다'고 칭찬을 해 줄 것만 같았다.

누구에게라도 자랑하고 싶은 마음에 동희는 땔감이고 뭐고 내팽개친 채 산을 내려가기 시작했다. 연신 다리를 절뚝이면서도, 마음만은 날아갈 것 같았다. 저녁 하늘이 붉게 물들자 마음이 더 급해졌다. 병수가 일을 마치고 돌아올 시간이었다.

병수와는 코흘리개 때부터 친구였다. 언제나 함께 놀았고, 뭐든지 나누는 흉허물 없는 사이였다. 그러다 서먹해진 것은 동희가 혼자 보통학교를 다닌 후부터였다. 동네 아이들은 토막집에 사는 주제에 무슨 공부냐며 동희를 비아냥거렸다. 그렇게 친했던 병수도 동희를 모른 척했다. 같이 따돌림 당하기 싫어서 그런가 보다 생각했지만, 섭섭한 마음을 감출 수는 없었다.

그러던 어느 날, 학교에서 돌아오는 길이었다. 마을 어귀에서 병수가 동네 형들에게 맞고 있었다. 구두닦이 한 돈을 내 놓으라 윽박질렀고, 병수는 동생들이 굶고 있다며 버티는 모양이었다. 그냥 지나치려다가 몸을 돌린 건 '아비도 없는 호래자식'이란 말 때문이었다. 엄마 없는 동희를 챙겨 준 병수 어머니의 따뜻한 손과 친형제처럼 지내던 병수와의 시간들이 떠올랐다. 동희는 짱돌을 꽉 움켜쥐고는 그대로 달려들었다. 돌은 곧 뺏겼고 상대가 될 리 없었지만 물러서지 않았다. 코피가 터지고 피투성이가 되어도 덤벼들자, 형들이 도리어 질린 모양이었다. "어미 아비 없는 새끼들이라 그런가. 똑같이 지독하네." 침을 퉤 뱉고는 가 버렸다. 맞아서 엉망이 된 얼굴로 동희와 병수는 바닥에 드러누웠다.

"그냥 지나가지. 이기지도 못할 걸 뭐 하러 덤벼?" 병수가 말하자 "그러려다가 네 어머니가 준 삶은 감자가 생각나서 말이야. 그게 너무 맛있어서." 동희가 대답했다. 그 말에 병수가 으흐흑, 울음을 터뜨렸다. 자기도 공부하고 싶었다고, 제 이름은 쓰고 싶었다고, 그래서 네가 부럽다 못해 미웠다며 흐느꼈다. 동희는 병수의 눈물을 닦아 주며 말했다. "내가 글 가르쳐 줄게. 나랑 계속 친구하면 안 될까?" 그 말에 병수는 더 큰소리로 울었.

그 후 동희는 병수가 일이 끝나고 오는 시간에 맞춰 언문을 읽고 쓰는 법을 가르쳐 주었다. 언문을 다 익히자 간단한 일본어도 알려 주었다. 덕분에 병수는 요즘 일본인이 많이 다니는 용산역에서 구두를 닦고 있었다.

청계천에 들어서자, 저만치 구두닦이 가방을 메고 가는 병수의 뒷모습이 보였다. 동희는 반가운 마음에 병수를 불러 세웠다.

"병수야! 병수야! 잠깐만 서 봐."

병수가 뒤를 돌더니 반가운지 손을 흔들었다. 동희는 숨을 헐떡이며 그 옆에 섰다.

"아이고 숨차. 내가 너한테 신기한 거 보여 주려고 산에서부터 엄청 뛰어왔어."

"도대체 뭔데 그 야단이야?"

"놀라지 마! 마술이야. 내가 마술을 한다고."

"뭐, 마술? 에이, 웃기지 마. 조선 사람이 마술한다는 얘긴 듣도 보도 못 했다."

병수가 대번에 콧방귀를 뀌었다.

"일단 한 번 보라니까. 깜짝 놀랄 준비하시고. 자, 여기 손수건이 보이지?"

동희는 병수의 눈앞에서 손수건을 이리저리 흔들며 정신없게 만든 다음, 재빨리 소매 안에 넣어 둔 종이꽃을 꺼내 보이지 않게 손바닥 안쪽으로 쥐었다.

"자! 이 손수건이 뭐로 변할까? 변해라! 얍!"

손수건이 사라진 자리에 붉은 종이꽃이 나타나자 병수의 입이 딱 벌어졌다.

"와! 이게 뭐야? 꽃이 어디서 나온 거야? 정말 신기하다. 동희 너 진짜 마술사 같아."

호들갑을 떨어 대는 병수 앞에서 동희는 마술사라도 된 듯 절로 어깨가 으쓱했다. 다시 해 보라는 병수의 요청에 몇 번이나 꽃을 활짝 피웠다.

그때였다.

"지금 뭣들 하고 있는 거야!"

갑자기 호통치는 소리가 들려왔다. 깜짝 놀란 동희가 뒤돌아보니 중만이 아저씨가 장난기 가득한 눈으로 웃고 있었다.

"아이, 깜짝이야. 난 또 아버지인 줄 알았잖아요."

동희가 가슴을 쓸어내리자, 중만이 아저씨가 빙그레 웃으며 다가왔다.

"왜? 무슨 나쁜 짓을 하고 있었기에 그리 놀라? 아버지가 보면 안 되는 짓이라도 한 거야?"

그 말에 동희는 종이꽃을 등 뒤로 슬쩍 숨겼다. 괜히 아버지 귀에라도 들어가면 무슨 일이 일어날지 몰랐다. 하지만 눈치 없는 병수가 말릴 새도 없이 나섰다.

"중만이 아저씨, 동희 요놈 공부만 잘하는 줄 알았더니 재주도 얼마나 신통방통한지. 글쎄, 동희가 마술을 해요. 마술이요! 들고 있던 손수건이 갑자기 사라지고 이 엄동설한에 꽃이 핀다니까요."

그 말에 중만이 아저씨의 얼굴에서 웃음기가 싹 사라졌다.

"마술이라니, 그게 무슨 말이냐? 양놈이나 왜놈들이 천막 안에서 하는 이상한 짓거리 말이냐?"

"에이, 이상한 짓거리가 아니에요. 마술이 요즘 얼마나 유행하는 신문물인데요."

병수가 동희의 옆구리를 찌르며 빨리 보여 드리라며 성화였다. 하는 수 없다는 듯 손수건을 꺼내긴 했으나 동희도 내심 중만이 아저씨의 반응이 궁금했다. 동희는 아까보다 훨씬 더 신중하지만 재빠르게 종이꽃을 피워 냈다. 마술이 끝났지만 아저씨는 아무 말이 없었다. 내 재주가 별로인 건가? 동희는 괜히 풀이 죽었다.

"아저씨 봤으면 뭐라 말을 해 봐요. 진짜 대단하지 않아요?"

참다못한 병수가 재촉을 하자, 그제야 중만이 아저씨가 망설이며 입을 뗐다.

"거 참 신기하기는 하구나. 피는 못 속인다더니…."

"네? 피를 못 속인다뇨? 그게 무슨 말이에요?"

동희가 되묻자, 당황한 아저씨가 황급히 고개를 저었다.

"아니, 아니다. 재미있긴 하다만 네 아버지가 알면 큰일 날 텐데. 마술이니 뭐니 그런 거 하지 말고 아버지 뜻대로 다시 학교 갈 생각을 해야지."

아저씨가 걱정스러운 목소리로 타일렀다. 아버지와 고향이 같아 친형제처럼 지내는 중만이 아저씨는 동희를 친조카처럼 대해 주었다. 우락부락하고 성격이 급한 아버지와 달리, 날랜 몸에 곱상한 외모의 아저씨는 늘 동희를 감쌌다. 어릴 땐 아버지한테 혼나면 아저씨 집으로 도망가곤 했었다. 그러던 아저씨마저 마술은 안 된다고 하니 동희는 그만 심술이 났다.

"치, 아저씨는 마술이 뭔지도 잘 모르면서 무조건 아버지 편만

들어요? 마술사가 되기만 하면 얼마나 돈을 많이 벌 수 있는데요. 사람들 박수도 받고, 유명해지는 건 시간문제라고요."

"하지만 마술이라는 게 왜놈들한테 가서 배워야 하는 건데, 왜놈이라면 치를 떠는 네 아버지가 허락을 해 줄 것 같으냐?"

중만이 아저씨의 목소리가 다소 높아졌다.

"에이 참, 아버지는 왜 그렇게 왜놈들을 싫어하는 건데요?"

"그야 네 엄마가 그리 갔으니…."

거기까지 말하던 중만이 아저씨가 당황하며 입을 닫았다. 엄마라니, 엄마는 동희가 어릴 때 병으로 돌아가셨다고 들었는데. 대체그게 무슨 소리냐고 물어보려는데, 큰길 방향에서 익숙한 목소리가 들려왔다.

"동희야! 너 아직 몸도 성치 않은데 왜 밖에 나와 있는 거냐? 병수가 불러낸 거야?"

인력거를 세운 아버지가 병수를 노려보며 서 있었다. 평소에도 아버지를 무서워하던 병수는 자기는 일하고 집으로 가던 중이라며 뒷걸음질 치더니 재빠르게 달아났다. 중만이 아저씨도 어색한 표정으로 급한 일이 있다며 잰걸음으로 사라졌다. 아버지는 둘의 뒷모습을 어이없는 표정으로 보더니 동희에게 물었다.

"왜 둘 다 날 보더니 도망을 가는 거지? 뭐 나한테 숨기는 게 있나?"

동희는 그새 손수건과 종이꽃을 저고리 안에 잘 감추고는 아무

일 없다는 듯 딴청을 부렸다.

"정말 급한 일이 있나 보죠. 그나저나 아버지, 오늘은 왜 이렇게 일찍 오셨어요?"

그 말에 아버지가 손에 든 것을 들어 보였다. 새끼줄로 묶은 한약 첩이었다.

"네가 열흘 전에 다친 후, 영 기운을 못 차리는 것 같기에 약 한 첩 지어 왔다."

곡마단에서 얻어맞고 온 날, 아버지에게 사실대로 말할 수가 없어서 동네 불량배들에게 맞았다고 거짓말을 했었다. 어느 놈들이냐고 당장 잡으러 가겠다는 아버지를 간신히 뜯어말렸다. 며칠을 자리에서 일어나지 못할 정도로 심하게 앓는 아들을 보며 아버지는 자주 목이 멨다. 의원을 부를 수도 없는 못난 아비라 미안하다며. 그러더니 어디서 돈을 꿨는지 기어이 한약을 지어 온 거였다.

"동희야! 타라. 집까지 태워다 주마."

아버지가 빈 인력거를 가리키며 말했다.

"아, 아니에요. 저 이제 잘 걸을 수 있어요."

동희는 손사래를 치며 일부러 씩씩하게 걷는 척을 해 보였다. 그러다 오른쪽 무릎을 휘청거리더니 '아야!' 소리를 지르고 말았다. 아버지는 '괜찮기는…' 하며 억지로 동희를 인력거에 태웠다. 앉아 있는 자신에게 한약 첩을 건네는 아버지의 표정이 뿌듯해 보여서 동희는 더는 거절할 수가 없었다.

청계천을 따라 마을로 달리는 길, 어느새 성급한 저녁달이 얼굴을 내밀었다. 인력거를 끄는 아버지의 입에선 쉴 새 없이 입김이 하얗게 피어올랐다. 아버지의 인력거에 타 보는 것은 처음이었다. 이렇게 뒤에서 보니 아버지의 널따란 등이 오늘따라 고달파 보였다.

아버지는 일찌감치 엄마를 여읜 어린 동희를 안고 경상도 진주에서 경성으로 올라왔다. 빈손으로 할 수 있는 일이라고는 지게꾼이며 인력거꾼처럼 몸을 쓰는 일뿐이었다. 아버지는 늘 자신이 못 배워서 이런 일밖에 할 수가 없다며 동희에게는 공부를 열심히 해서 학교 선생님이 되라 했다. 하지만 동희의 나이는 벌써 열다섯. 보통학교를 졸업해도 한참이나 전에 했을 나이였다. 언제 학교를 졸업하고 고등보통학교에 들어갈까? 아니 학교에 다시 갈 수나 있을까? 동희는 조심스레 아버지에게 운을 뗐다.

"아버지, 저도 벌써 열다섯이잖아요."

"그러게. 벌써 그렇게 됐구나. '아버지' 하고 말을 뗀 게 엊그제 같은데 말이다."

"그래서요, 저도 이제 병수처럼 돈을 벌고 싶어요. 아버지 혼자 너무 힘드시잖아요."

말이 끝나기가 무섭게 인력거가 멈췄다. 동희를 돌아보는 아버지의 미간에 주름이 잔뜩 잡혀 있었다.

"누가 너보고 돈 걱정하랬어? 넌 그냥 공부만 열심히 해. 알겠니?"

동희가 대답이 없자, 아버지는 인력거를 내려놓고 다가와 동희의 눈을 똑바로 들여다보며 말했다.

"동희야! 나는 네가 이 아비와는 다른 삶을 살면 좋겠다. 누구도 함부로 대할 수 없는 그런 사람 말이야. 아무리 지위가 높고 부자라도 제 자식을 맡겨 둔 부모라면 선생님에게는 굽신할 수밖에 없지 않니. 나는 말이다, 네가 선생님이 되는 것만 보면 죽어도 여한이 없겠다."

간절한 눈빛으로 자신을 바라보는 아버지에게 마술사가 되고 싶다는 말을 차마 꺼낼 수가 없었다. 동희는 가만히 고개를 끄덕였다. 그제야 아버지는 동희의 머리를 쓰다듬어 주고는 빙그레 미소를 지었다.

집 앞에 다다르자 아버지는 동희를 내려 주고는 다시 일하러 간다며 인력거를 돌렸다. 동희가 절뚝이며 집으로 들어가려는데 아버지가 나지막이 '동희야' 하고 불렀다.

"아비가 못나서 미안하다. 얼추 돈이 모였으니 내년 봄에는 꼭 학교에 다시 보내 주마."

간곡한 아버지의 말에 동희는 다시 고개를 주억거릴 수밖에 없었다. 자신만 바라보며 살고 있는 아버지의 소원을 못 본 척 할 수 없었다. 아버지의 고단한 삶에도 희망을 주고 싶었다. 무거운 마음으로 몸을 돌리는데 저고리 속에 넣어 둔 붉은 종이꽃이 바스락거

렸다. 정말 화려한 무대와 마술사의 꿈을 버릴 수 있냐고 묻는 것
만 같았다. 꾹 가슴을 눌러 봐도 저고리 속에서 붉은 울음이 자꾸
만 터져 나올 것 같았다. 먹먹한 통증은 좀처럼 사라지지 않았다.

새로운 기회

청계천의 얼음이 녹고 노란 산수유가 꽃망울을 터뜨렸다. 봄이
었다.

천변 빨래터에는 동네 아주머니들이 가득했다. 손으로는 빨래
를 하면서 쉴 새 없이 입을 놀렸다. 남편 흉부터 이웃 소식까지 수
다가 끝이 없었다. 그러다 한구석에서 고개를 숙이고 빨래를 하던
동희에게 관심이 옮겨갔다.

"동희야! 올해도 학교에 못 가는 거야? 그러다 영 못 가는 거 아
닌가?"

"아이고, 그런 소리 마. 동희 아버지 들으면 난리 날라."

"아니, 난 걱정이 돼서 그러지. 그 비싼 월사금 마련하느라 밤낮
없이 인력거 끌고 다니는 게 좀 안됐어? 그 덩치 좋던 사람이 빼빼
말라 가지고…."

동희는 얼굴이 벌게진 채 묵묵히 빨래만 했다. 동희가 말이 없

자 아주머니들도 눈치를 챘는지 서둘러 화제를 돌렸다.

아버지가 약속한 봄이 왔지만, 동희는 학교에 돌아가지 못했다. 조급해진 아버지는 인력거를 끄는 시간을 점점 늘렸다. 간밤에도 경성 외곽까지 인력거를 끌었는지 아버지는 여태 집에 들어오지 않았다. 동희는 제대로 먹지도 쉬지도 못하는 아버지의 모습이 떠올라 가슴이 쓰라렸다.

"동희야! 동희야! 빨리 이리로 와 봐."

다급한 소리에 고개를 들어 보니 병수였다. 개천 건너편 언덕에 서서 동희를 향해 뭔가를 흔들어 댔다. 뭐지? 동희는 손에 묻은 물기를 바지춤에 닦고는 병수에게 달려갔다. 병수는 들고 있던 것을 동희의 코앞에 내밀었다.

"흐흐흐. 인마, 이게 뭔지 아냐? 네 생각이 나서 일하다 말고 바로 달려온 거야."

병수가 싱글벙글 웃으며 동희에게 내민 것은 영화표처럼 생긴 작은 종이였다. 한자로 〈일본 마술의 본류 '기노쿠라 마술단' 초대권〉이라 쓰여 있었다. 바로 오늘 저녁 공연이었다. 마술단이라는 글자를 보자 동희의 가슴이 쿵쿵 뛰기 시작했다.

"네, 네가 이걸 어떻게?"

동희가 놀라 더듬거리며 묻자 병수는 어깨를 으쓱하며 웃었다.

"오늘 기차역에서 구두를 닦은 손님이 돈 대신 이걸 주지 뭐야. 처음엔 안 된다고 하려는데, 보니까 마술 초대권인 거야. 딱 네가 떠오르더라고. 너 아직도 마술 좋아하지?"

아무 말 못 하고 있는 동희에게 병수는 초대권을 내밀었다.

"한 장뿐이잖아. 이걸 나한테 준다고?"

"정말 좋아하는 사람이 가야지. 너 마술사가 되고 싶다며?"

선뜻 받을 수가 없어 동희가 망설이자, 병수는 초대권을 동희의 손에 억지로 쥐어 주었다.

"대신에 네가 진짜 마술사가 되면 맨 앞자리는 날 줘야 한다. 알 았지?"

병수는 다시 일하러 가야겠다며 손을 흔들고는 뛰어갔다. 병수의 뒷모습을 한참이나 지켜보던 동희는 손에 쥔 초대권을 내려다 봤다. 마술단이라는 글자가 점점 커지더니 동희의 가슴에 깊숙하게 박혔다.

마술단은 일본인들이 많이 오가는 본정통의 한적한 언덕 위에 있었다. 오색의 삼각 깃발로 장식한 화려한 공연 천막과 그 옆으로 단원들의 대기실로 보이는 작은 천막이 두 개 더 보였다. 기모노며 양복을 입은 일본인들이 입구로 줄지어 들어갔다. 동희는 떨리는 마음으로 줄을 섰다. 매표원이 남루한 바지저고리에 더벅머리를 한 동희를 쫓아내려 했지만, 초대권을 내밀자 마지못해 들여보내 주었다.

처음엔 그냥 보기만 하자고, 보고 잊어버리자고 다짐했던 동희는 마술이 시작되자마자 흠뻑 빠지고 말았다.

몇 년 전 길거리 마술을 봤을 때의 놀라움, 덴쓰네의 싸로메를 보고 심장이 멎는 것 같았던 충격, 유정이 손끝에서 붉은 종이꽃을 피웠을 때의 경이로움 등이 생생히 되살아났다. 화려한 무대와 사람들의 환호, 빛나는 조명 속에 서 있는 마술사가 바로 나여야 했다. 그런 생각들로 머릿속이 어지러웠다.

이번에는 울긋불긋한 천을 똘똘 말아 머리에 쓴 젊은 마술사가 무대로 나왔다. 갓 스무 살이나 넘겼을까? 얼마나 마술을 잘하면 저리 젊은 마술사가 무대에 오를 수 있을까? 동희는 눈을 떼지 못했다.

젊은 마술사는 주머니에서 피리를 꺼내 불기 시작했다. 그러자 작은 항아리에서 무언가 고개를 쳐들었다. 음악에 맞춰 춤을 추는 모양새가 꼭 뱀 같았다. 피리 소리가 높아지자 공중으로 솟구친 것은 놀랍게도 굵은 밧줄이었다. 밧줄은 저 혼자 자꾸자꾸 위로 올라갔다.

어떻게 저럴 수가 있지? 동희 입이 떡 벌어졌다. 눈이 빠져라 쳐다봤지만, 위에서 밧줄을 잡아당기거나 지탱해 주는 장치는 보이지 않았다.

마술사가 까딱 손짓을 하자 열 살쯤 된 사내아이가 무대로 올라왔다. 아이는 망설이지 않고 밧줄을 타고 위로 올라갔다. 그러는 동안에도 밧줄은 꼿꼿이 서 있었다. 마침내 아이의 모습이 보이지 않을 만큼 까마득해졌다. 동희는 목을 한껏 꺾어 공중을 쳐다보았다. 그때 툭! 하늘에서 뭔가 떨어졌다. 아이의 신발 한 짝이었다.

"아이고, 저런. 애가 어딜 간 거야? 딴 곳으로 떨어진 거 아니야?"

"에잇, 하늘로 아예 올라가 버렸나 보네."

사람들이 웅성거리기 시작했다. 동희도 아이 걱정에 애가 탔다. 그때 마술사가 손뼉을 딱 하고 쳤다. 다음 순간 아이가 밧줄을 타고 빠르게 내려왔다. 아이는 손에 든 것을 마술사에게 건넸다. 복숭아였다. 초봄에 복숭아가 어디서 났을까? 정말 신기했다. 마술사는 복숭아를 한 입 와삭 베어 먹더니 관객에게 일본어로 이야기했다.

"이게 바로 하늘나라에서만 자란다는 천도복숭아올시다. 이거하나면 무병장수한다고 하지요? 제가 이렇게 도술을 부리게 된 것도 다 이 천도복숭아 덕분입니다."

마술사가 능청스럽게 이야기하자 사람들이 와하하 웃음을 터뜨렸다. 신기한 마술뿐 아니라 사람들을 사로잡는 언변까지 갖춘 젊은 마술사가 동희는 참으로 부러웠다.

이제 가장 절정이 될 마지막 무대만이 남아 있었다. 드디어 멋진 실크해트에 연미복을 차려입은 기노쿠라 마술사가 등장했다. 앞서 나온 젊은 마술사와 달리 중후하면서도 세련된 멋이 느껴졌다. 그는 침착하게 관객들을 둘러보며 말했다.

"이 특별한 마술은 관객과 함께 무대를 꾸미게 됩니다. 어떤 용기 있는 분이 도전해 보시겠습니까?"

관객석이 웅성웅성했다. 궁금하긴 했지만 두렵기도 한 모양인지 선뜻 손드는 사람이 없었다. 같이 온 일행에게 밀려 슬금슬금 몇 명이 손드는 것이 보였다. 동희는 이대로 가만히 있을 수 없었다. 자리에서 벌떡 일어나 일본어로 소리쳤다.

"제가 하겠습니다! 제가 꼭 하고 싶습니다."

사람들이 일제히 동희를 쳐다봤다. 조선인 소년이란 걸 확인하자 수군거리는 소리가 들렸다. 얼굴이 화끈거렸지만, 동희는 마술사를 간절한 눈빛으로 쳐다보았다. 마술사는 동희를 뚫어질 듯 응시했다. 동희도 그 시선을 피하지 않았다. 마침내 마술사는 관객들을 바라보며 말했다.

"보통은 아름다운 숙녀분을 모시지만, 오늘은 저 당찬 조선인 소년을 부르지 않을 수 없겠군요. 자, 무대 위로 올라오세요."

마술사가 동희를 지목하자 몇몇 일본인이 큰소리로 야유를 했지만, 그는 전혀 신경 쓰지 않았다.

막상 선택을 받자 동희는 그제야 긴장이 밀려왔다. 다리가 덜덜 떨렸지만, 주먹을 꽉 쥐고 무대 위로 올라갔다. 마술사는 다리가 긴 서양식 탁자 위에 동희를 눕혔다. 조명이 천장에서 바로 쏟아지자 동희는 눈이 부셔 눈을 감았다. 쿵쿵거리는 제 심장 소리만 들릴 뿐 아무 소리도 들리지 않았다.

"소년이 추운지 몸을 떨고 있네요. 제가 이 천을 덮어 주겠습니다."

그러고는 탁자에 깔려 있던 보랏빛 천을 동희의 몸 위로 덮어 주었다.

"자! 일본 최고의 마술사 기노쿠라의 이름으로 명령한다. 소년이여! 공중으로 떠올라라."

잠시 후 '와아!' 하는 감탄이 관객석에서 밀려들었다. 동희는 어리둥절한 채 눈을 떴다. 이럴 수가! 정말 몸이 공중에 떠 있었다. 머리는 한껏 뒤로 젖혀졌고, 다리 역시 허공에서 대롱거리며 흔들렸다. 고개를 돌려 아래를 보니 탁자와 제 몸 사이에 공간이 비어 있었다.

"이 소년과 책상 사이에는 아무런 장치도 없습니다. 보다시피 매달린 줄도 없습니다."

마술사는 가운데가 텅 빈 동그란 틀을 가져다가 동희의 몸을 통과시켜 보였다. 관객들은 아까보다 더 큰 감탄과 환호를 보냈다. 동희는 정말 공중에 떠 있다고 생각하니 불현듯 무서워졌다. 몸을 움찔움찔하자 마술사가 고개를 숙이며 동희의 귓가에 속삭였다.

"눈을 감고 몸에 힘을 뺀 채 편하게 있어라. 위험한 마술이 아니란다."

동희는 그 말대로 눈을 감았다. 보이는 것이 없어지자 온몸의 감각이 예민해졌다. 그러자 뭔가 이상한 것이 느껴졌다. 혹시, 유정의 종이꽃 마술이 그랬던 것처럼 이 마술에도 숨겨진 장치가 있는 건 아닐까? 동희는 살며시 실눈을 뜨고 마술사의 움직임을 유심히 살폈다.

마술사는 알 수 없는 주문을 외우며 손을 아래위로 휘저었다. 다음 순간 동희의 몸은 천천히 제자리로 돌아왔다. 마술사는 몸을 감싸고 있던 천을 벗기고는 동희의 몸을 일으켜 주었다. 탁자에서 내려올 때 그의 몸 주변에서 뭔가를 본 것 같았다. 하지만 확인할 새도 없이 마술사의 손에 이끌려 무대 앞으로 나갔다.

"자, 오늘 용감하게 마술에 참여해 준 조선 소년에게 박수 부탁드립니다."

엉겁결에 고개를 숙여 인사를 하자 박수와 함께 환호성이 쏟아졌다. 하지만 동희는 알고 있었다. 이 박수는 자신을 향한 것이 아니라 놀라운 마술을 보여 준 마술사를 위한 것이었다.

환상과 놀라움, 열광으로 가득했던 마술의 세계가 막을 내리자 사람들은 저마다 흥분을 안고 일상으로 돌아갔다. 하지만 딱 한 사람, 동희만은 좀처럼 발이 떨어지지 않았다.

아버지의 소원이 떠올랐지만 마술을 보는 내내 펄떡이던 심장을 속일 수는 없었다. 자신은 절대로 그리 살 수 없다는 것을 동희는 깨닫고 말았다. 무슨 일이 있어도 마술사가 되어야겠다, 그것말고는 어떤 생각도 할 수 없었다.

방법은 하나뿐이었다. 오늘 본 기노쿠라 마술사에게 제대로 마술을 배우자. "일본인이 조선인에게 마술을 가르쳐 줄 것 같아?"라던 유정의 말이 떠올랐지만, 기노쿠라 마술사는 왠지 조금 다른 일본인 같았다. 조선인 소년을 무대 위로 불러 주었고, 공중 부양할 때 떨고 있던 자신을 친절한 말투로 안심시켜 주지 않았던가. 어떻게든 여기서 기회를 잡아야 했다.

동희는 관객들이 빠져나간 마술단 천막 주변을 서성였다. 얼마나 그러고 있었을까? 중간 키, 단단한 몸에 회색 하오리(일본의 전통 겉옷)를 입은 기노쿠라 마술사가 단원들과 나오는 것이 보였다. 아버지 나이쯤 됐을까? 귀밑에 드문드문 흰머리가 섞인 짧은 서양식 머리를 하고 있었다. 동희는 얼른 그 앞에 나섰다.

"기노쿠라 마술사님! 드릴 말씀이 있습니다."

놀란 기노쿠라가 동희의 얼굴을 찬찬히 살폈다.

"넌 무대에 올라왔던 그 아이구나. 무슨 일로 그러지?"

"저, 그러니까…. 기노쿠라 마술사님께 마술을 배우고 싶습니다."

동희가 말을 마치자마자 기노쿠라 옆에 서 있던 단원들이 비웃었다. '조센징 주제에 무슨 헛소리야', '개나 소나 다 마술을 하려고 덤비네' 따위의 말들이 들려왔다. 마술사는 이맛살을 찌푸리더니 고개를 저었다.

"난 아무에게나 마술을 가르치지 않는다."

그러고는 동희를 그대로 지나쳐 가려 했다. 다급해진 동희는 생각지도 못한 말을 내뱉었다.

"아, 아무가 아니라면요?"

"뭐? 그게 무슨 말이냐?"

"그러니까, 제가 아까 공중에 뜬 마술 말입니다. 제가 그 비밀을 알아챘다면요?"

기노쿠라의 표정이 순간 굳어졌다. 주변에 서 있던 단원들도 웅성거렸다. 단원들 속에서 누군가 나섰다. 천도복숭아 마술을 했던 젊은 마술사였다. 무대에서 썼던 우스꽝스러운 모자를 벗자 갸름한 얼굴에 서늘한 눈매, 꽤 잘생긴 얼굴이었다.

"단장님, 저놈이 관심을 끌려고 거짓말을 하는 겁니다. 뭘 저런 걸 듣고 계십니까? 단장님께서 이 년이나 걸려 완성한 마술을 단 한 번에 알아챘다는 게 말이 됩니까? 그냥 가시죠."

잠자코 그 말을 듣고 있던 기노쿠라는 갑자기 너털웃음을 터뜨렸다.

"궁금하구나. 저놈이 어떤 말을 할지. 너희들은 먼저 가라. 나는 그 이야기를 들어보고 싶다."

"하지만, 단장님!"

"가즈오 군. 괜찮다. 먼저 가 있어."

가즈오라 불린 청년은 동희를 무섭게 쏘아보더니 나머지 단원들과 함께 멀어졌다.

밤이었지만 마주 서 있는 사람의 표정이 보일 정도로 달이 밝았다. 기노쿠라는 호기심 가득한 얼굴로 동희를 쳐다보았다.

"그래, 어디 네가 알아챘다는 그 비밀을 얘기해 보거라."

동희는 마른침을 꼴깍 삼켰다. 그리고 기다리는 동안 머릿속에서 몇 번이나 되새겼던 장면을 떠올렸다.

"그게 처음엔 그저 놀랍기만 했습니다. 탁자와 제 몸 사이에 아무것도 없다는 것은 확실했으니까요. 어떻게 몸이 공중으로 떠오를 수 있을까? 분명 무슨 장치가 있을 거라고 생각했습니다. 마술은 요술이 아니니까요."

그 말에 기노쿠라의 눈썹이 꿈틀거렸다. 동희는 말을 잘못 꺼냈나 싶어 겁이 났지만, 이젠 물러설 곳도 없었다.

"그러고 보니 몸이 둥실 떠올랐지만, 탁자에 누워 있을 때와 별반 다르지 않았습니다. 마치 제 몸을 널따란 무언가가 받치고 있는 느낌이었어요. 마술사님이 저에게 편하게 있으라는 말을 하려고 상체를 숙였다 폈을 때 그 자세가 어딘지 모르게 어색했습니다. 이상하게도 다리는 움직이지 않으려고 애쓰시는 것 같았어요. 혹시 그 자리에 무슨 비밀이 있는 게 아닐까, 하는 의심이 들었습니다. 결정적으로 제가 탁자에서 내려올 때 천으로 덮여서 잘 보이진 않았지만, 천과 마술사님 사이에 뭔가 딱딱한 것이 분명 있었어요."

"허! 그걸 봤다고?"

기노쿠라가 혼잣말처럼 중얼거렸다. 동희는 자신이 허방을 짚은 건 아니구나 싶어 자신감이 생겼다. 이제 마지막 쐐기를 박을 차례였다.

"제 생각엔 천 안쪽에 마술사님이 서 계신 자리와 연결되는 장치가 있는 것 같습니다. 천으로 사람을 덮는 척하면서 교묘하게 장치를 덮으면 관객들에게는 안 보이게 되는 것이죠."

동희는 말을 마치고는 기노쿠라의 눈을 똑바로 바라보았다. 그도 처음 동희를 무대 위로 불렀던 그때처럼 시선을 피하지 않았다.

"흠, 제법 그럴듯하구나. 하지만 어떤 장치인지는 아직 말하지 않았는데."

"아, 아직 그 장치가 뭔지는 잘…."

"그 장치가 핵심이지. 네가 알아낸 것 가지고는 공중 부양 마술을 할 수는 없지 않느냐?"

"그렇지만…."

"그래도 거기까지 생각한 것만으로도 조선인치고는 대단하구나. 하지만 그 정도로는 마술사가 될 수 없다."

동희는 자신이 너무 성급했단 걸 깨닫고는 입술을 깨물었다. 기노쿠라는 그런 동희를 그대로 지나쳐 걸어갔다. 그런데 몇 걸음 가다 말고 다시 뒤돌아보았다.

"마술은 요술이 아니다, 그 말은 어디서 들었느냐?"

"제 친구가, 마술을 하는 친구가 해 준 말입니다."

그건 유정이 붉은 종이꽃을 피운 후 동희에게 한 말이었다. 어떤 마술이든 풀 열쇠가 반드시 있으니, 이 비밀도 풀어 보라 했었다.

갑자기 늘 품속에 넣고 다니던 종이꽃이 생각났다. 동희는 종이꽃을 꺼내 들고는 마술사에게 다가갔다.

"저에게 한 번만 더 기회를 주십시오. 제가 아무가 아니란 것을 증명하겠습니다."

동희는 기노쿠라 앞에서 천천히 손수건을 앞뒤로 흔들어 보여 주었다. 그리고 소매에 숨겨 놓았던 종이꽃을 꺼내면서 손수건은 반대쪽 소매로 사라지게 했다. 손수건을 들고 있던 손에는 붉은 종이꽃이 피어 있었다.

"이게 제가 보여 드릴 수 있는 최선입니다. 이 마술의 비밀은 오로지 저 혼자 푼 겁니다."

기노쿠라는 한동안 말없이 동희를 쳐다보았다.

"내일부터 마술단에 나오도록 해라."

그 말 한 마디를 남기고는 저벅저벅 걸어갔다.

휘영청 밝은 달 아래 기노쿠라의 긴 그림자가 멀어졌다. 그림자가 다 사라질 때까지 동희는 움직일 수가 없었다. 심장이 터질 것 같아서였다. 동희는 고개를 들었다. 달 속에서 하얀 유정의 얼굴이 떠올랐다. 아주 조금 그녀에게 가까워진 것 같았다. 하지만 그때 머릿속에서 목소리 하나가 들렸다.

"동희야! 나는 네가 이 아비와는 다른 삶을 살면 좋겠구나. 네가 선생님이 되는 것만 보면 죽어도 여한이 없겠다."

그러자 달 속에서 환히 웃던 유정의 얼굴 대신 아버지의 깊은 주름이, 하얗게 김을 피어 올리던 고달픈 등이 떠올랐다.

'아, 아버지! 어떻게 해요? 난 마술이 너무 하고 싶어요.'

동희는 차갑게 빛나는 달을 하염없이 바라보았다.

포기할 수 없는 꿈

쿵쿵쿵! 쿵쿵!

아무리 두드려도 문은 열리지 않았다. 오후 공연이 시작되기 직전, 마술용 밧줄을 교체하라는 가즈오의 말에 동희는 허겁지겁 창고로 뛰어왔다. 공연 천막이 있는 언덕 아래쪽, 외떨어진 곳에 있는 나무 창고였다. 공연 시간은 다가오는데 아무리 뒤져도 밧줄은 보이지 않았다. 마음이 급하니 손이 자꾸만 헛나갔다. 그때 갑자기 밖에서 덜컹, 문이 닫히는 소리가 났다. 놀란 동희가 다급히 문을 흔들어 보았으나 단단히 잠겼는지 꼼짝도 하지 않았다.

"여기! 안에 사람 있어요. 문 좀 열어 주세요!"

당황한 동희가 목청껏 소리를 쳤다.

"흥! 웃기고 있네. 언제부터 조센징도 사람이었지?"

가즈오의 밉살스러운 목소리였다. 그 옆에 사람이 더 있는지 비웃는 소리가 여럿 들렸다.

"왜, 왜 이러세요? 내가 대체 뭘 잘못했다고요?"

허둥거리는 동희의 말을 가즈오가 매몰차게 잘랐다.

"뭐? 이것 봐라. 네가 뭘 잘못했는지도 몰라? 어차피 시간은 많을 테니 천천히 생각해 봐. 제 주제도 모르고 날뛰면 어떻게 되는지."

동희가 문을 마구 두드리며 소리쳤지만, 발소리는 이내 멀어졌다.

왜 이렇게까지 날 미워하는 걸까? 동희는 문을 두드리느라 벌겋게 부어오른 주먹을 쥔 채 문 앞에 주저앉았다. 이런 꼴이나 당하려고 마술단에 들어온 건 아니었는데. 억울해서인지 슬퍼서인지 자꾸만 눈가가 뜨거워졌다.

기노쿠라 단장님께 어렵게 얻은 기회를 놓칠 수 없어 아버지 몰래 마술단에 들어온 지 벌써 두 달 째였다. 혼자 공부가 힘들어 야학에 간다고 거짓말까지 했다. 그렇게 어렵게 들어갔지만, 일본인 마술단에서 유일한 조선인으로 지내는 것은 생각했던 것보다 더 힘들었다. 단원들은 동희를, 조선인 소년을 같은 단원으로 받아들일 생각이 전혀 없었다. 그저 허드렛일이나 하는 종놈 취급을 할 뿐이었다. 동희가 정식 단원이 되기 전에 쫓아내려는 건지 끊임없이 괴롭혔다. 거기 앞장선 사람이 가즈오였다.

나이는 어렸지만 가장 촉망받는 마술사인 가즈오가 견습생에 불과한 자신을 왜 그리 경계하는지 알 수 없었다. 가즈오는 사사건

건 동희의 트집을 잡았고, 시간을 잘못 알려 주거나, 거짓 심부름으로 몇 번이나 함정에 빠뜨렸다. 그럴 때마다 게으르다고, 멍청하다고 혼나기 일쑤였다. 기노쿠라는 동희가 괴롭힘을 당하는 것을 알고 있는 눈치였지만, 나서서 도와주지 않았다. 더더욱 참는 수밖에 없었다. 어설프게 가즈오의 행동을 일렀다가는 오히려 쫓겨날지도 몰랐다. 그런데 오늘은 또 무엇이 가즈오의 심기를 건드렸을까?

"서, 설마…. 그 훈련 때문에 그런 건가?"

동희는 낮에 있었던 일을 떠올렸다.

기노쿠라 마술단은 하루에 두 번, 오후와 저녁 공연을 했다. 동희 같은 견습생은 정오에 와서 청소며 공연 준비를 했고, 무대에 올라가는 마술사들은 개인 연습을 했다. 마술사들은 연습 후 공연 전까지는 쉬고 싶어 했지만, 기노쿠라는 매일 모든 단원을 모아 체력 훈련을 시켰다.

"마술사에게 가장 중요한 것이 뭐라고 생각하나? 화려한 손재주? 관객을 사로잡는 말솜씨? 아니다! 마술사에게 가장 중요한 것은 성실함이다. 마술에서 지나친 준비란 없다. 준비하고 또 준비해야 한다. 관객들은 보이는 대로 믿기 때문이다. 조금이라도 동작이 어설프면 마술의 세계에 빠져들 수가 없어. 따라서 마술사에게 가장 중요한 준비는 완벽한 도구, 즉 마술에 적합한 몸을 만드는 것이다."

그렇게 말하며 모든 단원들에게 팔굽혀펴기부터, 철봉에 매달리기 같은 근력 훈련을 시켰다. 두 시간 가까이 훈련을 하고 나면 모두 지쳐 떨어졌다. 이게 차력사지 마술사가 할 일이냐며, 단원들의 불만은 날로 커져 갔다.

게다가 오늘은 훈련 하나가 더 추가됐다. 전날 공연에서 마술사 하나가 공을 펼치는 마술에서 실수를 한 탓이었다. 기노쿠라는 손가락 힘이 부족해서 그렇다며 열 손가락 사이에 굵은 막대를 끼우게 했다. 그리고 손가락 힘만으로 떨어지지 않게 버티라 했다. 모두 얼마 못 가 줄줄이 막대를 떨어뜨렸지만, 동희는 이를 악물고 버텼다. 결국 동희와 가즈오만 남았다. 계속 힘을 주고 있자니 팔이 마비되고 손가락이 뒤틀리는 것 같았다. 줄줄 흘러내리는 땀 때문에 눈을 뜰 수가 없었다. 하지만 지고 싶지 않았다. 근성 하나만큼은 인정받고 싶었다. 얼마나 더 버텼을까? 가즈오의 팔이 흔들리나 싶더니 막대기가 우르르 떨어졌다.

"못난 놈. 어째서 견습생보다 못한 것이냐?"

기노쿠라는 동희를 칭찬하는 대신, 가즈오를 향해 혀를 차더니 덧붙였다.

"내일부터는 모두 한 시간씩 손가락 훈련을 하겠다. 동희는 빠져도 좋다."

그래, 그 일이었다. 그 일로 앙심을 품은 것이 틀림없었다.

머리 위쪽으로 난 쪽창에 달이 뜬 걸 보니 갇힌 지 두 시간은 지난 것 같았다. 오후 공연도 끝났는지 좀 전까지 들리던 희미한 음악 소리조차 들리지 않고 고요하기만 했다. 저녁 공연 전에 나타나지 않으면 가즈오가 어떤 거짓말로 자신을 곤란에 빠뜨릴지 몰랐다.

나갈 방법을 궁리하던 동희의 눈에 자그마한 항아리가 들어왔다. 항아리 안에는 누렇고 고약한 냄새를 풍기는 물이 반쯤 차 있었다.

"이 냄새, 어디서 맡아 본 적이 있는데. 맞다! 불종이 냄새다. 딱 이 냄새가 났어."

불종이는 순식간에 화르르 불이 붙었다가 재도 없이 사라지는 종이였다. 마술을 화려하게 만들고, 관객들의 시선을 돌리는 데 쓰는 마술 도구였다. 종이를 항아리에 담갔다가 말려 쓰는 모양이었다. 문득 어떤 생각이 머리를 스쳤다.

'불종이를 나무 빗장이 있는 문틈 부분에 끼워 불꽃을 일으키는 거야. 그러면 빗장에 불이 옮겨 붙을 테고. 그때 재빨리 문을 차서 열고, 곧바로 불을 끄면 되지 않을까. 나무 빗장을 새로 만드는 건 그리 어렵지 않으니.'

동희는 몸을 일으켜 항아리로 다가갔다. 주변을 살펴보았으나 종이는 보이지 않았다. 하는 수 없이 저고리 고름 하나를 떼어 낸 후 길게 찢었다. 그러고는 천을 항아리에 푹 담갔다가 꺼내 입으로 후후 불며 말렸다. 문틈에 눈을 대고 나무 빗장이 있는 위치를 가늠한 다음, 천 조각을 꾸깃꾸깃 뭉쳐 끼웠다. 이제 불꽃을 일으켜야 하는데, 부싯돌로 쓸 만한 게 없을까 둘러보다 천막을 고정하는 작은 쇠막대들을 발견했다. 동희는 쇠막대를 단단히 쥐고 서로 부딪혔다. 수십 번을 시도했지만 불꽃은 쉽게 일어나지 않았다. 팔이 떨어질 것처럼 아팠지만, 포기할 순 없었다. 이를 악물고 다시 쇠막대를 부딪쳤다.

드디어 파바박, 불꽃이 일어났다. 불꽃이 튄 천이 그을린 듯 까맣게 되더니 순식간에 불이 붙었다. 동희는 깜짝 놀라 엉덩방아를 찧었다. 하마터면 눈썹을 홀라당 태워 먹을 뻔했다. 후유, 한숨을 내쉬는데 천에서 불똥이 튀더니 바닥에 불이 옮겨 붙었다. 아까 천을 꺼낼 때 항아리 안의 물을 흘린 자리였다. 놀람을 넘어 무서움이 덮쳐 왔다. 동희는 벌떡 일어나 온 힘을 다해 문으로 돌진했다.

쾅! 쾅! 두 번, 세 번 만에 불이 붙은 빗장이 부서지면서 문이 열렸다. 그대로 달아나려다 창고를 돌아보았다. 이대로 두면 큰불이 날 것이다. 저 도구들이 없으면 마술단은 문을 닫아야 할지도 모른다. 하지만 창고에 불을 낸 것을 알면 당장에 쫓겨날 것이었다. 잠시 망설이던 동희는 결심한 듯 고개를 끄덕이고는 목청껏 소리를 질렀다.

"불이야! 불이야! 창고에 불이 났어요!"

그러고는 다시 불이 붙기 시작한 창고로 들어갔다. 커다랗고 무거운 무대 커튼이 눈에 뜨였다. 아직은 작은 불이라 커튼으로 덮으면 시간을 벌 수 있을지도 몰랐다. 동희가 커튼을 질질 끌고 와 불 위에 덮고, 발을 굴렀다. 흰 연기가 솟아올랐다. 불이 잦아드는 신호였다.

잠시 후, 단원들이 몰려왔다. 연기를 보고는 창고 안으로 허겁지겁 물을 들이부었다. 홀딱 젖은 동희가 손을 내저으며 창고 밖으로 비틀거리며 나왔다.

"불이, 불이 이제 꺼졌어요. 물은 그만 부어도 돼요."

겨우 몸을 추스르며 고개를 들자마자 뺨에 철썩, 불이 났다. 기노쿠라가 무서운 눈빛으로 쏘아보며 청천벽력 같은 말을 내뱉었다.

"당장, 나가거라!"

각오는 했지만, 막상 들으니 눈앞이 캄캄해지며 눈물이 흘러나왔다. 무릎을 꿇고 매달려 보았지만, 기노쿠라는 차갑게 뒤돌아섰다. 그 뒤로 빈정거리며 웃고 있는 가즈오가 보였다. 아, 이대로 끝인 건가? 아버지까지 속여 가며 간절하게 좇았던 꿈이었는데. 동희는 허탈함에 털썩 주저앉았다.

그대로 몇 걸음 걸어가던 기노쿠라가 멈칫, 그 자리에 섰다. 킁킁 냄새를 맡고는 다시 돌아와 불에 탄 문과 빗장을 살폈다.

"그런데 불은 어떻게 낸 것이냐?"

동희는 벌벌 떨며 창고에 갇혀서 어쩔 수 없이 불종이를 만들었 노라고 고했다.

"허! 냄새와 기억만으로 혼자 불종이를 만들었다고?"

혼잣말을 하던 기노쿠라는 잠시 생각에 잠기더니, 동희를 똑바로 바라보았다.

"이번 한 번만 용서해 주겠다. 대신 불에 탄 도구와 창고 값은 네 월급에서 제하도록 하겠다."

기노쿠라가 갑자기 태도를 바꾸자 가즈오가 격렬하게 반대를 하고 나섰다. 하지만 기노쿠라는 그런 가즈오에게 냉정하게 말했다.

"동희가 왜 창고에 갇혔는지는 묻지 않겠다. 앞으로는 정정당당 하게 자기 실력으로만 보여 주길 바란다."

그 말에 가즈오는 아무 말도 하지 못하고 주먹만 부들부들 떨었다. 다시 한 번 기회를 얻었다는 안도감에 동희는 자신을 노려보는 가즈오의 시선을 느끼지 못했다.

그 사건 이후로 가즈오를 비롯한 단원들은 동희를 아예 없는 사람 취급했다. 하루 종일 말 한 마디 걸지 않았고, 지나갈 때마다 괜히 어깨를 툭툭 부딪쳤다. 그래도 대놓고 괴롭히는 일은 확실히 줄었다. 동희는 그것만으로도 충분했다. 아니, 그런 사소한 일에 신경 쓸 겨를이 없었다. 기노쿠라가 동희에게 낸 시험 때문이었다.

3주 전, 저녁 공연을 마치고 혼자 뒷정리를 하고 있는데 기노쿠라가 동희를 불러 세웠다. 그러고는 느닷없이 신문지 마술을 보여주었다. 찢은 신문이 멀쩡해지고, 물을 부어도 젖지 않는 마술이었다. 신기함에 눈이 휘둥그레진 동희에게 "따라 할 수 있겠느냐?" 물었다. "연습할 시간만 주신다면 해보겠습니다" 대답하자 "한 달 주겠다. 그 후 시험을 칠 것이다. 그 시험에 합격한다면 막간 마술사 자리를 주마" 하셨다. 막간 마술사라니, 동희는 믿을 수가 없었다. 비록 1막이 끝나고 2막을 준비하는 짧은 시간을 메꾸기 위해 하는 간단한 마술이었지만, 그 또한 무대이지 않은가. 이제 겨우 몇 달 된 견습생에게는 너무 파격적인 제안이었다. 이건 무조건 해내야 했다.

하지만 물어볼 사람 하나 없는 데다가 마술을 완성하기에 한 달은 너무 짧은 시간이었다. 처음엔 그저 막막하고 초조했다. 그래도 물러서지 않았다. 마술단 허드렛일을 하는 틈틈이 연습을 했고, 밤 늦게까지 남아 손이 짓무르도록 신문지와 씨름했다. 어느 날은 될 것 같다가도, 또 어느 날은 반복된 실패에 좌절하기도 했다. 그렇게 시간은 쏜살같이 흘러 어느덧 시험이 일주일 앞으로 다가왔다.

밤 공연이 끝나자, 동희는 마술 연습을 할 생각에 서둘러 천막 주변 청소를 했다. 마지막으로 천막 뒤편을 둘러보고 가려는데 수런수런 숨죽여 말하는 소리가 들려왔다. 조선말이었다. 기노쿠라 마술단은 일본인 거주 지역인 진고개에 있는 만큼 관객 대부분이 일본인이었다. 모두 돌아간 이 시간에 대체 누가 조선말을 하는 것이지?

이상한 생각에 살금살금 소리가 나는 쪽으로 다가갔다. 나무 아래에 하오리를 입은 남자와 인력거를 끈 사내가 서 있었다. 인력거꾼이 남자에게 뭔가를 내밀었다. 남자는 주위를 살피더니 그것을 품에 넣고는 재빠르게 언덕을 내려갔다. 동희는 순간, 그것을 본 적이 있다는 것을 깨달았다. 언젠가 잠든 아버지의 품에서 떨어진 붉은 인장이 찍힌 편지. 너무 놀란 동희는 손에 들고 있던 빗자루를 떨어뜨리고 말았다. 그 소리에 인력거꾼이 놀라 몸을 돌렸다. 눈이 마주친 두 사람은 깜짝 놀라 동시에 외쳤다.

"아, 아버지!"

"동희, 네가 왜 여기에?"

아버지는 동희와 그 앞에 떨어진 빗자루를 번갈아 보았다. 그때 천막 쪽에서 동희를 부르는 소리가 들렸다.

"어이, 밖에서 뭐 해? 천막 안도 빨리 치워야 할 것 아니야?"

동희는 쩔쩔매며 "하이, 하이" 하며 일본어로 대답했다. 일본어를 모르는 아버지도 대충 눈치를 챈 것 같았다.

"도대체 여기서 뭐 하고 있는 거냐? 너 야학에 있어야 하는 시간이 아니냐?"

"그, 그게…. 죄송해요. 집에 가서 다 설명할게요. 지금은 들어가 봐야 해요."

동희가 급하게 천막 안으로 들어가려 하자, 아버지가 팔을 붙잡았다.

　"돈을 벌고 싶다더니, 그래서 여기서 일하고 있는 거냐? 왜 하필 왜놈들 밑에서 허드렛일을 하고 있어?"

　아버지는 동희가 돈 때문에 일을 한다고 생각하는 모양이었다. 거짓말로 상황을 모면할 수는 있겠지만 이왕 이렇게 된 거 더는 아버지를 속이고 싶지 않았다. 어쩌면 지금이 사실을 털어놓을 수 있는 기회인지도 몰랐다.

　"아버지, 저 단지 돈 때문에 여기 있는 거 아니에요. 제가 있고 싶어서 있는 거예요."

　예상 외로 담담한 동희의 말에 아버지는 그게 무슨 말이냐는 듯 어리둥절한 표정이었다. 동희는 아버지의 눈을 똑바로 바라보며 말을 이었다.

　"저 다시는 학교에 안 가요."

　"그게 무슨 말이냐? 월사금 때문에 그래? 그건 아비가 미안하다. 올해는 어쩔 수 없었다만, 내년엔 꼭 보내 주마."

　월사금 때문에 번번이 아들 앞에서 작아지는 아버지의 모습을 더는 보고 싶지 않았다. 동희는 이제 그만 진실을, 자신의 꿈을 털어놓자 생각했다.

　"아니요. 설령 학교 갈 돈이 있다고 해도 전 선생님은 되고 싶지 않아요. 아무리 노력해 봐야 조선인은 말단 교사에서 벗어날 수 없다고요. 아버지, 전 그렇게 시시하게 살기 싫어요!"

지금껏 불평 한번 없던 착한 아들의 반항에 아버지는 큰 충격을 받은 듯 비틀거렸다. 동희는 덴쓰네의 마술 공연을 본 순간부터, 유정과 처음 마주쳤을 때부터 마술사가 되고 싶었다고. 아니 어쩌면 거리에서 우연히 마술사의 손에서 날아오르던 새를 봤을 때부터 꾸었을 그 꿈에 대해 이야기하고 싶었다. 동희는 침을 꿀꺽 삼키고는 진지하게 말했다.

"아버지, 저 마술사, 마술사가 되고 싶어요. 마술사가 돼서 무대에 서기만 하면 사람들의 박수는 물론이고 돈도 엄청나게 많이…."

동희의 말이 채 끝나기도 전에 철썩, 뺨에 불이 났다. 아버지의 손이 부들부들 떨렸다.

"뭐라고? 마술? 마술이 무어냐? 왜놈들이 하는 눈속임 같은 게 아니냐? 그 마술인지 뭔지를 배우려고 왜놈들에게 고개를 숙이겠다고? 안 된다. 안 돼! 그 꼴은 죽어도 못 본다."

마술이 뭔지 제대로 본 적도 없으면서 펄펄 뛰는 아버지의 모습에 동희도 부아가 치밀었다. 아버지의 세상에서는 아이들을 가르치는 선생님이 최고의 직업이었겠지만 세상은 바뀌고 있었다. 일본이 들여온 신문물과 신기술을 배운다면 상놈이든 백정이든 대우받는 세상이었다. 하물며 조선인 최초로 마술사가 된다면 선생님과는 비할 바도 아니었다. 꽉 막힌 아버지가 동희는 답답하기만 했다.

"왜놈이면 어때요? 왜놈들한테 싹싹 빌어서라도 마술을 배울 수만 있다면 전 그렇게 할 거예요. 마술사가 되기만 하면 돈을 끌어모을 수 있어요. 그렇게만 되면 더는 그 냄새 나는 동네에 안 살아도 돼요. 쌀밥도 배부르게 먹을 수 있고요."

아버지는 더는 들으려 하지 않았다. 동희의 손목을 꽉 쥐고는 잡아당겼다.

"안 돼! 안 될 말이고말고. 그런 헛꿈 꾸지 말고 어서 집에 가자. 넌 그냥 열심히 공부해서 선생님이 되란 말이다. 그게 이런 시대에 살아남는 길이다."

"아버지야말로 쓸데없는 꿈꾸지 마세요. 도대체 우리 형편에 무슨 공부고, 무슨 학교냐고요? 전 아버지처럼 평생 인력거나 끌면서 살고 싶지 않아요. 조선인 최초로 마술사가 돼서 남부럽지 않게, 떵떵거리며 살 거라고요!"

아버지의 얼굴이 처참하게 일그러졌다. 동희는 얼음처럼 굳어진 아버지 옆을 지나 그대로 천막 안으로 들어가 버렸다. 천막 안에 들어와 끌어내면 어쩌나 걱정도 됐지만, 밖은 조용하기만 했다. 쿵쿵대던 심장이 가라앉자 동희는 슬쩍 천막 밖을 내다보았다. 아버지는 그 자리에 여태 서 있었다. 마치 태풍이 거세게 할퀴고 간 상처 난 고목나무처럼 위태로워 보였다.

주먹을 꽉 쥐고 있던 아버지는 마침내 큰 한숨을 내쉬고는 몸을

돌렸다. 빈 인력거를 끌고 언덕을 내려가는 뒷모습에 동희의 눈시
울이 뜨거워졌다. 하지만 동희는 뒤따라가지 않았다. 더는 아버지
의 뜻대로 살고 싶지 않았다.

가혹한 대가

　단원들 모두 돌아간 늦은 시간, 동희는 캄캄한 언덕을 올라 마술단 천막으로 돌아왔다. 집으로 가는 척하고 주변을 맴돌다가 다시 온 것이었다. 집에 들어가기는 싫고, 그렇다고 중만이 아저씨나 병수를 찾아가 봐야 아버지에게 들킬 게 뻔했다.

　동희는 아무도 없는 걸 확인하고는 공연장으로 쓰는 가장 큰 천막으로 들어갔다. 어둠이 눈에 익자 빈 무대가 눈에 들어왔다. 아무도 없는 넓은 무대를 보자 묘한 설렘으로 가슴이 들썩였다. 동희는 무엇에 홀리기라도 한 듯 무대 위로 올라갔다. 그동안 이 자리에 선 마술사가 얼마나 부러웠는지 모른다. 동희는 마치 진짜 마술사가 되기라도 한 것처럼 빈 관객석을 향해 인사를 했다. 그러자 가슴이 쿵쿵 뛰기 시작했다. 어디선가 '와!' 하는 환호성이 들려왔다. 화려한 조명 아래 멋진 실크해트를 쓰고 연미복을 입은 자신의 모습이 보였다. 동희는 늘 품고 다니는 손수건과 종이꽃을 꺼내 마술을 해 보았다. 연이어 새도 날리고, 공도 던지고 싶었다. 순식간에 사람도 사라지게 하는 대단한 마술사가 되고 싶었다.

"지금은 빈 무대지만, 다음에는 관객으로 꽉 찬 무대에 설 거야. 사람들은 내 환상적인 마술을 보고 열광하는 거지. 박수갈채가 쏟아지고 난 멋지게 서양식 인사를 하는 거야."

상상만으로도 흐뭇했다. 상상을 현실로 바꾸려면 단장님이 내준 시험에 반드시 통과해야 했다. 동희는 신문지를 가져와 지칠 때까지 연습을 하다 어느 순간 잠이 들고 말았다.

얼마나 잤을까? 새벽 추위에 번쩍 눈이 떠졌다. 잔뜩 웅크리고 자느라 온몸이 다 쑤셨다. 천막 밖에선 벌써 부지런한 새소리가 들려왔다. 더 지체하다가 여기서 밤을 샌 걸 들키기라도 하면 큰일이었다. 동희는 재빨리 천막을 빠져 나왔다.

진고개를 내려와 터벅터벅 걷다 보니 뱃속에서 심한 허기가 느껴졌다. 어디로 갈까 잠시 망설이던 동희는 용산역으로 발길을 돌렸다. 병수를 찾아갈 생각이었다.

화려한 2층 목조건물인 용산역은 경부선과 경의선, 경원선까지 연결된 조선 최고의 기차역이었다. 용산에서 기차를 타면 부산이며, 신의주까지도 하루 만에 갈 수 있었다. 그래서인지 역 앞에는 총을 든 일본군이며, 양복 입은 신사들이 많이 오갔다. 그 모습에 동희는 괜히 주눅이 들었다. 한참을 두리번거리다 마침내 용산역 광장 입구에서 구두를 닦고 있는 병수의 모습을 찾았다.

"병수야! 병수야!"

동희가 뛰어가자, 병수는 닦고 있던 구두도 내팽개친 채 후다닥 달려 나왔다. 그러고는 다짜고짜 소리를 질렀다.

"야! 인마, 너 어딜 갔던 거야? 어딜 갔다가 이제 나타난 거냐고?"

"어제, 결국 아버지한테 들켰지 뭐야. 마술단에서 일하는 거 말이야. 어찌나 화를 내시는지. 너도 알잖아. 우리 아버지 성격. 어제 내가 집에 들어갔으면 다리몽둥이가 부러졌을 거야."

괜히 과장하며 너스레를 떠는데 병수의 표정이 심상치 않았다.

"동희야! 동희야! 어떻게 하냐?"

이름을 불러 놓고는 말을 잇지 못하는 병수의 눈에 눈물이 글썽했다.

"얘가 왜 이래? 무슨 일인데?"

"너희 아버지가, 어젯밤에 큰 사고를 당하셨어. 피투성이가 된 걸 중만이 아저씨가 업고 오셨더라."

순간 머리를 세게 얻어맞은 듯 눈앞이 캄캄해졌다. 심장이 쿵쿵쿵 뛰고 다리가 후들거렸다. 병수가 울면서 뭐라고 말을 하는데 윙윙 울릴 뿐 하나도 알아들을 수가 없었다. 짝! 병수가 멍하니 서 있는 동희의 뺨을 때렸다.

"인마, 정신 차려. 빨리 집에 가 봐야지. 아버지가 계속 네 이름만 부르셨어."

그제야 정신을 차린 동희가 허둥거리자, 병수가 주머니에서 돈을 꺼내 쥐어 주었다.

"이 돈으로 전차 타고 가. 어서."

동희는 고맙다는 말도 못 하고 그대로 뛰었다. 막 출발하려는 전차에 가까스로 올라탔다. 손잡이를 잡고 서 있는데 눈물이 자꾸 흘러넘쳤다.

'아! 아버지…. 제발 살아만 있어요. 제발.'

전차가 종로5가역에 들어서자 동희는 채 멈추기도 전에 뛰어내렸다. 그대로 수표교를 지나 청계천으로 내달렸다. 이가 덜덜덜 떨려 입술을 꽉 깨물었다. 자꾸만 나쁜 생각들이 떠올랐다.

아니야, 그럴 리가 없어. 동희는 머리를 세차게 저었다. 저만치 집이 보였다. 집은 기분 나쁠 만큼 적막했다. 숨이 차게 뛰어와 놓고는 방문을 열기가 두려웠다. 주춤주춤 다가가는데 벌컥 방문이 열리더니 의원이 어두운 얼굴로 나왔다.

"아버지는, 괜찮으신…거죠?"

의원은 아무 말 없이 고개를 가로저었다. 그 뒤로 눈물범벅이 된 중만이 아저씨가 뛰쳐나와 동희의 손을 잡아끌었다.

"아이고 동희야! 이 녀석아. 어디 갔다 이제 왔어? 네 아버지가 얼마나 널 찾았는데. 어서, 어서 들어가자."

방 안에 들어서자, 동희는 심장이 쿵하고 내려앉았다. 아버지의 모습이 너무 처참했다. 여기저기 검붉은 멍과 상처가 가득했고, 왼쪽 다리는 부러졌는지 바깥으로 꺾여 있었다. 온통 피투성이가 된 아버지가 고통스러운 신음을 토해 내고 있었다. 믿을 수가 없었다. 불과 몇 시간 전만 해도 멀쩡했던 아버지가 왜 이런 모습으로 누워 있는 건지 도무지 알 수가 없었다.

"형님, 형님! 동희가 왔어요. 눈 좀 떠 보세요."

중만이 아저씨의 울먹이는 소리에 아버지가 천천히 눈을 떴다. 허공을 헤매던 시선이 드디어 동희의 얼굴에서 멈췄다. 두 눈에 아들의 모습을 담기라도 하듯, 눈 한 번 깜빡이지 않고 오래도록 동희를 보았다. 그리고 마침내 힘겹게 손을 들어올렸다. 동희는 황급히 아버지의 손을 맞잡았다. 무슨 말을 하고 싶은 건지 피가 말라붙은 입술을 달싹였지만, 소리는 밖으로 나오지 않았다. 동희가 아버지의 입에 귀를 갖다 댔다. 한참 만에 겨우 한 마디를 들을 수 있었다.

"…에 휘둘리지 말고… 네 인생을 살아…."

그게 무슨 뜻인지 헤아리기도 전에, 잡고 있던 아버지의 손이 툭, 바닥으로 떨어졌다.

"으아아악! 아버지. 아버지이, 안 돼요. 안 돼!"

아버지의 손을 붙잡고 울부짖는 동희 옆에 중만이 아저씨가 털썩 주저앉았다. 넋이 나간 것처럼 멍하게 있던 아저씨는 동희의 어깨에 손을 올리며 겨우 말을 꺼냈다.

"네 아버지, 어제도 밤늦게 인력거를 끌다가 차에 치였단다. 일본군 장성이 타고 있었나 보더라. 인력거가 차에 너무 접근해서 수상했다나 뭐라나. 불령선인(불온하고 불량한 조선 사람)인 줄 알았단다. 뭐 그런 말도 안 되는 소리를 하면서 다친 사람을 두고 그냥 가 버렸다. 내가 달려갔을 땐 벌써 손쓸 수가 없을 정도였어."

아저씨의 이야기가 전혀 들리지 않았다. 자꾸만 어제 아버지에게 대들었던 모습만 떠올랐다. 그렇게 아버지를 보내지 않았다면, 내가 따라갔다면 아버지는 인력거를 끌고 나가지 않았을지도 몰랐다. 끝없이 밀려드는 후회로 숨을 쉴 수가 없었다. 동희는 가슴을 쥐어뜯으며 오열했지만, 아버지는 끝끝내 눈을 다시 뜨지 못했다.

장례를 어떻게 치렀는지 기억조차 나지 않았다. 정신을 차려 보니 중만이 아저씨 집이었다. 잠도 오지 않았고, 밥도 넘어가지 않았다. 그렇게 허깨비처럼 넋을 놓고 있는 동희를 아저씨가 거둔 것이었다.

"동희야. 일어나 봐라. 죽 좀 끓였으니까 한 술 떠 봐."

중만이 아저씨가 누워서 웅크리고 있는 동희를 조심스럽게 흔들었다. 하지만 몸을 일으킬 수가 없었다. 아니, 몸은 일으켜 무엇 하나 싶었다.

"아버지 생각해서라도 기운 내야지. 언제까지 이러고 있을 거냐? 내가 너 잘 돌보겠다고 형님과 약속했는데, 이러고 있으면 내가 형님 볼 면목이 없다."

아저씨의 목소리가 가늘게 떨렸다. 동희는 겨우 일어나 숟가락을 들었다. 입안이 깔끄러워 죽을 넘기기가 힘들었지만, 자신만 보고 있는 아저씨 때문에 억지로 그릇을 비웠다. 비로소 아저씨의 얼굴에 진 그늘이 조금 옅어진 것 같았다. 아저씨는 동희의 눈치를 보며 조심스레 말을 꺼냈다.

"오늘 아버지 집을 비워 줘야 할 것 같다. 짐을 챙겨야 할 텐데, 같이 가겠니?"

동희는 말없이 고개를 끄덕였다.

장례를 치르고 보름 만에 와 보는 집이었다. 피투성이가 된 채누워 있던 아버지의 마지막 모습이 생각나 자꾸만 목이 멨다. 그런 사이 중만이 아저씨는 부지런히 짐을 챙기기 시작했다. 짐이라고 해 봐야 낡은 옷가지뿐이었다. 몇십 년 살았던 아버지의 흔적이 너무 초라했다. 그런데 낡은 옷들 속에서 화려한 붉은색 보퉁이가 보였다. 꽁꽁 묶은 매듭을 풀어 보니 납작한 칼이며 기다란 막대기, 크고 작은 쇠고리 등이 들어 있었다. 도통 용도를 짐작할 수 없는 이상한 물건들이었다. 아저씨한테 물어도 모르겠다는 대답만 돌아왔다. 잠시 고민하던 동희는 아버지의 유품이기에 따로 챙겼다. 그러나 한쪽 구석에 놓인 커다란 항아리는 어떻게 할지 여러 번 망설였다. 항아리를 유난히 아끼던 아버지의 모습이 생각났다. 동희는 제 허리만큼 되는 큰 항아리도 끙끙거리며 수레에 실었다.

항아리를 중만이 아저씨 집으로 옮겨 놓자마자, 동희는 생전에 아버지가 그랬듯 항아리를 쓰다듬었다. 아버지의 온기가 느껴지는 것 같았다. 불현듯 아버지의 마지막 말이 생각났다. '선생님이 돼라'나 '마술사는 절대 안 된다'였으면 오히려 이해하기 쉬웠을 것 같았다. 그런데 '네 인생을 살라'라니…. 언제는 아버지 뜻을 따르라며 화를 내놓고, 대체 왜 그런 말을 남기신 건지 동희는 알 수 없었다.

그때였다.

"누구…십니까?"

방 밖에서 놀란 듯한 중만이 아저씨의 목소리가 들렸다.

"남동희를 찾아왔습니다. 여기 있다고 사람들이 말해 주더군요."

어눌한 조선말이었다. 설마하면서 문을 열어 보니 기노쿠라가 서 있었다. 너무 놀란 동희는 후다닥 일어나 마당으로 나섰다. 눈치를 살피던 중만이 아저씨는 슬쩍 자리를 피해 주었다.

"단장님이 여긴 어떻게…?"

"아버지가 돌아가셨다고?"

그렇게 물어보는 기노쿠라의 눈빛이 낯설었다. 늘 차갑고 날카로운 시선에 말 걸기도 무서웠었는데, 지금은 눈 속에 안쓰러움이 담겨 있었다. 그래서였을까? 말없이 고개를 끄덕이다 저도 모르게 울컥, 울음이 새어 나왔다. 기노쿠라는 다독이지도, 그렇다고 사내

녀석이 운다고 호통을 치지도 않았다. 그저 동희가 울음을 그칠 때까지 가만히 기다려 주었다. 들썩이던 동희의 어깨가 차츰 수그러들자 기노쿠라가 조용히 말했다.

"이제 그만 돌아오너라. 시험이 얼마 안 남았다."

그 말에 동희는 불에 덴 듯 화들짝 놀라 뒷걸음질 쳤다. 헛된 꿈을 꾼 탓에 아버지를 잃은 것이 아닐까, 하는 죄책감과 후회로 다시 마술을 하겠다는 생각을 품을 수도 없었다. 그런데 돌아오라니, 그럴 수는 없었다. 동희는 땅에 시선을 고정한 채 힘없이 말했다.

"죄송합니다. 저는 다시는 마술을… 하지 않을 겁니다."

기노쿠라의 이마가 살짝 찌푸려졌다.

"그래? 그럼 이건 필요 없겠구나."

그러더니 작은 보따리를 동희에게 주고는 돌아섰다. 집까지 찾아온 것치고는 너무 쉽게 포기해서, 오히려 어리둥절할 지경이었다. 멍하니 뒷모습을 바라보고 섰는데, 갑자기 기노쿠라가 뒤돌아보았다.

"시험은 일주일 후에 치겠다. 네가 혹시 돌아온다면 말이다."

그러고는 변함없이 꼿꼿한 걸음으로 마당을 빠져나갔다.

기노쿠라의 모습이 사라지자, 그제야 동희는 보따리를 풀어 보았다. 그 안에는 동희가 연습하던 손때 묻은 마술 도구들이 들어 있었다. 무대에 오를 수 있다는 기대로 연습에 몰두하던 수많은 시간들이 떠올랐다. 가슴 깊은 곳에서 무언가 불쑥 솟구쳤지만, 애써 꾹 눌러두었다. 꺼내서 마주하는 순간, 주체할 수 없을 것 같았다.

"그게 뭐냐?"

어느새 돌아왔는지 중만이 아저씨가 보따리를 들여다보며 연거푸 물었다.

"그 사람이 마술 가르쳐 주는 선생님이냐?"

"선생님이 아니고 단장님이에요. 마술은 딱 한 번 가르쳐 주셨어요. 그것도 이제는 소용없게 됐지만요."

동희는 보따리를 서둘러 다시 묶고는 관심 없다는 듯 방구석에 던졌다. 중만이 아저씨는 그런 동희를 물끄러미 바라볼 뿐이었다.

그날 밤이었다. 동희는 좀처럼 잠을 이루지 못하고 뒤척였다. 자꾸만 '시험은 일주일 후에 치겠다'던 기노쿠라의 말이 떠올랐다. 시험을 치지 않겠다고 했지만, 치게 된다면 할 수나 있을까? 그런 생각이 자꾸 났다. 동희는 결국 몸을 일으켜 보따리를 들고는 슬며시 방을 나갔다.

달빛 아래에서 신문지를 펼쳐 든 동희는 잠시 기억을 떠올렸다. 처음에는 약간 헷갈렸지만, 몸은 또렷이 기억하고 있었다. 몇 번 만에 찢어진 신문지를 금세 멀쩡한 신문지로 바꿀 수 있었다. 한 번 성공하자 그게 너무 신나서 정신없이 반복하고 또 반복했다. 점점 생각이 사라지고, 순수한 기쁨으로 가득 찼다. 저도 모르게 입가에 미소가 지어졌다.

"동희야!"

중만이 아저씨가 부르는 소리에 정신이 돌아왔다. 발밑에 찢어진 신문이 잔뜩 흩어져 있었다. 웃고 있는 자신을 발견하고는 소스라치게 놀랐다.

"아, 아저씨…."

아저씨는 가만히 동희의 눈을 바라보았다. 그러고는 다 안다는 듯 고개를 끄덕였다. 아까 낮처럼 불쑥 솟아오른 마음을 눌러야 했는데, 이번에는 그러지 못했다. 그 마음이 눈물이 돼 쏟아졌다.

"아저씨, 어떻게 해요? 저 마술이 너무 하고 싶어요."

아저씨는 동희의 등을 부드럽게 토닥였다.

"동희야! 한번 해 보아라. 언제까지 이리 살 수는 없지 않니? 나는 네가 웃는 모습을 정말 오랜만에 보았다. 네가 그 웃음을 잃지 않았으면 좋겠구나."

해 보라는 아저씨의 말이 동희는 믿기지 않았다.

"하지만 얼마 전까지는 반대하셨잖아요. 아버지도 그딴 짓 그만두고 학교 선생님이 되라고 하셨는 걸요."

"그래야 네가 행복해질 거라고 생각했던 거지. 하지만 좀 전의 네 표정을 봤다면 더는 고집부리지 않으셨을 게다."

아저씨의 확신에 찬 표정에 동희는 조심스럽게 되물었다.

"정말, 그래도 될까요?"

"그럼, 날 믿어라. 내가 네 아버지를 알고 지낸 게 삼십 년이다. 분명 형님은, 네 아버지는 동희 네가 자신의 삶을 살기를 바라실 게다."

　아저씨의 말에 "네 인생을 살아라"라던 아버지의 마지막 말이 겹쳐졌다. 어쩌면 혼자 남은 지금이 내 삶을 선택해야 할 중요한 순간인지도 모른다. 동희는 그렇게 믿고 싶어졌다.

시험

전차 밖으로 파란 하늘이 펼쳐졌다. 경성 거리엔 부쩍 얇아진 옷차림에 양산을 쓴 여인들도 보였다. 벌써 여름의 문턱에 들어선 것 같았다.

하지만 계절의 변화를 느낄 여유는 없었다. 동희는 전차에 앉아서도 끊임없이 손으로 마술 동작을 연습했다. 아무리 반복해도 긴장감이 사라지지 않았다. 땀이 날 만큼 더운 날씨였지만 이상하게 온몸이 으슬으슬 떨렸다.

오늘이 바로 마술단으로 돌아온 지 일주일째, 운명의 시험을 보는 날이었다.

다시 마술을 하겠다고 어렵게 결심을 하자 그다음으로 걱정이 된 것이 단원들의 반응이었다. 하지만 기노쿠라가 무슨 말을 했는지 돌아온 동희에게 그 누구도 시비를 걸거나 트집을 잡지 않았다. 그렇다고 허드렛일이 줄어든 건 아니었다. 동희는 마술단 일을 하면서 틈이 날 때마다 신문지 마술을 연습했다. 밤잠을 줄이는 수밖에 없었다. 눈꺼풀이 내려앉을 때마다 이를 악물고 버텼다. 기노쿠라 때문이었다. 자기를 불러 주고, 새로운 기회를 준 유일한 사람이었다. 그런 그가 오늘 또 한 번의 큰 기회를 주려 했다. 어떤 일이 있어도 오늘 시험에 통과해야 한다, 동희는 덜덜 떨리는 주먹을 꽉 쥐며 다짐했다. 그 주먹이 얼얼해질 즈음, 전차는 남대문통에 도착했다.

동희는 으리으리한 조선은행과 미스코시백화점이 있는 본정통의 번화가를 지나 마술단이 있는 한적한 언덕으로 걸어 올라갔다. 매일같이 왔던 길인데, 오늘은 심장이 튀어나올 것처럼 두근거렸다.

마술단에 도착하자마자 청소부터 시작했다. 어질러져 있는 마술 도구들까지 정리하고 나자, 물을 가져와라, 손수건을 다려라, 옷을 찾아와라, 이런저런 심부름이 정신없이 쏟아졌다. 늘 하던 일이었지만 오늘따라 자꾸 실수를 했다. 머릿속이 온통 시험 걱정으로 가득했다.

마지막 관객이 나가고 뒷정리까지 끝내자 이제 곧 시험이라는 생각에 입이 바짝바짝 탔다. 동희는 한참이나 심호흡을 한 다음 기노쿠라가 있는 대기실로 향했다.

"앗!"

대기실 천막에 들어가던 동희는 깜짝 놀라고 말았다. 예상과 달리 기노쿠라뿐 아니라 스무 명의 단원 전부가 모여 있었다. 대놓고 불만을 터뜨리지는 못했지만 다들 짜증이 잔뜩 난 얼굴이었다. 공연이 끝났는데 쉬지도 못하고 불려 나왔으니 기분이 좋을 리 없었다. 게다가 저 꼴 보기 싫은 조센징을 정식 단원으로 받아들여야 할지도 모를 시험이라니. 대기실엔 동희의 성공을 바라는 이 하나 없는 적의로 가득 차 있었다. 물론 그중 최고의 적은 가즈오였다. 가즈오는 팔짱을 낀 채 잔뜩 눈을 부라리고 있었다.

동희는 겨우 정신을 차리고 대기실 가운데로 걸어갔다. 한 걸음 내딛을 때마다 허방을 딛는 것처럼 어쩔하고 두려웠다. 이대로 땅 속으로 사라졌으면 좋겠다는 생각마저 들었다.

"동희 군, 준비는 다 됐나?"

기노쿠라의 물음에 동희는 가까스로 고개를 들었다. 긴장한 탓인지 눈앞이 흐릿했다. 당황한 나머지 말도 잘 나오지 않았다. 동희는 자신을 노려보고 있는 수십 개의 눈동자를 의식하면서 목소리를 겨우 쥐어짰다.

"아… 예."

"목소리가 그게 뭐냐? 자신이 없는 것이냐? 처음 나에게 아무가 아니라고 들이대던 그 아이는 어디 간 것이야?"

기노쿠라의 목소리에는 단단히 화가 실려 있었다. 꿀 먹은 벙어리처럼 아무 말 못 하고 있는데 차갑게 한마디를 덧붙였다.

"자신이 없다면 포기해도 좋다."

몇몇 단원들이 야유하며 "포기해! 조센징"이라고 외치는 소리도 들렸다. 포기라니? 그 말에 동희는 정신이 번쩍 들었다.

'말도 안 돼! 내가 어떻게 여기까지 왔는데.'

문득 동희의 머릿속에 유정이 피워 올렸던 붉은 꽃이 펼쳐졌다. 첫 곡마단에서 죽을 만큼 두들겨 맞던 순간 흘렸던 피비린내도, 기노쿠라 마술단에 들어오기 위해 서성였던 밤거리의 공기도 생생했다. 그리고 아버지에게 대들던 순간이며 아버지가 남겼던 마지막 말까지도. 그 모든 것들이 가리키는 한 가지는 마술이었다. 그걸 하려고 지금 여기 서 있는 것이 아니었던가.

동희는 입술을 앙다문 채 정면을 노려보았다. 이번에는 기노쿠라의 시선을 피하지 않았다. 그러자 언젠가 그가 단원들에게 했던 말이 떠올랐다.

"마술사가 되려면 기술뿐 아니라 태도도 갖춰야 한다. 그 첫 번째가 자신감이야. 자신 있게 자신의 세계를 펼쳐 내지 않으면 아무리 신기한 마술이라도 관객을 사로잡지 못한다. 결국 관객과의 기싸움에서 이겨야 한다는 거지."

그래, 그거였다. 동희는 자신을 노려보고 있는 단원들을 찬찬히 훑어보았다.

'지금부터 저들은 날 싫어하는 단원이 아니라 내가 사로잡아야 하는 관객이다.'

그렇게 생각하자 뱃속에서부터 뜨거운 뭔가가 차오르는 기분이었다. 동희는 여전히 떨리는 손을 꽉 쥔 채 애써 어깨를 폈다. 그러고는 침착하게 기노쿠라의 눈을 바라보며 말했다.

"자신 있습니다! 준비도 다 됐고요."

기노쿠라가 고개를 끄덕였다. 그 작은 몸짓이 어떤 응원보다도 힘이 됐다. 동희는 마술 도구를 탁자 위에 펼쳐 놓은 뒤 수백 번 외고 외웠던 말을 시작했다.

"오늘 제가 보여 드릴 마술은 신문지를 이용한 마술입니다. 여기 신문이 있죠? 보세요. 그냥 평범한 조간신문입니다."

동희는 신문지를 들고 앞뒤로 펼쳐 보여 주었다. 오늘 동희가 통과해야 할 시험이 바로 신문지 마술이었다. 재료도 구하기 쉽고, 비교적 간단해 초보에게 적합했다. 다만 단원들은 모두 다 아는 마술이기에 정확해야 했다. 무엇보다 자신만의 세계로 순식간에 끌어들여야 했다.

일단 시작을 하자, 긴장이 조금 누그러졌다. 동희는 신문을 펼쳐 들고 가즈오에게 내밀며 말했다.

"한번 확인해 보시겠습니까?"

"됐어. 저리 치워."

가즈오는 짜증을 내며 신문을 확 밀쳤다. '됐다!' 동희는 속으로 외치며 제자리로 돌아왔다. 가즈오의 반응까지 미리 계산해서 생각해 둔 동작이었다.

"오늘 저 관객분이 무척 화가 나는 일이 있나 봅니다. 그럴 땐 신문지를 이렇게 구기고 마구 찢어 버리면 화가 좀 풀리실 겁니다."

동희는 말을 하면서 실제로 신문지를 두 손으로 구기고 찢었다.

"아차, 그런데 오늘 신문에 기노쿠라 마술단 공연의 할인권이 있었던 걸 깜빡했네요. 신문은 이미 이렇게 찢어 버렸는데 어떡하지요?"

동희는 능청스럽게 말하며 단원들, 아니 관객들을 둘러보았다. 몇 명은 흥미롭다는 듯 몸을 앞으로 내밀었다. 호의적인 반응에 어느새 떨림은 멈추었다.

"걱정 마세요. 이 찢어진 신문에 마술 공연을 보고 싶다는 바람을 모아서 강력한 기운을 불어넣겠습니다."

이제 정말 중요한 순간이었다. 동희는 크게 심호흡을 한 후, 곧바로 다음 동작을 시작했다. 한 손으로는 찢어진 신문 뭉치를 들고, 다른 한 손으로는 허공에서 기운을 잡는 것처럼 움켜쥐었다. 그런 뒤 신문 뭉치 위에서 뿌리는 시늉을 했다. 그러는 사이, 반대쪽 손은 보이지 않는 곳에서 재빨리 움직였다.

모든 준비는 끝났다. 마술이 펼쳐지는 이 마지막 순간에 성공이냐 실패냐가 달려 있었다. 꿀꺽, 동희는 저도 모르게 마른 침을 삼킨 후 천천히 말했다.

"자, 찢어진 신문은 과연 어떻게 됐을까요?"

동희는 두 손으로 신문 뭉치를 잡고는 조금씩 펴기 시작했다. 연습한 대로 했으니 분명 잘될 것이다, 생각하면서도 잔뜩 긴장이 됐다. 드디어 마지막 부분을 펼치자, 네모반듯한 신문이 나타났다. 어느 하나 찢어진 곳 없이 멀쩡했다. 대성공이었다! 동희는 안도의 한숨을 내쉬며, 단원들을 둘러보았다.

"어떻습니까? 신문지가 이리 멀쩡하니 기노쿠라 마술 공연 보러 올 수 있겠죠."

단원 서넛이 손뼉을 쳐 주었다. 기노쿠라도 만족한 듯 고개를 끄덕였다. 용기를 얻은 동희는 내친김에 다음 마술로 자연스럽게 넘어갔다.

"무사히 할인권을 가지고 마술단에 오셨다면 이제부터 새롭고도 놀라운 마술을 보실 수 있습니다. 그 이름하여 젖지 않는 신문지!"

동희는 정신을 집중하고 새 신문지를 펼쳤다. 이번에도 평범한 신문임을 확인시킨 후 정해진 순서와 방향대로 신문을 네 번 접었다. 접은 신문을 왼손에 들고, 오른손으로는 물이 든 주전자를 들었다.

"자, 정말 이 신문지가 젖지 않을지 물을 한 번 부어 보겠습니다."

동희는 신문지에 물을 부으려다 멈칫했다. 연습하던 때에 비해 신문지의 모양이 미묘하게 달랐다. 신문지 안쪽을 살펴보던 동희는 순간 머릿속이 새하얗게 변했다. 물을 부어야 하는 부분이 찢겨져 있었다. 원래 이 마술은 신문에 바로 물을 붓는 것이 아니었다.

한지 몇 장을 겹친 후 풀까지 먹여 만든 봉투를 신문에 숨긴 후 물을 붓는 것이었다. 그런데 하필 그 부분이 찢어지다니.

'도, 도대체 어떻게 된 거지? 분명 어제 다 확인을 하고 집에 갔었는데.'

누군가 일부러 찢어 놓은 것이 분명했다. 동희는 고개를 들어 단원들을 바라봤다. 자세히 살필 것도 없었다. 가즈오가 차갑게 웃으며 손으로 종이를 찢는 시늉을 했다.

'아, 어째 술술 잘 풀리나 했다. 어쩌지? 오자마자 바로 확인을 했어야 했어.'

갑자기 동희의 시선이 불안하게 흔들리자, 기노쿠라가 의아한 듯 고개를 갸웃했다. 이대로라면 마술은 실패할 게 뻔했다. 그렇다고 지금 그만둘 수도 없었다. 아예 신문지에 물을 붓지 말고 다르게 바꿔 볼까? 그 짧은 순간, 별별 생각이 다 들었지만 좋은 방법이 떠오르지 않았다. 더 망설일 시간이 없었다. 어떻게든, 뭐든, 지금 해야 한다! 재빠르게 주변을 살피던 동희의 눈에 무언가가 들어왔다.

'그래! 저거라면 마술을 계속할 수 있을지도 몰라.'

그런데 어떻게 자연스럽게 저기까지 가지? 손에 든 신문과 가즈오를 번갈아 보던 동희는 문득 종구가 떠올랐다.

"이 신문을 보니 갑자기 옛 생각이 나는군요. 제가 예전에 신문 배달을 했거든요. 마술 공연이 너무 보고 싶은데 돈이 없는 겁니다. 제가 배달하던 신문에 할인권이 실린 줄도 모르고 있다가 땅에 뒹굴고 있는 신문을 주워 봤답니다."

이야기를 하며 자연스럽게 대기석 구석으로 걸어갔다. 그리고 신문을 줍는 시늉을 하며 버려진 도시락에 남아 있던 밥알을 손에 묻혔다. 밥알로 찢어진 한지를 붙여 볼 생각이었다. 동희는 신문을 바로 잡는 척하며 밥알을 으깨 찢어진 한지 사이에 붙였다. 이제 마를 시간이 필요했다. 동희는 보던 신문을 1전을 주고 산 거며, 그걸로 도둑으로 몰린 이야기를 했다. 자신을 도둑으로 몰았던 종구의 이야기를 할 땐 일부러 가즈오를 뚫어져라 쳐다봤다. 가즈오도 제 얘길 빗댄 걸 아는지 쳇, 하며 시선을 돌렸다.

"정말 슬픈 얘기지요? 하지만 그때 거기서 쫓겨나지 않았다면 저는 오늘 여기 서 있지 못했을 겁니다. 물론 실패는 사라지지 않습니다. 이 물도 마찬가지입니다."

이제 밥알 풀이 다 말랐을 것이다. 동희는 과감하게 신문에 물을 부었다. 곧 물이 신문지를 뚫고 쏟아지기를 기다리는 가즈오의 눈이 반짝였다.

"한번 엎지른 물은 다시 주워 담을 수 없다고들 하죠. 하지만, 과연 그럴까요?"

동희는 물을 다 부었지만 멀쩡한 신문을 단원들에게 보여 주었다. 가즈오는 이 상황이 이해가 안 된다는 듯 멍한 얼굴이었다.

"보세요. 실패를 받아들이고 잘 대비한다면 이 신문처럼 젖지 않을 수 있습니다."

마지막으로 동희는 신문을 기울여 안에 들어 있던 물을 그릇에 부었다.

"실패는 또 다른 기회를 만듭니다. 엎지른 물도 주워 담을 수 있는 것이죠."

말을 마친 동희는 그릇에 담긴 물을 단숨에 들이켰다. 가즈오는 분한 표정으로 애꿎은 입술만 깨물고 있었다. 드디어 모든 시험이 끝났다. 두려움 대신 해냈다는 기쁨으로 가슴이 뿌듯하게 벅차올랐다. 기노쿠라가 자리에서 일어났다.

"난 이만하면 합격인 것 같은데, 반대 의견들 있나?"

아무도 얘기하지 않자 기노쿠라는 동희에게 다가갔다.

"내일부터 막간 마술을 해 보아라. 단, 앞으로는 마술 도구는 철저하게 확인하고. 말은 좀 더 줄이도록 해."

역시 다 알고 계셨구나 싶어 동희는 부끄러움으로 얼굴이 벌게졌다.

"다른 사람들은 이만 돌아가도 좋다. 동희 군은 잠깐 남도록."

단원들이 모두 자리를 뜨자, 기노쿠라가 동희에게 작은 보따리를 건넸다. 보따리 속에 들어 있는 건 뜻밖에도 양복과 구두였다.

"내가 젊었을 때 무대에서 입던 옷이다."

"아, 이 귀한 걸 어찌 제게 주십니까?"

깜짝 놀란 동희가 선뜻 받지 못하자, 기노쿠라가 이맛살을 살짝 찌푸렸다.

"네가 예뻐서 주는 것이 아니다. 아무리 막간 무대라 해도, 최선의 모습을 보여야지. 좀 크긴 하겠지만 마술에 방해될 정도는 아닐 거다."

그제야 동희는 보따리를 소중하게 안고는 고개를 깊숙이 숙였다.

"정말 감사합니다. 열심히 하겠습니다."

"열심히 하는 건 누구나 다 한다. 최고가 되어라."

최고라니, 이제 겨우 신문지 마술을 해낸 풋내기에게 너무 까마득한 말이었다. 머뭇거리는 동희의 마음을 읽은 것인지 기노쿠라가 말했다.

"그 무대, 그 시간만큼은 네가 최고라는 생각을 하란 말이다. 그 경험이 쌓이면 너만의 마술을 할 수 있을 게다."

"저, 저만의 마술이라니요? 조선인인 제가요?"

동희의 조심스러운 물음에 단장님은 그게 무슨 대수냐는 듯한 표정이었다.

"조선인인 게 어때서 그러느냐? 조선에도 이름은 다르지만 아주 오래전부터 독특한 마술이 전해져 왔던 것으로 알고 있다. 왕뿐 아니라 저잣거리의 일반 백성들까지 두루 즐겼다 들었다."

조선의 마술이라니, 동희는 처음 듣는 이야기였다. 마술은 화려한 천막 극장, 눈부신 조명과 신나는 음악, 무엇보다 각종 진귀한 장치와 도구들이 가득한 신문물이 아니던가. 마술은 서양이나 일본에만 있는 줄 알았는데, 동희는 몇 년 전 조선에 온 러시아 곡마단이며, 덴쓰네 마술단을 떠올리며 고개를 갸우뚱했다.

"마술은 서양을 거쳐 일본으로 들어온 것이 아닙니까?"

"마술의 역사는 오래됐다. 마술이 없는 나라는 없어. 각자 자신들만의 마술을 만들어 왔지. 내가 젊었을 때 아미리견(미국)에서 마술을 배울 때는 말이다. 부로두웨(브로드웨이) 극장에 온갖 나라에서 마술사들이 모였다. 중국이나 인도, 법국(프랑스), 비리시(벨기에)뿐 아니라 애입다(이집트) 같은 아불리가(아프리카) 나라에서도 말이다. 거기선 국적이 중요하지 않았어. 얼마나 독창적이고 새로운 마술인지가 중요했지. 부로두웨 극장에서 조선에서 온 마술사는 본 적이 없었다. 그러니 어디에도 알려지지 않은 조선의 마술이 세상에 나온다면 더 놀랍지 않겠니?"

일본의 식민지 조선에 사는 동희에게는 기노쿠라가 얘기한 그 세계가 얼마나 넓고 큰지 가늠도 할 수 없어 현기증마저 났다. 게다가 어디에도 알려지지 않은 조선의 마술이라니? 아직 무대에 오르지도 못한 애송이에게 이런 이야기를 하시는 이유가 뭘까? 기노쿠라가 동희의 눈을 똑바로 바라보며 말했다.

"나에겐 일본인이든, 조선인이든 그것은 대단치 않아. 사람들에게 어떤 환상과 기적을 보여 주는 마술사냐가 중요할 뿐이지."

동희의 어깨를 두드려 주며 덧붙였다.

"네 재주라면 충분히 너만의 마술을 할 수 있다고 믿는다."

누군가에게 '조선인이어도 상관없다'는 말을 들은 것은 처음이었다. 그것도 엄하고 냉정한 줄 알았던 기노쿠라 단장님께 듣다니, 자신의 존재를 있는 그대로 인정받은 것 같아 동희는 가슴이 벅차게 뛰었다.

그때 누군가 천막으로 뛰어 들어왔다.

"단장님! 덴쓰네가 경성에 다시 온답니다."

순간 기노쿠라의 얼굴이 일그러졌다.

돌아온 유정

동희는 자꾸만 마음이 바람처럼 살랑였다. 괜히 입가에 미소가
지어지고, 발걸음은 날아갈 것처럼 가벼웠다. 동희는 본정을 지나
황금정에 막 들어선 길이었다.

황금정은 진고개에 주로 살던 일본인들이 상권을 북쪽으로 넓
히면서 새롭게 주목받는 번화가였다. 각종 요릿집과 카페. 극장 들
이 들어서면서 늘 사람들로 북적였다. 거리마다 기모노를 입은 일
본인이나 세련된 양장 차림의 신사들이 많이 오갔다. 괜히 기가 죽
은 동희는 상가 유리에 제 모습을 비춰 보았다. 여기에 오기 위해
무대에 설 때나 입던 양복에 구두까지 꺼내 신었다. 말끔한 자신의
모습을 확인하자 비로소 자신감이 생긴 동희는 옷을 툭툭 털고는
발걸음을 옮겼다.

일본인 전용 극장인 황금관은 멀리서 봐도 단연 눈에 띄었다.
황금이 들어간 이름과 달리 흰 대리석으로 웅장하게 지어진 서양

식 건물 앞에 서자 동희는 압도당하는 느낌이 들었다.

"엇! 어디서 많이 본 건물인데?"

동희가 중얼거리자 극장 앞에서 사탕이며 엿을 팔던 노점상이 힐끗 쳐다봤다.

"작년에 조선물산공진회에 다녀왔던 모양이오? 그때 연예관이 었던 건물이지. 공진회가 끝나자 황금관 주인이 그 건물을 인수해서 여기에 다시 지은 거라 합디다."

동희는 연예관이란 말에 깜짝 놀랐다. 개구멍을 찾아 헤맸던 일이며, 몰래 안에 들어갔다가 혼꾸멍난 일, 그리고 기적처럼 유정을 만난 일이 연이어 떠올랐다. 불과 1년 전 일이라는 것이 믿기지 않을 만큼 그동안 많은 변화가 있었다. 동희는 서둘러 매표소로 가 유창한 일본어로 말했다.

"일등석으로 한 장 주세요."

개구멍을 찾던 작년과 달리 동희는 당당하게 제 돈을 내고 표를 샀다. 이왕이면 1등석에 앉고 싶어 모아 둔 돈을 탈탈 털었다. 일등석 표를 내밀자 극장 직원이 필요 이상으로 허리를 굽신거렸다. 동희는 어깨가 절로 으쓱해졌다.

극장 안으로 들어서자 동희는 또 한 번 놀라고 말았다. 200석이 조금 넘는 기노쿠라 마술단의 천막과는 달리, 1000석이나 되는 관객석이 꽉 차 있었다.

"와, 덴쓰네의 명성은 여전하구나."

작년에 대단한 성공을 거둔 덴쓰네 마술단이 1주년을 맞아 경성에 다시 온 거였다. 한 달 전부터 신문에는 덴쓰네 마술단의 입경 소식이 대대적으로 실렸다. 동희는 흐릿한 마술단원의 사진에서 단박에 유정을 알아보았다. 눈썹을 따라 일자로 잘랐던 앞머리는 넘겨서 볼록한 앞이마가 돋보였고, 단발머리 역시 어깨까지 길러 넘실거렸다. 유정은 일본에서 정식으로 마술사가 된 모양이었다. 이런 최고의 마술단에 속해 있는 유정이 새삼 대단하게 느껴졌다. 유정이 얼마나 대단한 마술을 보여 줄지 기대도 됐다.

드디어 조명이 꺼지고 마술이 시작됐다. 소녀를 공중을 띄우거나 덴쓰네가 금색 원을 순식간에 빠져나오는 등 다양한 마술이 연이어 펼쳐졌다. 마술뿐 아니라 줄 위에서 한 발 자전거를 타는 등의 곡예도 있었다. 또 미국 뮤지컬 학교를 나왔다는 발레리나의 공연은 경성에서 처음 보는 거였다. 여기에 서양의 인기배우를 따라 하려고 콧수염을 단 배우의 익살스러운 무대도 인기를 끌었다. 사람들을 웃기고 긴장하게 했다가 감탄을 터뜨리게 하는 솜씨는 여전히 탁월했다. 하지만 기노쿠라 마술단의 정통 마술에 비하면 연극이나 곡예, 공연 같은 볼거리에 더 치중한 느낌이었다.

사실 동희는 그 모든 무대가 눈에 잘 들어오지 않았다. 오직 한 순간만을 기다리느라 애가 달았다. 입술이 바짝 마를 때쯤 사회자가 말했다.

"자, 다음 무대는 덴쓰네의 양녀인 노로 유리코 양입니다. 원래는 조선인이었지만, 일본의 선진 마술을 배워 진정한 일본인이 되었지요. 꽃도 시샘할 열여섯 살의 미인입니다. 우리 유리코 양이 환상적인 마술의 세계로 여러분을 초대합니다."

어느새 무대는 새하얀 벚꽃으로 화려하게 장식돼 있었다. 그사이로 하늘색 기모노를 입은 유정이 사뿐사뿐 걸어 나왔다. 머리는 단정하게 뒤로 묶었고 붉은 꽃으로 장식했다. 동희는 저도 모르게 두 손을 모아 쥐고는 몸을 앞으로 내밀었다. 1등석에서는 그녀의 표정 하나하나가 다 보였다. 그런데 웬일인지 유정은 엄청나게 긴장한 모습이었다. 유창한 일본어로 인사를 한 유정은 잠시 눈을 감았다 뜨더니 심호흡을 깊게 했다.

'유정이 왜 저렇게 긴장을 하지? 꼭 처음 무대에 서는 것처럼. 신문에서는 일본에서도 유정이 엄청난 인기를 끌고 있다고 했는데.'

마침내 긴장을 떨쳤는지 유정은 손을 들어 마술을 시작했다. 그녀의 손끝에서 순식간에 화려한 꽃이 피어났다. 1년 전 동희에게 보여 줬던 마술이었다. 이번에는 붉은 꽃, 노란 꽃 등 울긋불긋한 꽃을 몇 번이나 피웠다 사라지게 했다. 손에서 꽃이 다 사라지자 이번에는 흰 새도 날렸다. 조마조마한 심정으로 유정의 마술을 지켜보던 동희는 그제야 마음을 놓았다. 조선에 다시 돌아와 벅찬 마음에 긴장한 모양이라고 생각했다.

큰 실수 없이 마술을 보여 준 유정은 어느새 쌩긋 웃고 있었다.

이제 마지막 마술을 보여 줄 차례였다. 유정은 아무것도 없는 손에서 깃발을 꺼내 펼쳤다. 와, 하는 환호성이 끝나기도 전에 또 다른 깃발을 꺼냈다. 손에서 깃발이 끝도 없이 나왔다. 온갖 그림이 그려진 깃발에 이어 붉은 원이 그려진 일장기가 나오자 관객들이 열광했다. 그 뒤로 붉은 원에서 여덟 개의 줄기가 퍼지는 욱일기가 마지막으로 나왔다. 박수 소리가 끝날 줄을 몰랐다.

유정은 관객석을 훑어보며 인사를 했다. 그러다 문득 동희에게 시선이 와 닿았다. 동희는 자신을 알아보는 건가 싶어 가슴이 두근거렸지만, 이내 시선은 무심하게 멀어졌다. 무대에서 보일 리가 없다 생각했다가도 괜히 섭섭했다. 공연이 끝나자마자 동희는 벌떡 일어났다. 빨리 유정을 만나고 싶었다.

황금정 정문 앞에서 한참을 서성였지만, 관객들이 다 돌아간 후에도 유정은 모습을 드러내지 않았다. 얼마나 그러고 있었을까? 초조함에 손톱을 잘근잘근 씹어 대던 동희는 문이 열리는 소리에 재빨리 손을 감췄다.

정문에서 10여 명의 마술단 단원들과 함께 유정이 나왔다. 무릎까지 오는 담홍색 내리닫이(원피스)에 머리는 풀어서 어깨까지 늘어뜨려 나이보다 훨씬 성숙해 보였다.

유정을 보자 두근대던 심장이 이제는 마구 날뛰었다. 이 순간을 얼마나 기다렸는지 몰랐다. 동희는 재빨리 옆으로 다가갔다.

"유정아!"

하지만 유정은 마치 낯선 이를 대하듯 고개를 갸웃했다. 뜻밖의 반응에 당황한 동희는 모자를 땅에서 주워 주는 동작을 하며 말했다.

"저기, 나 기억 안 나? 일 년 전에 남대문통에서 네 모자를 주워 줬는데."

그제야 뭔가 떠오른 얼굴로 동희를 보더니 어색하게 웃었다.

"아! 어렴풋이 기억나. 우리 마술단도 구경 왔던⋯. 그런데 무슨 일로?"

동희는 그동안 설레고 좋아했던 마음이 혼자만의 것이라는 걸 깨닫자 얼굴이 화끈거렸다. 하긴 겨우 한두 번 만난 것이 전부인데 유정이 반겨 줄 거라 기대했던 것이 잘못이었다. 동희가 아무 말도 못하고 서 있자 유정은 쌀쌀한 표정으로 몸을 돌렸다. 벌써 저만치 멀어진 일행을 따라잡으려 걸음을 재촉했다. 하지만 이대로 보낼 순 없었다. 동희는 서둘러 품속에 넣고 다니던 종이꽃과 손수건을 꺼냈다.

"잠깐만! 그때 이거 혼자 풀면 인정해 준다고 했잖아."

그 말에 유정이 돌아보았다.

"정말 그걸 할 수 있다고?"

"그럼! 내가 너한테 보여 주려고 얼마나 연습했는지 몰라."

동희는 순식간에 붉은 종이꽃을 피워 유정에게 내밀었다. 유정의 얼굴에 살짝 미소가 떠오른 것을 본 동희는 주머니에서 비장의 무기를 꺼냈다. 만약을 위해 몰래 숨겨 온 불종이었다. 손수건을 꺼내는 척하며 불종이에 불을 붙였다. 순식간에 파바박, 불꽃이 솟아올랐다. 그리고 불꽃이 사라진 자리에는 노란 꽃이 하나 더 피어 있었다. 유정의 눈이 놀라움으로 휘둥그레졌다.

"그 마술도 정말 너 혼자 한 거야?"

"응, 진짜야! 물론 무대에서 하는 마술은 단장님이 한 번 가르쳐 주신 거지만. 이 종이꽃 마술은 내가 너 보여 주려고 혼자 연습한 거야."

동희가 억울하다는 듯 힘을 주어 이야기하자, 비로소 유정이 고른 이를 드러내며 웃었다.

"무대라니? 그새 마술단에도 들어간 거야? 와! 너 대단하다."

눈에 띄게 친절해진 유정의 칭찬에 쑥스러워진 동희는 머리를 긁적이며 대답했다.

"응. 얼마 안 됐어. 아직 정식 무대는 아니지만 막간에 마술도 하고 있고."

그 말에 유정의 눈빛이 반짝 빛났다. 그러더니 동희에게 바짝 다가서며 물었다.

"동희야! 내가 마술단 구경 가도 돼?"

순간 동희는 얼어붙은 듯 멍해졌다. 안 그래도 유정에게 무대에 선 자신의 모습을 꼭 보여 주고 싶었는데 유정이 먼저 얘기를 꺼내다니. 게다가 내 이름을 기억하고 있었다니. 동희는 처음의 쌀쌀

함은 잊은 채 그저 기뻤다.

"당, 당연하지! 본정통에 있는 기노쿠라 마술단이야."

동희는 유정의 마음이 바뀔까 봐 급히 마술단의 이름을 알려 주었다.

"뭐? 정말?"

순간 유정의 표정이 묘해졌다. 동희는 괜스레 불안했다.

"왜? 무슨 문제라도 있어?"

"아니 뭐, 그런 건 아니지만. 기노쿠라 마술단이면 우리 스승님이 덴쓰네 마술단을 만들기 전에 잠시 있었던 곳이라고 들은 것 같아서. 지금은 거의 원수처럼 지낸대."

"그래? 무슨 일이 있었는데?"

"자세한 건 나도 잘 몰라."

유정이 고개를 저으며 말했다.

"아무튼 다른 단원들이 기다려서 말이야. 오늘은 이만 갈게."

그러고는 몸을 돌려 걸음을 재촉했다. 너무 짧은 재회에 아쉬웠던 동희가 발을 떼지 못하고 있는데, 저만치서 유정이 뒤를 돌아보았다.

"동희야! 내가 너 보러 꼭 갈게. 그러니까 걱정 말고 오늘은 가."

유정은 동희에게 손을 흔들며 인사를 했다. 동희는 유정이 사라질 때까지 망부석처럼 그 자리에 꼼짝 않고 서 있었다. 자꾸만 헤벌쭉 벌어지는 입을 다물 수가 없었다.

그날로부터 벌써 닷새나 지났다. 오늘은 덴쓰네 마술단의 마지막 공연 날이었다. 내일이면 경성을 떠날 텐데 유정은 아직 오지 않았다. "너 보러 꼭 갈게"라며 손을 흔들던 모습이 자꾸 떠올랐다. 그 말이 거짓일 리가 없다며, 무슨 사정이 있는 거라고 자신을 타일렀지만 자꾸만 어깨가 축 처졌다.

그러는 사이 저녁 공연 1막이 끝나고 다음 마술을 준비하기 위해 검은 막이 쳐졌다. 이제 동희가 서야 할 막간 무대였다. 애써 마음을 추스른 동희는 막 앞에 섰다. 강렬한 조명이 쏟아졌다. 눈부심이 사라지자마자, 아! 낮은 감탄사가 터져 나왔다.

유정이었다. 그렇게 기다렸던 유정이 바로 눈앞에 있었다. 하늘하늘한 흰색 블라우스에 짙은 보라색 치마를 입은 유정이 1등석에 앉아 있었다. 짧은 챙 모자 밑으로 검은 머리가 어깨에서 찰랑거렸다. 분명 조명은 동희를 비추고 있는데, 이상하게 유정의 모습만 환하게 빛났다.

동희가 멍하니 자신만 보고 있자 유정이 입을 크게 벙긋거렸다. '뭐 해? 빨리 시작해야지?'란 말 같았다. 그제야 정신을 차린 동희는 관객석을 향해 인사를 했다. 그러고는 침착하게 마술을 시작했다. 신문지를 찢었다가 붙였고, 물을 부었지만 젖지 않는 신문지를 보여 주었다. 단 한 번의 실수도 없었다. 짧은 막간 마술이 끝나자 조명이 툭 꺼졌다.

평소 같으면 여기에서 끝이었다. 하지만 오늘은 유정이 온 날이었다. 바로 이 순간을 위해 몰래 준비한 것이 있었다.

유정이 경성에 다시 온다는 소식을 듣자마자 동희는 새 마술을 연습하기 시작했다. 막간에 하는 바람잡이용 마술이 아니라 제대로 된 멋진 마술을 보여 주고 싶은 마음에서였다. 단번에 매듭이 떠올랐고, 비교적 간단한 도구인 밧줄로 이러저런 매듭을 만들어 보았다. 매듭은 어떻게 고리를 만드느냐에 따라 다양한 변형이 가능했다. 그동안 남들 눈을 피해 손이 부르트도록 연습한 밧줄 마술을 드디어 펼칠 순간이었다.

기회는 단 한 번뿐이었다. 쿵쿵 심장 뛰는 소리가 마치 천둥소리처럼 크게 들렸다. 밀려드는 긴장감에 몇 번이나 깊게 심호흡을 해야 했다. 마침내 동희는 오른손을 들어올렸다. 그리고 엄지손가락을 튕기자 손끝에서 불꽃이 '팟!' 하고 나타났다.

"제 마술이 여기서 끝난 줄 아셨죠? 오늘 이 자리에 오신 분들은 아주 운이 좋으신 겁니다. 왜냐하면 기노쿠라 마술단에서 처음으로 선보이는 마술을 보실 수 있기 때문입니다."

순간 관객석이 술렁술렁했다. 유정도 눈을 동그랗게 뜨고는 동희를 바라보았다. 아마도 지금쯤 무대 뒤에선 더 난리가 났을 것이다. 허락도 받지 않고 새 마술을 마음대로 무대에 올리다니. 하지만 이미 관객들 앞에서 말해 버렸으니 어찌할 방도가 없을 것이었다.

동희의 예상대로 다시 조명이 켜졌다. "와!" 관객들이 환호성을 질렀다. 이제부터는 온전히 자신이 책임져야 하는 무대다. 조금이라도 실수하면 유정의 인정은 물론 막간 마술사 자리마저 내놓아야 할지 몰랐다. 동희는 뛰는 가슴을 가까스로 진정시키며 속으로 외쳤다.

'지금부터 자신 있게 나만의 세계를 펼쳐 내는 거야!'

동희는 두툼한 밧줄을 꺼내 들었다. 두려움도 떨림도 느낄 새가 없었다. 오로지 밧줄에만 정신을 집중했다.

"아무리 잡아당겨도 끊어지지 않는 튼튼한 밧줄입니다. 보통 물건이나 사람을 묶을 때 사용하죠. 그런데 이 밧줄은 사실 평범한 밧줄이 아닙니다. 뭐든지 통과를 하는 마법 밧줄이죠."

동희는 밧줄을 양쪽으로 힘껏 잡아당겨 보인 후 자신의 목에 밧줄을 돌려 감았다. 뭐 하려고 저러지? 관객들의 얼굴에 한껏 궁금함이 떠오르자 망설임 없이 밧줄의 양끝을 잡아당겼다.

밧줄이 점점 목을 조이자 여기저기서 비명이 터졌다. 하지만 놀랍게도 밧줄은 목을 통과해 동희의 손에 쥐어져 있었다. 물론 목도 무사했다. 조금 전과는 비교도 안 될 정도로 큰 함성이 터져 나왔다.

동희는 인사를 하면서 유정의 표정을 살폈다. 유정이 흐뭇하게 웃으며 옆자리의 누군가와 귓속말을 하는 것이 보였다. 어? 같이 온 사람이 있었나, 어디서 본 것 같기도 했지만 긴장한 탓인지 도통 기억이 나지 않았다.

동희는 다시 마술에 집중했다. 이번에는 속이 빈 커다란 공을 꺼냈다. 한지를 수십 겹이나 겹쳐 만든 튼튼한 종이공이었다. 까다롭고 어려운 마술이라 지금까지 겨우 두어 번 성공했을 뿐이었다. 하지만 오늘이라면 어떤 마술이든 척척 할 수 있을 것 같았다.

"이 평범하게 생긴 밧줄이 목을 통과하다니 정말 놀랍지 않습니까. 이번엔 또 무엇을 통과할까요? 바로 요 커다란 공입니다. 이 공에는 단 두 개의 구멍만이 뚫려 있습니다. 밧줄이 들어갈 구멍과 나갈 구멍이지요. 과연 이 밧줄이 공도 통과할 수 있을까요? 본격적인 마술을 하기 전에 혹시나 속임수가 있는 건 아닌지 의심하는 분들을 위해 확인할 기회를 드리겠습니다."

관객석에서 몇 명이 손을 들자, 동희는 건장해 보이는 사내 둘을 지목했다. 무대로 올라온 사내들은 밧줄을 양쪽에서 잡고 힘껏 당겨 보았다. 사내들은 공도 두드려도 보고, 손을 넣어 휘저어 보기도 했다. 그러고는 아무 이상이 없다는 뜻으로 고개를 저었다.

"그렇다면 이제 마술을 시작할 수 있겠군요. 자, 잘 지켜보세요."

동희는 두 개로 겹친 밧줄을 공의 구멍에 넣은 후 맞은편 구멍으로 빼냈다. 그러고는 겹친 밧줄 중 하나를 공 위에서 단단히 묶었다. 이어서 공을 가운데 놓고 양쪽으로 선 두 남자에게 밧줄을 건넸다. 마지막으로 붉은 천으로 공을 보이지 않게 덮었다. 동희는 천 위에 손을 올리고는 주문을 외웠다.

"자, 밧줄에게 명하노니 공을 나에게 돌려 다오! 이제 밧줄을 잡아당겨 보세요."

동희의 말이 떨어지자 사내들은 각자 양쪽에서 밧줄을 힘껏 잡아당겼다. 하지만 공은 그대로였다. 사내들은 고개를 갸웃하더니 밧줄을 더 세게 잡아당겼다. 어찌나 힘을 줬던지 얼굴은 시뻘게지고 손은 덜덜 떨렸다. 그래도 공은 꼼짝도 하지 않았다.

당황한 동희의 등줄기를 타고 식은땀이 흘러내렸다. 원래대로라면 매듭이 풀리면서 공이 분리돼야 했지만, 뭐가 잘못됐는지 공은 움직이지 않았다. 이대로라면 완전히 실패였다.

'안 돼! 어떻게 여기까지 왔는데 모든 걸 잃을 순 없어. 어떻게든 방법을 찾아야만 해.'

동희는 속으로 초조하게 외쳤다.

어려운 선택

긴장감으로 이가 딱딱 부딪혔다. 온몸이 덜덜 떨렸다. 하지만 이 위기를 벗어날 마땅한 방법이 떠오르지 않았다. 여기서 실패하면 그저 유정에게 창피하고 말 일이 아니었다. 이건 기노쿠라 마술단 의 이름에 먹칠을 하는 것이었다. 머릿속이 새하얗게 변하고 입이 바짝바짝 말랐다.

동희는 땀으로 흥건히 젖은 손을 옷에 문질러 닦았다. 문득 주 머니 속에 불룩한 것이 만져졌다.

'이, 이건? 그래, 이거라도 써 보자.'

동희는 갑자기 밧줄에 묶인 공에 귀를 갖다 댔다. 마치 말을 알 아듣는 듯 고개를 끄덕이기도 했다.

"이 신비의 밧줄이 말하길 아직 여러분의 기가 덜 모였다는군 요. 흠, 그렇다면 제가 이 열기를 끌어올려 보겠습니다."

동희는 재빨리 주머니에서 작은 공을 꺼냈다. 아직 연습 중인 마술이었지만 따질 겨를이 없었다. 손가락 사이에 공을 끼우고 흔들자 순식간에 두 개가 됐다. 손을 흔들 때마다 세 개, 네 개가 되더니 어느새 여덟 개까지 늘어났다. 다음 순간 동희가 알록달록한 공을 모두 공중으로 던져 올렸다. 관객들이 일제히 고개를 젖혀 날아오른 공을 바라보았다. 동희는 재빨리 오른쪽 주머니에 넣어 둔 큰 보자기를 펼쳤다. 떨어지는 공을 받는 것처럼 보였지만, 사실은 관객들의 시선을 가리기 위해서였다.

그사이 동희는 서둘러 공 속에 왼손을 넣어 매듭을 찾았다. 긴장한 탓인지 매듭이 잘 풀리지 않았다. 한 손으로 풀자니 손가락에 쥐가 날 것 같았고 땀 때문에 미끄럽기까지 했다. 정녕 이대로 실패인 걸까? 그렇다고 포기할 수는 없었다. 동희는 입술을 꽉 깨물고는 있는 힘을 다해 매듭을 흔들었다. 순간, 매듭이 헐렁해진 것이 느껴졌다. 손가락에 더 힘을 주자 마침내 매듭이 풀렸다.

겨우 한숨을 돌린 동희는 큰 손수건을 앞뒤로 펼쳐 보였다. 공이 사라진 걸 본 관객들이 "와!" 함성을 질렀다.

"드디어 여러분의 기가 가득 모인 것 같군요. 그럼 다시 한 번 밧줄을 당겨 볼까요?"

동희는 큰 천 위에 손을 올리고 주문을 외웠다. 사내들이 밧줄을 홱 당겼다. 다음 순간 밧줄을 통과한 공은 동희의 품 안에 안겨 있었다. 동희가 공을 내려놓은 뒤, 천을 치우자 두 사내가 잡고 있던 밧줄도 그대로였다.

동희는 공을 이리저리 돌려 보이며 멀쩡하다는 것을 확인시켰다. 밧줄 또한 끊어진 곳 하나 없이 매끈했다. 관객들이 탄성을 지르며 손뼉을 쳤다. 열광적인 박수였다.

그제야 후유, 안도의 한숨이 흘러나왔다. 좀 더 완벽한 공연을 하지 못한 것이 못내 아쉬웠지만 웃고 있는 유정을 보니 마음이 놓였다.

그런데 옆자리의 여인이 갑자기 자리에서 벌떡 일어나 입구로 향했다. 유정이 놀란 표정으로 다급히 뒤를 따랐다. 무슨 일이지? 동희는 허둥지둥 인사를 하고 무대를 내려왔다. 빨리 유정을 따라가 봐야 했다.

퍽! 갑자기 주먹이 날아들었다. 동희는 쿵 소리를 내며 무대 뒤편 구석에 나가떨어졌다. 고개를 들어 보니 가즈오가 일그러진 얼굴로 씩씩대며 서 있었다.

"이 시건방진 조센징 주제에! 단장님이 좀 예뻐한다고 겁나는 게 없어? 여기가 어디라고 네 마음대로 마술을 올려?"

"…."

동희가 아무 말도 못 하고 고개를 숙이자 가즈오는 더 길길이 날뛰었다.

"내가 오늘 이 새끼 가만히 안 둘 거야! 다시는 마술을 못 하게 손가락을 부러뜨릴 거라고."

가즈오의 말이 끝나기가 무섭게 다른 단원들이 양쪽에서 동희를 못 움직이게 붙잡았다. 바닥에 엎드린 채 발버둥을 쳤지만, 꼼짝도 할 수 없었다. 가즈오는 발을 들어 동희의 오른손을 짓눌렀다.

"으아아! 잘못했습니다. 제발 손만은, 손만은 안 돼요."

동희가 비명을 지르며 용서를 빌자 가즈오의 얼굴에 섬뜩한 미소가 떠올랐다.

"이 새끼, 늦었어. 다시는 마술을 못 하게 해 주지."

가즈오는 더 힘을 주어 동희의 손을 짓이겼다.

"그만! 그만둬!"

언제 들어왔는지 기노쿠라가 이마를 단단히 찌푸리며 소리쳤다.

"아직 이 막이 남았다. 관객들을 기다리게 할 셈이야? 바로 다음이 가즈오 네 차례가 아니냐?"

"그, 그렇지만…."

"됐다. 혼내는 건 공연을 다 끝낸 뒤에 해도 늦지 않아."

기노쿠라의 호통에 가즈오는 내키지 않는 표정으로 동희의 손을 밟고 있던 발을 치웠다. 동희는 비틀거리며 겨우 몸을 일으켜 앉았다. 손가락을 움직여 보았다. 다행히 뼈에는 이상이 없어 보였다. 그 모습을 본 가즈오가 쳇, 코웃음을 치고는 나갔다. 남아 있던 단원들도 뒤따랐다. 기노쿠라가 동희를 내려다보며 담담하게 말했다.

"손은 괜찮으냐?"

불호령이 떨어질 줄 알았는데, 자신을 걱정하는 말에 동희는 왈

칵 눈물이 났다.

"흐흑. 단장님, 정말 죄송합니다."

"무엇이 죄송하다는 것이냐?"

"제가 허락도 받지 않고 마음대로 마술을 해서요."

"아니, 네가 오늘 한 것은 마술이 아니다. 한낱 눈속임이지. 마술은 수십 번, 수백 번의 연습을 통해 관객들에게 완벽한 세상을 보여 주는 것이야. 진짜 마술은 노력을 뛰어넘는 노력을 할 때만 가능한 것이다."

기노쿠라는 그 말을 남기고는 자리를 떠났다. 혼자 남은 동희는 가즈오에게 맞은 자리보다 단장님의 말이 더 아팠다. 기노쿠라처럼 대단한 마술사도 공중 부양 마술을 2년 동안 개발하고 연습했다는 말이 떠올랐다. 유정에게 잘 보이고 싶다는 치기 어린 마음에 무대를 이용한 자신이 부끄러웠다. 으흐흑, 자꾸만 눈물이 흘렀다. 비틀비틀 일어나 대기실 천막으로 가려는데 누군가 동희의 옷깃을 잡아당겼다. 일고여덟 살쯤 된 꼬마가 곱게 접은 종이를 내밀었다.

"형이 아까 밧줄 마술한 마술사죠? 예쁜 누나가 이거 형한테 전해 주래요."

동희는 허겁지겁 편지를 펼쳐 보았다. 흘려 쓴 일본어로 '엔제루 기사텐으로 와. 기다리고 있을게'라고 적혀 있었다.

"아! 어떻게 하지?"

동희는 유정의 편지를 들고는 고민에 휩싸였다. 기노쿠라의 아픈 말이 주춤거리게 했다. 하지만 지금 나가지 않으면 가즈오에게 붙들릴 것이었다. 그러면 유정을 만날 기회를 영영 놓칠지도 모른다.

"잠깐만 만나고 오자. 빨리 돌아와서 싹싹 비는 거야."

마음이 급해진 동희는 몸을 일으켜 밖으로 달려 나갔다. 누군가 자신을 부르는 것 같았지만, 뒤돌아보지 않고 그대로 내달렸다.

엔제루 기사텐은 본정 번화가에 있는 유명한 다방이었다. 그 앞을 지나가기만 해 봤지, 실제로 들어갈 일이 생길지는 몰랐다. 다방 문 앞에 서서야 가즈오에게 맞아 퉁퉁 부은 얼굴이 신경 쓰였다. 동희는 고개를 푹 숙인 채 다방 안으로 들어섰다. 어두컴컴한 실내에는 담배 연기가 자욱했고, 유성기에서는 일본 유행가가 흘러나왔다. 빈자리가 없을 정도로 두셋씩 앉은 사람들이 가득했다. 대부분 기모노나 양복을 입은 일본인들이었다. 동희는 두리번거리며 유정의 모습을 찾았다. 창가 자리에서 유정이 동희를 향해 손을 흔드는 것이 보였다.

가까이 다가간 동희는 깜짝 놀라고 말았다. 유정의 맞은편에는 창백할 만큼 하얀 얼굴에 새빨간 입술을 한 아름다운 여인이 앉아 있었다. 덴쓰네였다. 아까 유정의 옆에 앉아 있던 사람이 덴쓰네였나? 놀라는 동희를 덴쓰네가 뚫어질 듯 쳐다보았다. 그 시선에 몸이 얼어붙듯 긴장이 됐다.

"뭐 해? 앉아. 얼른 네 소개도 드리고."

유정이 동희의 손을 잡아끌며 재촉했다. 동희는 어색하게 유정의 옆에 앉았다.

"전 남동희라고 합니다. 올해 열여섯 살이고. 그리고…."

무슨 소개를 더 해야 할지 몰라 망설이는데 덴쓰네가 다짜고짜 물었다.

"오늘 마술은 네가 직접 고안한 거니? 기노쿠라 선생의 마술과는 확연히 달라서 말이야."

"네. 그러는 바람에 제가 오늘 공연을 망쳤어요. 단장님께는 너무 죄송한 일이죠."

부끄러움이 몰려와 동희는 고개를 푹 숙였다. 그러자 덴쓰네가 돌연 웃음을 터뜨렸다.

"아! 미안, 미안. 왜 기노쿠라 선생이 조선인인 널 무대에 세웠는지 이제야 알 것 같아서."

덴쓰네의 입에서 기노쿠라의 이름이 나오자, 유정이 했던 말이 떠올랐다. 덴쓰네가 기노쿠라 마술단에 몸담았었고, 무슨 이유에선지 지금은 원수처럼 지낸다고 했던가. 잠시 생각에 잠긴 동희는 덴쓰네의 말에 정신이 퍼뜩 돌아왔다.

"그나저나 일본에 가면 당장 이름부터 바꿔야겠구나."

일본에 가다니? 이름을 바꾸라는 건 또 무슨 말이고? 도통 이해할 수가 없었다. 그때 유정이 한껏 들뜬 목소리로 말했다.

"내가 스승님께 널 강력히 추천했어."

"으응? 뭘 추천해?"

"아이참, 널 우리 덴쓰네 마술단에서 뽑아 가겠다고."

여전히 어리둥절해 하는 동희의 눈을 덴쓰네가 똑바로 쳐다보았다.

"손놀림이 빠르더구나. 실수를 바로잡는 순발력도 좋고. 조금만 다듬으면 꽤 쓸 만하겠어. 어떠니? 우리 마술단으로 오는 건?"

"그, 그게 정말이십니까? 저를 일본으로 데려가신다고요?"

믿기지 않아서 동희가 반문하자, 유정이 더 기뻐하며 말했다.

"그래, 그렇다니까. 우리 이제 같은 무대에 설 수도 있어."

그제야 이 엄청난 제안이 무엇인지 이해한 동희는 그만 숨이 멎는 것 같았다. 일본 최고의 마술단인 덴쓰네 마술단에 들어오라니! 그건 그토록 바라던 마술사로서의 성공으로 가는 지름길이 될 것이 분명했다. 유정과 나란히 무대에 선 모습이 머릿속에 떠오르자, 흥분과 기대로 온몸의 피가 끓어올랐다. 하지만 곧 '조선인인 데다가 막간 마술사에 불과한 나를 왜?'라는 의문이 따라붙었다. 동희는 조심스럽게 물었다.

"왜 하필 접니까? 저보다 더 잘하는 마술사가 훨씬 많은데요?"

덴쓰네가 한쪽 입술 끝을 올리며 차갑게 웃었다.

"다른 마술사는 필요 없어. 모두 기노쿠라 선생이 시킨 대로만 하는 걸. 선생의 마술은 나도 이미 다 알고 있어. 어떤 마술을 보여 줄 건지 기대되는 건 딱 너 하나였어. 물론 아직은 어설프고, 실수도 많지만. 그거야 다시 가르치면 되고."

덴쓰네 같은 대마술사에게 칭찬을 받자 동희는 몸 둘 바를 몰라 허둥거렸다. 그 모습이 재미있다는 듯 웃던 덴쓰네가 덧붙였다.

"전통과 원칙을 중요하게 생각하는 기노쿠라 선생이 조선인인 널 받아들인 것도 그 때문이겠지. 정체돼 있는 자신의 마술에 새로움을 불어넣어 줄 거라 기대한 건가? 내가 그리되게 가만히 둘 줄 알고?"

마지막 말은 거의 혼잣말이었지만, 동희는 똑똑히 들을 수 있었다. 문득 덴쓰네의 얼굴이 서늘해 보여 오싹했다.

그러자 이 제안이 단순히 일본에서 마술사가 되는 문제가 아니라는 생각이 들었다. 이건 자신을 알아봐 주고, 기회를 준 기노쿠라 단장님을 배신하는 일이었다. 아버지처럼 돌봐 준 중만이 아저씨도, 유일한 친구인 병수도 다 버리고 간다는 의미였다. 게다가 아버지가 준 이름까지 일본 이름으로 바꿔야 했다. 그건 조선 소년 남동희로 살아온 16년의 시간을 통째로 부정하는 일 같았다. 동희가 머뭇거리자 애가 탄 유정이 재촉했다.

"뭐 해? 빨리 대답하지 않고? 보니까 지금 그 마술단에서는 널 별로 반기지 않는 것 같은데 고민할 게 뭐 있어?"

유정이 동희의 얼굴에 난 상처를 빤히 보며 말했다. 가즈오에게 맞았던 상처가 욱신거렸다. 유정의 말이 맞았다. 이대로 돌아가면 가즈오는 날 또 얼마나 괴롭힐까? 이번엔 정말 손가락을 으스러뜨 릴지도 몰랐다. 설령 용서를 받는다 해도 기노쿠라 마술단에서는 언제 정식 무대에 서게 될지 알 수 없었다. 하지만 일본에 간다면 유명한 마술사가 되고 부자가 되는 건 시간문제일 것이다. 무엇보 다 유정과 함께 있을 수 있는 유일한 기회였다.

서로 상반된 생각들이 동시에 떠올라 동희는 혼란스러웠다. 마 음 같아서는 며칠 생각할 시간을 달라고 하고 싶었다. 하지만 내일 함께 일본으로 가는 배를 탈 것인지, 아니면 이대로 경성에 남아 있을 건인지 지금 바로 선택을 해야 했다.

동희는 고개를 돌려 옆에 앉은 유정을 바라보았다. 처음 만났을 땐 인력거 위에 앉아 자신을 내려다보던 유정은 별당 아씨처럼 아 득히 멀었는데. 이제는 손을 뻗으면 닿을 듯 가까이에 있었다. 그 래, 더 망설이지 말자. 이름은 성공한 뒤 다시 찾으면 된다. 은혜도 그때 갚으면 된다. 동희는 마침내 고개를 끄덕였다.

"일본으로 가겠습니다."

덴쓰네의 얼굴에 만족감이 떠올랐다.

"잘 생각했어. 네가 유리코와 나란히 무대에 오른다면 정말 근 사할 거야. 그렇지, 유리코? 저 아이와 함께라면 너도 일본에서 제 대로 된 무대에 설 수 있을 테니까."

덴쓰네의 말에 유정의 얼굴이 빨개졌다. 덴쓰네는 알 듯 말 듯 묘한 미소를 짓더니 먼저 자리에서 일어났다.

나와 함께라면 무대에 설 수 있다니? 동희는 덴쓰네의 마지막 말이 아무래도 마음에 걸렸다.

"유정아, 아까 덴쓰네가 한 말이 무슨 말…."

"동희야, 우리도 바람 쐬러 나가자. 여기 담배 연기 때문인지 머리가 너무 아프네."

유정이 동희의 말을 자르더니 자리에서 벌떡 일어났다. 동희도 엉거주춤 유정의 뒤를 따랐다. 상점마다 불을 환히 밝힌 본정 거리에는 늦은 시간에도 오가는 사람들이 많았다. 그 사이를 유정과 나란히 걷고 있으려니 동희는 자꾸만 얼굴이 달아올랐다. 가을바람에 실려 온 유정의 향기 탓인 듯했다.

"동희야, 나 지금 너무 기뻐. 네가 같이 일본에 간다고 생각하니까. 이젠 그 멀고 낯선 곳에서 나 혼자가 아니잖아. 언제나 내 편이 돼 줄 친구가 있는 거잖아."

유정이 그렇게 말하며 햇살처럼 웃었다. 눈이 부셨다.

"응, 나도 기뻐. 너랑 같이 있을 수 있어서."

동희는 얼결에 그렇게 말해 놓고는 자기도 놀라 얼굴이 붉게 달아올랐다. 그런 동희를 보며 유정이 배시시 웃더니 슬며시 동희의 손을 잡았다. 순간 머릿속이, 온 세상이 새하얗게 되는 것 같았다. 들리는 건 쿵쿵대는 심장 소리뿐이었다. 어지러웠다.

"우리 내일 아침 일찍 용산역으로 출발할 거야. 새벽에 여관 앞으로 와."

동희를 마주 보며 유정이 말했다. 아직 얼어 있는 동희가 아무 말도 못 하자 유정이 다시 한 번 채근했다.

"내일 꼭 올 거지? 응?"

유정의 까만 눈동자가 동희를 올려다보았다. 동희는 얼른 고개를 끄덕였다. 그제야 유정이 손을 놓고는 웃었다. 그럼 내일 봐, 하고는 손을 흔들고는 뛰어갔다.

유정이 사람들 사이로 멀어지자 동희는 그제야 참고 있던 숨을 훅, 내쉬었다. 아직도 달콤한 치자꽃 향기가 나는 것 같았다. 이제 몇 시간 후면 그토록 바라던 마술사의 꿈을, 유정과 함께 빛나고 싶다는 꿈을 이룰 수 있게 될 것이다.

동희는 주먹을 부르쥐고는 집으로 내달렸다.

뒤돌아보지 않겠어

동네는 조용했다.

전기는커녕 호롱불도 아까워 밤이면 집집마다 컴컴한 어둠 속에 잠겼다. 동희의 발소리에 놀란 개가 간혹 짖을 뿐이었다.

동희는 병수네 집 앞에서 잠시 망설이다가 이내 중만이 아저씨 집으로 발길을 돌렸다. 방문 앞에는 신발이 아무렇게나 놓여 있었고, 요란하게 코 고는 소리가 바깥까지 들려왔다. 동희는 살금살금 다가가 방문을 조금 열었다. 완전히 곯아떨어졌는지 아저씨는 동희가 들어가도 꿈쩍도 하지 않았다.

동희는 잠시 중만이 아저씨의 잠든 얼굴을 내려다보았다. 요즘 얼마나 일이 고된지 얼굴이 잔뜩 상해 있었다. 그게 다 '이제부터는 내가 네 아버지 대신이다'라며 아버지의 인력거를 물려받은 후부터였다. 아저씨는 동희가 마술을 배워 나오면 작은 천막이라도 마련해 주고 싶다며 악착같이 일했다.

'친자식도 아닌데 누가 날 이렇게 아껴 주겠어. 아저씨한테는 제대로 말씀을 드리고 가야 하는 거 아닐까?'

잠시 마음이 흔들렸지만 안 될 말이었다. 아저씨는 지금도 빨리 마술을 배워서 일본인 마술단에서 나오길 바라셨다. 그런데 아예 일본으로 가겠다고, 게다가 이름까지 바꾼다고 하면 펄쩍 뛰며 말릴 것이 뻔했다.

'그래, 지금은 나만 생각하자. 내가 집에 남아 있으면 아저씨는 계속 무리하실 거고, 건강을 해칠 수도 있어. 일본에 가서 마술사로 성공한 후에 돌아오면 돼. 와서 집도 사 드리고 가게도 내드리자. 지금 이렇게 떠나는 것이 나를 위하고, 아저씨를 위한 길이야.'

동희는 어금니를 앙다물고는 짐을 서둘러 꾸렸다. 짐이랄 것도 없었다. 옷 몇 벌과 모아 둔 비상금을 챙겼다. 문득 한구석에 놓인 아버지의 유품 꾸러미가 보였다. 어디에 쓰는 것인지 알 수 없어 아저씨 집으로 옮긴 뒤 그대로 처박아 둔 채였다. 잠시 망설이던 동희는 다시 제자리에 두었다. 가져간들 꺼내 볼 일이 없을 것 같았다.

보따리를 품에 안은 동희는 미리 써 놓은 편지를 아저씨의 머리맡에 놓아두었다. 그러고는 잠들어 있는 아저씨를 향해 인사를 꾸벅했다. 왠지 눈시울이 뜨거워져 황급히 방을 나왔다.

희미한 달빛 아래 다닥다닥 붙은 토막집 낮은 지붕들의 새까만 윤곽선만 보였다. 거의 평생을 산 곳이다. 아버지의 너른 어깨도,

친형제처럼 지냈던 병수도, 내 집 네 집 없이 참견하던 동네 아주머니들도 모두 이곳에서 만났다. 가난했지만 따뜻한 이들이었다. 하지만 아픈 기억이 더 많았다. 늘 춥고 배고팠다. 공부를 하고 싶어도 돈이 없어서 하지 못했다. 가난해서, 조선인이어서 꿈을 포기하고 사는 것이 당연한 시간들이었다. 무엇도 될 수 없으리라는 생각에 하루하루가 불안했고, 이유 없이 화가 났었다. 그런 동희에게 무엇이 될 수 있다는 희망을 준 것이 마술이었다. 이 냄새나고 가난한 동네에서 벗어날 수 있으리라는 기대를 품을 수 있었다. 일본으로 간다면 그 희망과 기대가 더 빨리 내 것이 될 수 있을 거였다. 동희는 더는 뒤돌아보지 않았다.

그 길로 터벅터벅 걸어 본정통으로 향했다. 기노쿠라 단장에게 쓴 편지를 손에 꽉 쥔 채였다. 깜깜한 어둠 속에 마술단 천막들이 우뚝 서 있었다. 눈을 감고도 다닐 수 있을 만큼 익숙한 곳이라 망설임 없이 대기실 천막으로 들어갔다. 달빛조차 들어오지 않아 안은 칠흑처럼 어두웠다. 어둠이 눈에 익자 누군가 의자에 앉아 있는 것이 보였다. 깜짝 놀라 달아나려는데 들려온 목소리가 동희를 붙들었다.

"안이 너무 어둡구나. 거기 어디 남포등이 있을 텐데."

기노쿠라의 담담한 말에 동희는 대기실 구석에서 남포등을 찾아 켰다. 노란 불빛 아래 그새 꺼칠해진 기노쿠라의 얼굴이 보였다.

기노쿠라는 말없이 동희에게 다가왔다. 동희가 꼭 안고 있는 보따리에 잠시 눈길이 머물렀지만 그대로 지나쳤다. 눈길은 피딱지가 앉은 오른손에 멈췄다. 동희의 손을 자기 쪽으로 당겨 하얀 붕대를 단단히 감아 주었다. 동희는 어찌할 바를 모르며 그저 손을 내맡겼다. 붕대를 다 감자 기노쿠라는 짧게 한숨을 쉬었다. 그리고 할 말이 있다는 듯 동희의 눈을 들여다보았다. 동희는 어떤 말이 나올까 두려웠다.

"어제 무대 위에서 한 네 마술 말이다…. 그거, 매듭이 잘못 된 거다. 그 마술에는 매듭을 쓸 것이 아니라, 아주 간단한 방법이 있다."

기노쿠라는 조금 전 앉아 있던 의자 옆에서 밧줄을 가져왔다. 밧줄 두 개를 구부려 가운데 부분을 맞댔다. 그리고 맞댄 부분을 밧줄과 같은 색깔의 실로 느슨하게 꿰맸다. 밧줄을 펼치자 꿰맨 자국은 보이지 않았다.

"이렇게 실로 느슨하게 꿰매 두면 조금만 힘을 주면 끊어진다. 겉으로 전혀 표시도 나지 않고 말이다."

그렇게 말하면서 다시 구부린 밧줄을 살짝 당겼다. 실은 툭 쉽게 끊어졌다. 동희는 저렇게 쉬운 방법을 몰랐던 자신이 너무 부끄러워졌다.

"마술을 처음 고안할 때는 가장 간단하면서도 감쪽같은 방법이 무엇인지 여러 가지 시도를 해 보아야 한다. 그래서 시간이 오래

걸리는 것이지. 그리고 방법을 찾았다면 언제 어디서든 할 수 있도록 완벽하게 연습을 해야 하고. 네가 나에게 처음 보여 줬던 그 종이꽃 마술처럼 말이다."

동희는 간절한 마음으로 종이꽃 마술을 펼쳤던 그 밤이 생각났다. 마술사가 되고 싶다는 열망으로 매일 밤 꽃을 피워 내던 수많은 밤들이 있었기에, 마치 숨을 쉬고 밥을 먹듯 자연스럽게 꽃을 피워 낼 수 있었다. 그 느낌이었구나, 완벽한 연습이라는 것은. 동희는 자기도 모르게 고개를 끄덕였다.

"그래도 짧은 시간에 그 정도라니 대단하구나."

호되게 야단을 칠 거라 생각했는데, 뜻밖의 칭찬이었다. 놀란 동희에게 기노쿠라가 차분한 목소리로 물었다.

"덴쓰네를 만났다고?"

"네?"

"가즈오가 네 뒤를 밟았다더구나."

"…."

유정을 만나러 대기실 천막을 뛰쳐나갈 때 누군가 부르는 것 같았는데, 그게 가즈오였구나. 동희는 대답하지 못하고 고개만 푹 숙였다.

"덴쓰네가 널 만나 무슨 말을 했는지 묻지 않겠다. 듣지 않아도 알 것 같구나."

기노쿠라는 한참이나 말이 없었다. 아주 오래전 언젠가를 떠올리는지 눈빛이 아득해졌다. 허공 어딘가를 좇던 눈빛이 다시 동희에게 와 멎었다.

"그래, 덴쓰네도 딱 네 나이였다. 너처럼 재능 있는 아이였지. 덴쓰네는 내 첫 제자였단다. 어떤 마술이든 쑥쑥 흡수해 제 것으로 만드는 재주가 뛰어났어. 하지만 그만큼 욕심도 많았다. 끊임없이 새롭고 화려한 마술을 하고 싶어 했지."

동희는 깜짝 놀랐다. 덴쓰네가 기노쿠라 마술단에 잠시 있었다는 얘기는 들었지만, 첫 제자였을 줄이야. 동희는 가만히 다음 말을 기다렸다.

"마술사는 완벽한 마술을 보여 줘야 한다고 늘 말했지만, 그 아이는 끝없는 연습을 못 견뎌 했다. 자꾸 무대에서 실수를 하더구나. 하지만 덴쓰네는 관객들이 눈치채지 못하면 되는 게 아니냐며 대들었다. 실수가 잦아질수록 이를 가리기 위해 마술과 관련 없는 연기를 하고, 춤을 추었지. 마술 외적인 것에 치중할수록 마술 실력은 떨어졌다. 나는, 더는 그대로 둘 수 없었다. 덴쓰네를 불러 또 실수를 하면 다시는 무대에 못 서게 할 거라고 따끔하게 야단을 쳤다. 그리고…. 이 손으로, 피가 나도록 회초리도 때렸다. 그렇게 하면 돌아올 거라 생각했지."

'단장님은 그때나 지금이나 변함없이 엄격했구나. 그래서 덴쓰네가 단장님을 그리 싫어한 걸까?'

동희는 생각했다. 기노쿠라는 그 순간을 떠올리는지 자신의 두 손을 물끄러미 바라보다 다시 말을 이었다.

"그날 밤, 결국 덴쓰네는 도망을 쳤다. 내 인생과도 같았던 마술 비법 책을 훔쳐서 말이다. 그 책에는 내가 처음 시작했던 마술, 아미리견에 가서 배운 신비한 장치들, 앞으로 할 마술들까지 전부 쓰여 있었다."

"마, 마술 비법을 훔쳤다고요?"

동희는 소스라치게 놀랐다. 기노쿠라는 한숨을 길게 쉬더니 고개를 끄덕였다.

"그래. 그땐 정말 눈앞이 캄캄했다. 아무리 뒤져도 그 아이의 흔적을 찾을 수 없더구나. 그런데 몇 년 뒤 갑자기 젊은 여자 마술사가 혜성처럼 등장했단다. 그 마술사가 덴쓰네였다. 죄다 내 마술을 베낀 거였지. 거기다가 아직 내가 세상에 선보이지 않았던 새 마술까지 자기 것으로 둔갑시켰더구나. 사람들은 새 마술에 열광했다. 아니 어쩌면 덴쓰네의 미모와 매력에 열광했는지도 모르지. 하지만 그 마술들은 내 책에 쓰인 것을 제대로 구현하지도 못했다. 어설픈 연극에 춤까지 갖다 붙여도, 그건 진정한 마술이 아니었어. 하지만 사람들은 화려하고 강렬한 것에 끌렸지."

동희는 일곱 겹 치마를 하나씩 벗어 던지던 화려한 싸로메의 무대가 떠올랐다. 춤과 연극으로 사람들의 감정을 서서히 끌어올린 후 마지막에 마술로 폭발시키던 무대였다. 확실히 마술 자체에만 집중하는 기노쿠라와는 달랐다.

"일본에서 덴쓰네가 이름을 떨칠수록 내 마술은 한물간 것으로 취급받았다. 나중에 알고 보니 날 헐뜯는 데 가장 앞장선 이가 덴쓰네였다. 그렇게 기노쿠라 마술단은 일본에서는 더 설 자리가 없어졌지. 어쩔 수 없이 조선으로 건너왔다. 조선에서도 덴쓰네의 명성에 밀리긴 마찬가지지만 말이다."

오랫동안 묻어 둔 얘기를 단번에 쏟아 낸 기노쿠라는 잠시 숨을 골랐다. 당시의 분하고 억울한 감정을 추스르는 건지도 몰랐다. 아름답지만 어딘가 서늘했던 덴쓰네의 모습 뒤에 이런 면이 있었다니, 동희는 문득 두려운 마음이 들었다.

"덴쓰네는 무서운 사람이다. 자신의 이익을 위해선 누구라도 이용하고 또 버릴 것이다. 부디 조심해라."

'아! 단장님은 내가 덴쓰네에게 가려는 걸 알고 계시구나.'

동희는 차마 고개를 들 수 없었다. 나를 알아봐 주고, 받아들여 준 유일한 사람인데. 내가 지금 그분한테 무슨 짓을 하려는 거지. 동희는 배은망덕한 자신이 부끄러웠다.

기노쿠라는 말없이 동희의 등을 두드려 주고는 입구로 향했다. 분명 지금이 마지막일 텐데 이대로 아무 말도 못 하고 갈 순 없었다.

"단장님…."

막상 불러 놓고는 목이 멨다.

"정말… 죄송합니다."

떨리는 목소리로 겨우 그 말만 내뱉었다. 씁쓸한 미소를 띤 기노쿠라는 고개를 끄덕하더니 몸을 돌려 나갔다. 기노쿠라의 모습이 시야에서 사라지자 동희 눈에 고여 있던 눈물이 후드득 떨어졌다. 차마 전하지 못한 편지 위로 눈물이 얼룩졌다.

어스름하던 하늘이 동쪽 끝에서부터 차차 밝아 왔다. 덴쓰네 마술단이 묵는 여관 앞은 벌써부터 소란스러웠다. 지게꾼부터 수레며 마차마다 짐이 한가득 실렸다. 마술사들을 태울 인력거들도 줄지어 대기 중이었다.

보따리를 품에 안은 동희는 아까부터 문만 쳐다보고 있었다. 다른 마술사들이 거의 다 탄 다음에야 유정이 덴쓰네와 함께 여관 문을 열고 나왔다. 이른 아침이지만 두 사람 다 화려한 기모노를 차려입고 있었다. 양어머니라지만 그렇게 입으니 두 사람은 꼭 닮아 보였다.

"유, 유정아!"

유정에게 손을 흔들며 단숨에 뛰어갔다. 그런 동희의 귀에 대고 유정이 작은 목소리로 말했다.

"지금부터는 유리코라고 불러. 사람들 앞에선 일본어로 말하고."

그러고는 덴쓰네에게 생글거리며 말했다.

"스승님, 동희가 왔어요. 제가 뭐랬어요. 꼭 온다고 했잖아요."

덴쓰네는 무심히 고개를 끄덕였다. 그러고는 허리를 숙여 인사를 하는 동희를 지나쳐 가장 앞에 있는 인력거에 올랐다.

"우리도 가자."

유정이 동희의 손을 잡아끌고는 인력거에 올랐다. 어깨가 구부정한 인력거꾼의 등을 보니 문득 아버지가 생각나 마음이 불편했다. 하지만 그것도 잠시, 달콤한 치자꽃 향이 밀려들었다.

"동희야, 네가 와서 정말 기뻐. 혹시라도 안 오면 어쩌나 간밤에 잠도 안 오더라니까."

유정이 방긋 웃었다. 동희는 그제야 좁은 인력거 안에 둘이 바짝 붙어 앉아 있단 걸 깨달았다. 유정의 숨결까지 느껴질 정도로 가까웠다. 정신이 아찔했다.

마침내 덴쓰네의 인력거가 출발했다. 맨 뒤에 있던 유정의 인력거도 서서히 움직였다. 동희는 비로소 실감이 났다. 이제 정말 조선을 떠나는구나, 싶어 설렜다. 그토록 바라던 삶이 이제 시작되려 하고 있었다.

어어엇, 인력거꾼의 외침과 함께 인력거가 갑자기 멈췄다. 그 바람에 동희와 유정의 몸이 앞으로 홱 쏠렸다.

"아이, 뭐예요? 이렇게 험하게 몰면…."

짜증을 내던 유정은 말을 채 끝내지 못했다. 웬 남자가 뛰어들어 팔을 벌려 인력거를 막았다.

"이심아, 이심아! 아비다. 네 아비라고"

처음 유정을 만났을 때 앞을 막았던 바로 그 남자였다. 얼굴이 하얗게 질린 유정은 입술을 꽉 깨물었다.

"뭐 해요? 어서 피해 가지 않고."

유정의 채근에 인력거꾼이 이리저리 방향을 틀었지만 남자는 비키지 않았다. 벌써 다른 인력거는 저만치 달려가고 있었다. 이대로는 안 되겠다 싶어 동희는 인력거에서 내려 남자에게 다가갔다.

그때보다 남자의 행색은 더 나빠져 있었다. 제대로 못 먹은 날이 많았는지 툭툭 불거진 뼈에 생기 없는 시커먼 피부는 꺼칠했다. 그저 눈빛에서만 이상한 광채가 번뜩였다. 어디서 딸을 잃은 충격에 실성이라도 한 것인가 싶어 동희는 부드럽게 타일렀다.

"아저씨. 쟤는 이심이가 아니라고요. 아저씨 딸이 어떻게 됐는지는 모르겠지만, 사람 잘못 봤어요. 쟤 이름은 유정이에요. 아버지가 따로 있어요. 아주 높고 유명한 분이라고요."

남자는 동희를 뚫어져라 쳐다보더니 흥, 하고 비웃었다.

"넌 저년에 대해 아무것도 모르는구나. 아무리 아니라고 해 봐야 아비는 나야. 저거, 저거 봐라. 저게 생판 모르는 남한테 보여 줄 얼굴인가?"

동희가 유정을 돌아보았다. 유정은 두 눈에 핏발을 세운 채 남자를 노려보고 있었다. 남자는 동희를 밀치더니 인력거에 앉은 유정에게 다가갔다. 그러고는 한껏 불쌍한 표정을 지으며 매달렸다.

"이심아, 이심아. 이것아, 네 동생이랑 네 엄마도 다 죽고, 이 세상에 피붙이라고는 너랑 나밖에 없는데. 네가 어떻게 아비를 모른 척하느냐. 어떻게 하늘이 맺어 준 천륜을 깨려고 해."

아프도록 입술을 꽉 깨물고 있던 유정이 기가 막힌 듯 비웃었다.

"천륜? 지금 천륜이라고 했어요? 그걸 아는 사람이 돈 몇 푼에 딸을 팔아먹어? 언제부터 자식 취급했다고 지금 와서 이래요? 이 심이는 삼 년 전에 당신이 아들 약값 마련하겠다고 팔아먹었을 때 이미 죽었어. 팔려 가기 전날 도망쳐서 거지처럼 떠돌 때 그때 죽었다고. 그러니 다시는 찾아오지 말라고요!"

악을 쓰며 소리치는 유정은 마치 딴사람 같았다. 화가 난 건지, 슬픈 건지 눈물이 뺨을 타고 흘렀다. 잠시 숨을 고르며 감정을 추스른 유정은 손을 들어 눈물을 닦았다. 눈물과 함께 분노로 가득 찬 표정도 지워졌다. 무서우리만큼 무표정한 얼굴이었다.

마침 대로 한가운데 인력거가 서 있는 걸 이상하게 여긴 순사가 다가와 무슨 일이냐고 물었다. 유정은 금세 겁먹은 것처럼 울먹이며 일본어로 말했다.

"모르겠어요. 갑자기 저 조선인 아저씨가 나타나서는 나보고 왜 년이라고 욕했어요. 빨리 네 나라로 꺼지라고요. 너무 무서워요."

"뭐? 이 조센징 새끼가. 감히 대일본제국의 내지인을 욕하다니. 가만두지 않겠어."

순사가 자신을 노려보며 다가오자 남자는 주춤하더니 그대로 뒤돌아 달아났다. 순사가 곤봉을 휘두르며 남자를 쫓아갔다. 유정은 남자가 사라질 때까지 꼼짝없이 서서 바라보았다.

"이제 가자."

메마른 유정의 목소리에 동희는 당황하며 인력거에 올랐다. 아까 유정이 악을 쓰며 한 말이 무슨 뜻인지 좀처럼 알 수가 없었다. 그럼 그 남자가 진짜 유정의 아버지란 말인가? 유명한 장관이 아버지란 말은 뭐지? 생각할수록 머릿속이 복잡해졌다. 그러는 동안에도 유정은 뭐가 초조한지 자꾸만 앞을 살피며 손톱을 깨물었다.

"좀 더 빨리 갈 수 없어요? 이러다 기차 놓치면 어떡해요?"

헉헉거리며 달려가는 인력거꾼에게 유정은 계속 성질을 부렸다. 저고리가 땀으로 흠뻑 젖을 정도로 달렸지만, 좀처럼 멀어진 인력거 행렬을 따라잡지 못했다. 그러다 그만 인력거가 크게 휘청거렸다. 서두르느라 길가의 돌멩이를 피하지 못한 탓이었다. 동희가 급히 유정을 잡았기에 망정이지, 하마터면 인력거에서 떨어질 뻔했다. 인력거꾼은 연신 "죄송합니다"라고 사과했지만, 유정은 흐트러진 머리를 바로잡으며 분통을 터뜨렸다.

"재수 없게 이런 빌빌거리는 인력거꾼이 걸릴 게 뭐야. 정말 짜증 나. 당신, 평생 인력거꾼이나 해 먹고 살라고."

알아듣지 못한다고 생각해서일까, 유정은 일본어로 막말을 마구 내뱉었다. 그 말이 동희의 가슴에 비수처럼 꽂혔다. 아버지와 싸우던 날, "아버지처럼 평생 인력거나 끌면서 살고 싶지 않아요"라고 소리쳤던 말이 생각나서였다. 결국 그 말이 아버지에게 한 마지막 말이 되고 말았다. 동희는 힘겹게 인력거를 끌고 있는 사내가 꼭 아버지인 것만 같았다. 그래서일까, 괜히 유정에게 화가 났다.

"유정아, 그 말은 너무 심하다. 이렇게 뒤처진 게 저 아저씨 탓은 아니잖아. 같은 조선인끼리 그러지 마."

동희가 퉁명스럽게 말하자, 유정도 뾰족하게 날을 세웠다.

"누가 조선인이야? 난 조선인 아니야. 난 덴쓰네의 양녀야. 일본인 유리코라고. 그리고 너도 이제 앞으로 일본인으로 살아가야 해. 그러려고 지금 따라나선 거 아니니?"

아! 동희는 머리를 세게 얻어맞은 듯 멍해졌다. 아까 마음에 덜컥 걸린 것이 뭔지 알 것 같았다. 왜 자꾸만 화가 나는지도. 덴쓰네 마술단이 된다는 것은 완전히 일본인이 되어야 한다는 말이었다. 내 이름도, 아버지도, 친구도, 나라까지도 모두 버리고 산다는 뜻이었다. 일본으로 가겠다고 결심했을 때 이미 알고 있던 거였다. 단지 모르는 척하고 싶었을 뿐.

'정말 그리 살아갈 자신이 있어?'

애써 외면했던 질문에 맞닥뜨리자 동희의 머릿속엔 온갖 생각들이 뒤엉켜 혼란스러웠다. 동희는 다시 인력거꾼의 뒷모습을 보았다. 아버지의 땀에 젖은 등이 떠올랐다. 그리 살기 싫어 선택한 마술사였다. 별 볼 일 없이 살기 싫어 일본행을 택했다. 동희는 고개를 흔들며 머릿속에서 애써 질문을 지웠다.

'아무 생각하지 말자. 그냥 이대로 일본에 가는 거야. 일본인으

로 살면 어때? 그렇게 바라던 마술사도 되고, 유정이 옆에도 있을 수 있는데. 이런 기회가 어디 있다고.'

동희는 그렇게 생각하고는 인력거에 다시 몸을 기댔다.

어느새 용산역의 뾰족한 지붕이 보이기 시작했다. 조선에서 가장 큰 기차역답게 서양식으로 지은 삼각형 지붕이 좌우로 높게 솟아 있었다. 비스듬히 바깥으로 뻗은 1층 차양 아래에서 짐꾼들이 마술단의 짐을 내리고 있었다.

동희도 유정과 함께 인력거에서 내려 역사 안으로 들어섰다. 혹시나 병수가 '구두 닦아요' 소리치며 나타나지 않을까 주위를 두리번거렸다. 기모노와 양복을 입은 사람들만 보일 뿐 낡은 저고리의 조선인 소년은 보이지 않았다. 병수에게 인사도 못 하고 온 것이 못내 마음에 걸렸다. 동희가 자꾸만 주춤거리며 뒤를 돌아보자 유정이 소매를 잡아 당겼다.

"빨리 가자. 이러다 늦겠어."

"어? 어…. 미안해. 태어나서 경성을 떠나 보는 것도 처음인데, 기차에 배까지 타고 일본에 간다고 하니까 실감이 나지 않아서 말이야."

"나도 처음엔 그랬어. 기차 타면 진짜로 실감이 날 거야. 곧 출발하겠다. 어서 가자."

"으응."

동희는 유정과 함께 승강장으로 향했다.

"동희야! 동희야!"

저 멀리서 자신을 애타게 부르는 소리가 들려왔다. 동희는 반사적으로 뒤를 돌아보았다.

"아, 아저씨?"

저만치 중만이 아저씨가 달려오고 있었다. 얼마나 급하게 왔는지 머리는 산발이고, 저고리도 반쯤 벌어져 있었다. 겉옷 하나 걸치지 못하고 온 모양이었다.

동희는 잠시 고민하다 몸을 돌렸다. 지금 멈추면 가지 못할 것이다. 서둘러 몇 걸음 옮기는데 아저씨가 뭐에 부딪혀 넘어졌는지 우당탕 소리가 들렸다. 곧이어 중만이 아저씨의 통곡 같은 울음이 들려왔다.

"동희야! 이놈아! 네 아버지가 누군 줄 알고 일본으로 간다는 거냐? 안 된다. 안 돼."

아버지가 누군 줄 아냐니? 중만이 아저씨는 왜 저런 말을 하는 거지? 혼란스러워진 동희는 걸음을 멈추고 뒤를 돌아봤다. 동희와 눈이 마주친 아저씨는 벌떡 일어나 달려왔다. 손바닥이 까져 피가 나는데도 아저씨는 아랑곳하지 않고 동희를 구석진 자리로 데려갔다. 어리둥절해 하는 유정에게는 먼저 가 있으면 곧 따라가겠다, 했다. 유정은 미심쩍은 얼굴로 마술단원들과 함께 승강장으로 들어갔다.

"아저씨, 아까 그 말이 무슨 뜻이에요? 아버지가 누군지 아냐는 말."

순간 아저씨는 당황한 표정으로 허둥거렸다. 마치 하지 말았어야 할 말을 한 사람 같았다. 자신을 뚫어져라 쳐다보는 동희의 눈빛에 결심을 한 듯 마침내 입을 열었다.

"동희야, 놀라지 마라. 네 아버지는… 원래 솟대쟁이패의 유명한 얼른쇠였다."

동희는 아저씨의 말이 얼른 이해가 되지 않았다. 솟대쟁이패라면 줄 위에서 재주를 부리는 광대 무리를 말하는 것인데, 얼른쇠는 무엇인지 알 수가 없었다.

"얼른쇠라니요? 그게 뭐예요?"

"사람들을 불러 모으기 위해서 신기한 재주를 보여 주는 거지. 칼도 먹고, 불도 뿜고, 그리고 또 빈 주머니에서 동전도 꺼내고."

"뭐라고요? 그건, 마술… 같은 거잖아요? 설마, 아버지가?"

뜻밖의 얘기에 놀란 동희는 문득 기노쿠라가 했던 말이 떠올랐다. 조선에도 전통 마술이 있다는 그 말. 그 조선의 마술을 아버지가 했다는 것일까? 동희는 충격으로 머리가 혼란스러웠다. 그때 승강장 쪽에서 유정이 달려오는 것이 보였다. 다급한 입 모양을 보니 기차가 곧 출발하려는 모양이었다. 퍼뜩 정신이 들었다.

"아저씨 죄송해요. 저 그만 가야 해요."

황망한 얼굴을 한 아저씨가 가려는 동희를 붙잡았다. 그러고는 품에서 작은 보따리를 꺼내 동희의 손에 꼭 쥐어 주었다.

"이게 뭐예요?"

"네 아버지가 생전에 쓰던 건데, 두고 갔더구나. 언제 조선으로 돌아올지도 모르는데 이건 가지고 가야지."

동희는 이마저 뿌리칠 수가 없어서 일단 받아 들었다. 아저씨의 눈을 피한 채 고개만 숙여 인사를 했다. 그리고 곧바로 몸을 돌려 기차를 향해 뛰었다. 아저씨는 망연자실한 표정으로 그 자리에 주저앉았다.

조선의 얼른쇠

기차가 서서히 움직였다. 유정이 기차에 올라타며 다급하게 손짓을 했다. 동희는 이를 악물고 뛰었지만, 기차는 빨라지더니 점점 멀어지기 시작했다.

동희는 숨을 참고는 그대로 내달렸다. 몸이 가벼워지는 것 같더니 기차와의 간격이 조금씩 좁혀졌다. 조금만 더, 조금만 더 가면 끝 칸 난간에 손이 닿을 것 같았다.

'지금이다!'

동희는 보따리를 기차 안으로 던져 넣었다. 동시에 땅을 박차고 뛰어올라 손을 힘껏 내밀었다. 아슬아슬하게 기차 난간이 손에 잡히자 젖 먹던 힘을 다해 몸을 끌어올렸다. 가까스로 기차에 탄 동희는 허리가 끊어질 것 같은 통증에 바닥에 주저앉았다. 한참을 숨을 고른 후에야 비틀거리며 일어났다. 보따리를 안고 객실 안으로 들어서자 유정이 안절부절못하며 뒤쪽으로 달려오고 있는 것이 보였다.

"네가 못 타는 줄 알고 깜짝 놀랐잖아."

유정이 가쁜 숨을 내쉬며 눈을 흘겼다.

"미안, 그래도 이렇게 무사히 왔잖아."

동희도 환하게 웃으려 했는데 얼굴 근육이 굳은 듯 잘 움직이지 않았다.

차창 밖으로 건물들이 띄엄띄엄해지더니 너른 들판이 나타났다. 추수가 끝나 황량한 들판 뒤로 단풍으로 붉게 물든 산등성이가 수없이 가까워졌다가 멀어졌다. 기차의 굉음에 익숙해졌는지 유정은 꾸벅꾸벅 졸더니 동희의 어깨에 머리를 기대고 잠이 들었다. 하지만 동희는 좀처럼 가슴이 진정되지 않았다.

그냥 이대로 일본까지 가면 아무 일이 없을 것이다. 일본에서 마술사가 돼 유정과 함께 무대에 오르면 될 거였다. 화려한 삶이, 빛나는 미래가 그곳에서 동희를 기다리고 있었다. 하지만 아버지가 얼른쇠였다는 중만이 아저씨의 말이 자꾸 떠올랐다. 불도 뿜고, 동전도 만들어 냈다는 얼른은 정말 마술 같은 걸까? 아버지가 남긴 물건을 보면 알 수 있을까, 싶어 동희는 보따리를 풀어헤쳤다.

그동안 자세히 살펴보지 않아 몰랐는데 꽤 다양한 물건들이 들어 있었다. 납작한 칼이며, 크고 작은 쇠고리들. 그리고 색색의 보자기와 밧줄. 뭐? 밧줄이라고? 밧줄 마술을 해 봤기 때문일까, 동희는 밧줄을 이리저리 살펴보았다. 그런데 아버지의 밧줄은 한 번도 본 적 없는 형태로 매듭이 지어져 있었다. 슬쩍 당겨 보니 별로 힘을 주지 않았는데 단번에 풀렸다.

'이런 매듭은 처음 보는데? 꽉 묶이는 것이 아니라 잘 풀리는 매듭이라니…. 설마!'

아무리 살펴봐도 이 매듭의 쓰임새는 딱 하나였다.

마술! 마술이었다.

처음 아버지의 유품을 챙길 때는 몰랐는데, 마술을 배우고 난 지금은 이 도구들이 뭔지 알 것 같았다. 밧줄 외에 다른 도구들도 생김새나 크기는 조금씩 달랐지만, 마술단에 있는 도구들과 비슷했다.

'아! 정말 아버지가 조선의 전통 마술을 한 거였구나!'

설마 했던 의심이 강한 확신으로 변하자, 동희는 머리를 세게 얻어맞은 것처럼 어찔했다. 아버지가 마술을 했다는 사실보다, 알지도 못하는 사이에 아버지와 같은 길을 걸었다는 것이 더 충격이었다. 아버지와 다르게 살겠다고 소리를 치며 대들던 모습이 떠올랐다.

동희는 온몸에 힘이 쭉 빠져 좌석 등받이에 털썩 몸을 기댔다. 그 바람에 무릎에 올려놓은 보따리에서 뭔가 툭 떨어졌다. 돌돌 말린 두루마리였다. 누렇게 변색된 것이 한눈에 봐도 오래된 것이었다. 종이에 비단을 덧붙였고, 위아래로 오동나무 축이 달린 걸 봐서 평범한 두루마리는 아닌 것 같았다. 동희는 조심스럽게 펼쳐 보았다.

두루마리 가운데에는 항아리 두 개가 그려져 있고, 그 옆에는 세로로 어려운 한자가 잔뜩 쓰여 있었다. 공부를 제법 한 동희도 모르는 한자가 많았다. 그림은 더 묘했다. 두 개의 탁자 위에는 둥글납작한 항아리가 각각 하나씩 놓여 있었다. 오른쪽 항아리는 안에 사람이 들어간 듯 두 다리가 하늘을 향하고 있었다. 그리고 그 옆 항아리에는 두 팔을 높이 든 사람의 상체만 그려져 있었다. 마치 한 사람이 오른쪽 항아리로 들어가서 왼쪽 항아리로 나온 것 같았다. 옷이나 모자로 보아 조선보다도 훨씬 더 옛날 사람이었다.

'어? 어떻게 이게 가능하지?'

어쩌면 마술인지도 몰랐다. 기노쿠라가 얘기했던 세상에 알려지지 않은 조선의 마술. 갑자기 가슴이 쿵쿵쿵 세차게 뛰기 시작했다. 동희는 그림을 뚫어져라 쳐다봤다. 아무래도 그림 속 항아리가 낯설지 않았다. 좌우로 둥글납작한 저 항아리, 어디선가 본 것 같은데….

"그 항아리다! 아버지의 항아리였어!"

다른 유품과 함께 중만이 아저씨 집으로 옮겨 놓았던 그 항아리와 그림 속 항아리가 똑같았다. 그 사실을 깨닫자마자 문득 잊고 있었던 장면 하나가 떠올랐다.

청계천에 산 지 얼마 되지 않았을 때였다. 어린 동희는 부러진 엿가락을 들고 울고 있었다. 짓궂은 동네 형이 나눠 먹자며 덤비다가 부러뜨린 것이었다. 유난히 고집이 셌던 동희는 '내 엿 내놓으라'며 울음을 그치지 않았다. 당황한 형네 엄마까지 나서 새 엿가락을 주어도 싫다며 고개를 저었다. 아무리 달래고 얼러도 울음을 그치지 않았다. 그저 '내 엿을 내놓으라'며 악을 쓰며 울고 또 울었다. 난처해 하던 아버지가 항아리를 꺼내 놓았다.

"동희야! 잘 봐라. 이건 요술 항아리란다. 뭐든지 싹 고칠 수 있지."

미심쩍어 하는 아들놈에게 아무것도 들어 있지 않은 항아리를 기울여 밑바닥까지 보여 주었다.

"자, 여기에 네 부러진 엿가락을 넣으마."

아버지는 두 동강이 난 엿을 항아리에 넣고 천을 덮었다. 요상한 주문을 외고는 천을 벗기자 놀랍게도 엿은 멀쩡했다.

"봐라. 이거 네 엿 맞지? 티 하나도 안 나게 잘 붙었지?"

어린 동희는 항아리 바닥에 아무것도 없는 걸 보고서야 씩 웃었다. 실은 아버지가 새 엿을 감쪽같이 바꿔치기했던 것이었을 텐데, 그때는 그 엿이 자기 엿이라 생각했다.

바로 그 항아리였다. 어쩌면 그날 아버지가 보여 준 것은 마술이었는지도 몰랐다. 그렇다면 그것이 동희가 만난 첫 번째 마술이었을 것이다.

심장이 미친 듯이 요동쳤다. 항아리를, 얼른 도구들을 소중히 간

직했던 아버지가 마술을 싫어했을 리가 없다. 그렇게 생각하자 이 대로 앉아 있을 수가 없었다. 조선의 전통 마술을 했을 아버지가, 너만의 마술을 하라고 말해 준 단장님이 있는 조선을 떠날 수는 없었다. 유정의 말처럼 이대로 일본인으로 사는 건 더더욱 할 수 없었다.

마침 기차가 속도를 줄이는 것이 느껴졌다. 어느새 수원역에 가까워진 모양이었다. 동희는 보따리를 안고 자리에서 벌떡 일어났다. 그 바람에 잠이 깬 유정이 놀란 눈으로 올려다봤다. 아무것도 모르는 까만 눈동자를 보니 심장이 바늘로 쿡쿡 찌르는 듯 아팠다. 동희는 유정의 눈길을 피하며 말했다.

"유정아, 미안해. 난 너랑 못 가."

"그게 무슨 말…?"

유정의 말이 채 끝나기도 전에 동희는 몸을 돌려 문으로 달려 갔다. 기차가 다시 움직이기 직전, 동희는 아슬아슬하게 기차에서 뛰어내렸다. 차창 밖으로 몸을 내민 유정의 얼굴에 의문과 분노가 함께 서려 있었다. 잠시 망설이던 동희는 경성을 향해 걷기 시작했다.

결국, 다시 돌아오고야 말았다. 코를 찌르는 청계천의 오물 냄새가 먼저 동희를 맞았다. 천변에서 빨래하는 아주머니들, 쓰레기통을 뒤지는 넝마주이 꼬마, 거적을 덮은 문 앞에서 이를 잡는 노인들까지 모두 다 그대로였다.

동희가 무엇을 포기하고 여기 서 있는지 그들은 모를 것이다. 동희도 집이 그리웠는지, 돌아온 것이 후회되는지 자신의 마음을 알 수 없었다. 지금은 단지 중만이 아저씨에게 자세한 이야기를 듣고 싶을 뿐이었다.

방문을 열자 좁은 방 안에 아저씨가 멍하니 앉아 항아리를 쓰다듬고 있었다. 놀라 돌아보는 아저씨의 얼굴을 보며 동희는 말없이 들어와 앉았다.

"다시는 안 돌아올 줄 알았다."

잔뜩 잠긴 목소리로 아저씨가 말했다.

"그 항아리가 자꾸 생각나서요."

뜻밖의 대답에 아저씨는 놀란 눈치였다.

"이 항아리가 뭔지 아느냐?"

"아직 자세히는 몰라요. 아버지가 아끼던 저 항아리가 이 그림 속 항아리와 무척 닮았다는 것만 알아요."

동희는 보따리에서 두루마리를 꺼내 아저씨 앞에 내놓았다. 아저씨는 그림이 무엇인지 알고 있다는 듯 펼쳐 보지도 않고 고개를 끄덕였다.

"아버지는 언제부터 얼른쇠를 했어요? 왜 그만둔 건데요? 이 항아리도 아버지가 쓰던 얼른 도구인가요? 그러니까 아버지가 했던 게…. 조선의 마술이었던 거예요?"

동희는 더 참지 못하고 아저씨에게 질문을 쏟아 냈다. 잠자코 듣고 있던 아저씨는 어디서부터 말을 시작해야 할지 고민하는 듯 한동안 말이 없었다. 손을 들어 항아리를 쓰다듬더니 천천히 입을 열었다.

"네 아버지의 얼른은 최고였지. 인근에서 따라올 자가 없었다. 빈 주머니 속에서 달걀을 꺼내고, 부채로 종이를 날리면 나비로 변해 춤을 추었어. 형님의 손짓 하나에 구경꾼들은 박수를 치며 웃고 환호성을 질렀지. 신이 나면 불을 뿜고, 칼을 먹기도 했단다. 잠시나마 사람들의 고달픈 삶을 잊게 해 주는 뛰어난 얼른쇠였다."

그 모습이 눈앞에 보이기라도 하는 듯 아저씨의 얼굴에 엷은 미소가 떠올랐다. 솟대쟁이패에서 아저씨는 솟대를 타고, 아버지는 얼른을 했다고 했다. 얼른은 조선의 전통 환술을 이은 것으로 지금의 마술과 비슷한 것이었다. 환술과 얼른, 이름은 달라도 조선의 마술이었다. 아버지는 조선의 전통 마술을 하던 최고의 얼른쇠였다.

"그런데 아버지는 왜 저한테 얼른쇠라는 걸 숨기신 거예요? 얼른쇠가 부끄러워서 그러신 거 아니에요?"

동희의 질문에 아저씨는 손을 내저었다.

"아니다. 아니야. 네 아버지는 얼른쇠로 살았던 시절이 제일로 좋았다고 늘 말했다. 나중에라도 얼른쇠를 꼭 다시 하고 싶다고 그랬어."

"아버지는 얼른을 그렇게 좋아했으면서, 왜 저한테는 마술을 못하게 하신 거예요?"

"글쎄다. 지금 같은 세상이 아니었다면 형님이, 네 아버지가 허락했을까? 그래, 그랬을지도 모르지. 왜놈들한테 네 어미를 잃지 않았다면 말이다."

어머니라니, 동희는 예상치 못한 단어에 심장이 쿵 내려앉았다. 무서운 진실과 마주칠 것 같은 두려움에 몸이 떨렸다. 하지만 그 진실을 듣기 위해 기차에서 내린 것이었다. 도대체 어머니에게, 아버지에게 무슨 일이 있었던 걸까?

아저씨는 잠시 눈을 감았다 떴다. 그때의 기억을 떠올리는 것이리라.

"처음엔 그저 나라의 주인이 또 바뀌는구나 생각했지. 왕이 바뀌어도 우리 같은 천것들의 삶은 변하는 게 없었으니까. 일본이 왕 행세를 해도 바뀌는 게 없을 거라고 여겼단다. 그런데 그놈들은 보잘것없지만, 우리에겐 전부인 것들을 몽땅 뺏어 갔어. 그때가 아마 동희 네가 네다섯 살 무렵이었을 게다. 왜놈들이 왕을 갈아 치우고, 조선 군대를 해산시켰어. 아! 글쎄, 그러더니 갑자기 시장이나 거리에서 우리를 몰아내기 시작하더구나. 뭔지도 모를 새로 만든 보안법을 들이밀면서 말이다. 사람들을 모으는 것 자체가 질서를 어지럽히기 때문에 금지한다면서 말이야."

"아니, 왜요? 놀이패가 무슨 잘못을 했다고요?"

동희는 솟대쟁이패가, 남사당패가, 조선의 수많은 놀이패들이 즐거움을 줬으면 줬지, 질서를 해칠 일이 무엇인지 도무지 알 수가 없었다.

"놀이패가 문제라기보다 사람들이 한곳에 모이는 것이 싫었던 게지. 사람들이 모이면 불만을 얘기하고, 그러다 보면 일본에 반대하는 어떤 일을 꾸밀지 모른다고 생각한 거야. 무엇보다 조선 전통의 것은 낡고 버려야 할 것으로 몰아붙였다. 대신 일본은 영사기나 축음기 같은 신기한 신문물을 들여왔지. 그래야 조선은 미개한 나라고, 일본은 조선에 뛰어난 신문물을 베푸는 고마운 나라로 보일 수 있으니까 말이다."

거기까지 얘기한 아저씨는 한숨을 푹 쉬셨다.

"사실 나도 그땐 꼭 너처럼 생각했다. 다 경성에 와서 네 아버지에게 들은 이야기란다. 아버지는 오랫동안 생각했던 것 같다. 왜놈들이 왜 그랬는지. 왜 솟대쟁이패를 몰아내려 했는지, 왜 얼른을 못 하게 했는지 말이야. 그런 생각을 할 때마다 떠올리기도 싫은 그날을 얼마나 곱씹었을까?"

아저씨의 눈가가 아련하게 젖어 들었다. 생각만으로도 눈물부터 나는 일을 말하기가 쉽지 않은지 아저씨나 한참이나 머뭇거리다 입을 열었다.

"그날은 막 겨울에 접어드는 입동이었다. 며칠 뒤면 둘째가 태어날 거라 네 아버지는 더 초조해 했지. 왜놈들 성화에 한 달째 놀이패를 열지 못했거든. 돈이 필요했던 아버지는 마지막으로 한 번만 하자며 진주 남강 둔치에 놀이패를 열었어. 마침 장날이라 사람들이 구름처럼 모였단다. 아버지는 신기한 얼른을 선보였고, 난 솟대를 탔어. 솟대놀이패도 보는 사람도 신이 최고조로 올랐지. 하지만 곧 순사들이 들이닥쳤다. 그 뭐라더라. 그래, '보안법 제사⑷조'니 뭔가를 어겼다며 우리를 주재소에 끌고 갔단다. 흠씬 두들겨 맞았지만, 그걸로 끝나지 않았어. 맞다가 기절한 우리를 감방에 가두어 놓았다. 네 아버지는 정신을 차리자마자 해산을 앞둔 아내와 어린 아들이 외딴집에 있다고 울면서 애원했어. 하지만 그 나쁜 놈들은 들은 척도 안 하더구나. 삼 일 만에 풀려난 네 아버지는 정신없이 집으로 달렸다. 뒤따라가던 나도 어찌나 불안하던지 꼭 무슨 일이 생길 것만 같았지. 헉헉거리며 도착했는데 형님이 방문 앞에 넋을 놓은 채 앉아 있었다. 설마설마하면서 방 안을 봤는데. 어휴, 지금도 그 처참한 광경이 잊히지 않는구나. 형수님은 누구의 도움도 받지 못하고 혼자 애를 낳다가 그만…. 싸늘하게 식은 엄마 옆에서 동희 네가 손가락만 빨고 있었어. 얼마나 울었는지 그 어린것이 목소리가 다 쉬어 가지고…."

아저씨의 목소리가 떨리더니 끝내 말을 잇지 못했다. 참았던 굵은 눈물이 흘러내렸다.

"어, 어떻게 그럴 수가…."

동희 역시 어떤 말도 할 수 없었다. 도저히 믿기지 않았다. 그렇게 세상을 떠난, 얼굴도 가물가물한 어머니를 생각하자 불에 덴 듯 뜨거운 통증이 온몸을 감쌌다. 숨을 제대로 쉴 수가 없었다. 그 모든 일을 겪어야 했던 아버지는 또 얼마나 고통스러웠을까? 그런데 나는 뭐라고 했던가? '왜놈에게 고개 숙이는 꼴은 못 본다'던 아버지에게 '왜놈들한테 싹싹 빌어서라도 마술을 배울 수만 있다면 그렇게 할 거'라고 소리치다니. 아버지는 철없는 아들놈의 뒷모습을 보며 얼마나 억장이 무너졌을까? 불현듯 피투성이가 된 아버지의 마지막 순간이 생각났다.

"아버지는 어쩌다 일본군 차에 치인 거예요? 그 밤에 거긴 왜 간 건데요? 네?"

동희의 절규 같은 물음에 아저씨는 당황한 것 같았다.

"그, 그게 아버지는 누군가의 부탁으로 물건을 전하다가…. 아, 아니다. 지금 와서 그게 무슨 소용이냐."

아저씨는 무슨 말을 하려다가 말고는 급히 말을 돌렸다. 평소라면 그런 아저씨의 모습이 이상했겠지만, 감정을 주체할 수 없는 동희는 그저 눈물만 흘렸다. 일본이 엄마와 아버지를 죽음으로 몰았다는 사실만이 가슴을 후벼 팠다. 뺨을 타고 흐르던 눈물은 어느새 흐느낌으로, 마침내는 오열로 변했다.

어깨를 들썩이며 우는 동희의 등을 아저씨가 가만가만 쓸어 주었다.

동희는 몸속의 물기가 다 빠져나갈 때까지 오래오래 울었다. 그저 말없이 기다리던 아저씨는 무심히 앞에 놓인 항아리를 쓰다듬었다. 동희는 그제야 항아리 생각이 났다.

"그런데 아버지는 왜 이 항아리를 끝까지 간직하셨던 걸까요?"

"언젠가 한번 나도 똑같은 질문을 형님에게 한 적이 있었지. 그때 네 아버지가 그러더구나. '조선이 다시 조선의 것이 되면, 그래서 다시 얼른쇠가 될 수 있다면, 죽기 전에 그 항아리 환술을 꼭 해보고 싶다'고 말이야."

항아리와 두루마리 그림은 솟대쟁이패에 대대로 내려온 얼른 도구였다. 아주 먼 옛날 유명한 얼른쇠가 항아리 속에서 사람뿐 아니라 집채만 한 호랑이도 꺼냈다고 했다. 단지 전설처럼 전해지는 얘기일 뿐 직접 봤다는 사람도, 방법을 안다는 사람도 없었다. 그래도 유명한 얼른쇠였던 아버지는 그 환술을 꼭 제 손으로 펼쳐 보이고 싶어 틈만 나면 항아리를 끼고 살았다 했다.

"지금 와서 생각해 보니 어쩌면 그 항아리는 네 아버지에게 희망 같은 것이 아니었을까 싶구나. 다시 얼른쇠가 되겠다는 희망, 다시 사람들에게 웃음을 줄 수 있다는 희망 말이다."

'아, 아버지에게 얼른은 희망이었구나. 그러면 나에게는 마술이 무엇이지?'

문득 그런 질문이 마음속에서 떠올랐다. 지금껏 자신에게 마술은 가난에서 벗어나 부자가 되기 위해 올라야 할 사다리였고, 유정에게 가 닿기 위한 다리였다. 그래서 일본인에게 무릎을 꿇어서라도 배우고 싶었고, 아예 일본에 가서 일본 이름으로라도 무대에 서고 싶었다. 식민지의 이등 국민으로 사느니 가짜 일본인으로 살자고 생각했다. 그렇게 성공하면 행복해지리라 여겼다. 그런데 몰랐던 진실과 마주한 동희는 더는 그렇게 살 수 없으리란 걸 깨달았다.

부모님의 참혹한 죽음도, 그저 마음껏 웃고 꿈꿀 수 있는 자유를 빼앗은 것도 모두 일본이었다. 지금껏 일본인을 증오하거나, 조선의 독립을 생각해 본 적은 별로 없었다. 그저 태어나 보니 식민지 조선이었고, 그게 당연하다고만 생각했다. 그런데 처음으로 뺏기고 사는 것이 억울했다. 동희는 분노가 치밀어 올라 주먹을 부르르 떨었다.

온몸을 휘감는 분노 끝에 질문 하나가 다시 떠올랐다.

'아! 나는 앞으로 어찌 살아야 하나? 마술을 그만두어야 할까?'

나만의 마술

동대문의 배오개장은 늘 사람들로 북적였다. 전국에서 올라온 쌀과 잡곡을 파는 상인들이 거리 곳곳에 좌판을 펴고 손님을 기다렸다. 머리에 짐을 인 아낙들과 등에 짐을 진 사내들이 바쁘게 돌아다녔다. 여기에 어물전이며 과물전에 요즘은 일본이며 서양에서 들여온 진귀한 물건들까지 없는 게 없었다. 특히 일본 상인들에게 밀려난 포목상들이 자리를 잡으면서 배오개장을 찾는 사람들이 더 많아졌다.

시장 어딜 둘러봐도 온통 흰옷을 입은 조선 사람들뿐이었다. 검은색 양복에 빨간 나비넥타이를 한 동희는 단박에 눈에 띄었다. 지나가는 사람들이 자꾸만 힐끗거렸다. 동희는 얼굴이 화끈거렸지만, 묵묵히 보따리를 풀었다. 집에서 직접 만든 마술 도구들이었다. 혹시 몰라 아버지의 얼른 도구도 챙겼다. 오늘부터 장터에서 직접 마술을 할 생각이었다. 장터야말로 사람들에게 마술을 보여 줄 수 있는 가장 좋은 장소였다. 동희는 쭈뼛거리며 마술 도구를 펼쳐 놓긴 했지만, 막상 입이 잘 떨어지지 않았다. 헛기침을 몇 번이나 하고서야 겨우 목소리가 흘러나왔다.

"마술 보여 드립니다. 신기한 마술이요."

시끌벅적한 장터에서 동희의 목소리는 금세 묻혀 버렸다. 더 크게 소리쳐야 한다는 건 아는데 목소리가 잘 나오질 않았다. 땀이 삐질삐질 흘러나왔다. 다시 목소리를 가다듬었다.

"마술을 보여 드립니다. 어디서도 보지 못한 신기한 마술입니다. 한 번 보고 가세요."

아까보다 조금 더 목소리를 높였지만, 사람들은 그저 힐끗 보고 지나갈 뿐이었다.

"거기, 길 막지 말고 비켜. 가뜩이나 비좁아 죽겠는데."

옹기를 산더미처럼 쌓은 지게를 진 옹기장수가 동희의 어깨를 툭 치며 짜증을 냈다.

"죄, 죄송합니다."

동희는 얼른 비켜섰다. 그나마 남아 있던 용기마저 다 사라진 듯 울고 싶은 기분이었다. 그때 헝클어진 더벅머리에 꾀죄죄한 몰골의 거지 아이 하나가 동희의 바지를 잡아당겼다.

"형, 여기서 뭐 하는 거예요?"

"그, 그게 마술을 보여 주려고."

아이의 입이 함지박만 하게 커졌다.

"와! 마술이요? 저기 극장이나 천막에서 하는 바로 그 마술을 여기서 한다고요? 정말 재미있겠다. 그거 공짜로 보여 주는 거예요?"

"아니, 그러니까…. 공짜는 아니고."

동희의 기어드는 목소리에 거지 아이는 무척이나 실망하며 터덜터덜 사라졌다. 유일하게 관심을 보이던 아이까지 가 버리자 동희는 더 움츠러들었다. 마술단에 제 돈을 내고 들어온 사람들 앞에서 마술을 하는 것과, 아무 관심도 없이 지나치는 사람들의 관심을 끄는 것은 확연히 달랐다.

불현듯 화려한 마술단 무대 위에 섰던 시절이 떠올랐다. 하지만 두 번 다시는 그때로 돌아갈 수 없었다. 이미 두 달 전, 기노쿠라 마술단에서 쫓겨났던 것이다.

부모님의 참혹한 과거를 알게 되자 일본과 관련된 모든 것이 증오스러웠다. 하지만 막상 마술을 그만둔다고 생각하니 그만 숨이 턱 막히는 것 같았다. 동희는 마술을 할 때 가장 행복했고, 살아 있는 것 같았다. 마술을 포기할 수는 없었다. 그렇다면 일본의 마술을 무작정 따라 할 것이 아니라 나만의 마술을 하면 어떨까, 하는 생각이 들었다. 그러자 '너만의 마술'을 해 보라던 단장님이 떠올랐다. 기노쿠라는 일본인이긴 했지만 조선인이라고 무조건 차별하는 보통 일본인과는 달랐다. 그러면 '나만의 마술'을 찾는 길을 도와줄지도 모른다고 생각했다.

하지만 마술단에 발을 들여놓자마자 대뜸 가즈오의 주먹부터 날아들었다. 무슨 낯짝으로 여길 왔냐며 분통을 터트렸다. 다른 단원들 역시 덴쓰네를 만나 무엇을 했냐고 추궁했다. 마술 비법을 넘기려 한 것 아니냐며 온갖 억측을 해댔다. 기노쿠라는 동희가 덴쓰네 마술단으로 가려 했다는 것은 말하지 않은 모양이었다. 비밀을 지켜 준 단장님께 용서까지 바라는 것은 염치없는 짓이었지만, 동희는 무릎을 꿇고 다시 받아 달라 매달렸다. 기노쿠라가 뭐라고 대답도 하기 전에 가즈오가 나섰다.

"전 죽어도 저런 배은망덕하고 막돼먹은 놈이랑 같이 있기 싫습니다. 저 조센징인지, 저인지 택하세요! 단장님이 저놈을 다시 받아들인다면 전 마술단을 나가겠습니다."

가즈오가 씩씩대며 말하자 다른 단원들도 모두 가즈오와 함께하겠다 했다. 기노쿠라의 난처한 표정에 동희는 더는 매달릴 수가 없었다. 의기양양한 눈빛으로 씩 웃는 가즈오를 뒤로 하고 마술단을 나왔다. 마술단에서 쫓겨난 것보다 다시는 단장님을 볼 수 없다는 것이 더 서글펐다. 유일하게 내 재능을 알아봐 주고 인정해 준 스승님을 잃은 것 같아 참담했다.

이제 어떻게 해야 하나. 동희는 앞길이 캄캄했다. 보통학교도 제대로 졸업하지 못한 데다가, 배우다 만 마술 실력으로는 어디도 갈 수 없었다. 그렇다고 다시 일본의 덴쓰네 마술단으로 갈 수도 없었다. 받아 줄 리도 없을뿐더러 더는 일본 이름으로 살고 싶지 않았다. 자주 유정의 얼굴이 떠올랐지만, 그저 마음 깊숙한 곳에 묻어 둘 뿐이었다.

열여섯이면 제 밥값은 해야 하는 나이였다. 더는 중만이 아저씨한테 빌붙어 살 순 없었다. 무엇보다 '나만의 마술'을 하려면 돈이 필요했다. 동희는 돈이 될 만한 일은 닥치는 대로 했다. 새벽에는 신문을 배달했고, 낮에는 병수를 따라 구두를 닦았다. 그거로는 벌이가 충분하지 않아 중만이 아저씨를 졸라 아저씨의 비번 날에 인력거를 끌었다. 손에 물집이 잡히고, 팔이며 다리에 멍이 가실 날이 없었다. 밤에는 마술을 연습했고, 틈틈이 아버지가 남긴 항아리와 그림을 들여다보았다.

그렇게 한 달이 지나자 몸이 배겨 나질 못했다. 꾸벅꾸벅 졸다가 닦던 구두를 망칠 뻔한 적도 여러 번이었다. 하루는 보다 못한 병수가 소리를 버럭 질렀다.

"야! 너 여기 그만 나와. 구두가 남아나질 않겠다."

"미안, 미안해. 요즘 잠을 통 못 자서 그래."

"인마! 그러니까 그만 나오라는 거야. 너 마술이 하고 싶어서 돈을 버는 거라며? 차라리 장터에서 마술을 보여 주고 돈을 벌어. 너랑 안 어울리는 이런 구두닦이 같은 거 하지 말고."

병수의 말이 백번 맞는 말이었다. 하지만 장터라니, 아무것도 없는 길바닥에서 오가는 사람들을 붙들고 마술을 하라는 건가? 마술은 멋진 무대와 화려한 조명, 신나는 음악과 함께 보여 주는 신문물이었다. 그런데 장터라니, 안 될 말이었다.

"마술은 아무 데서나 하는 거 아니야. 무대랑 장치가 필요하고. 거기에 조명도….'

동희가 말을 끝내기도 전에 병수가 소리쳤다.

"그렇게 이거저거 다 따져서야 언제 마술을 할 거야? 번듯한 무대가 있으면야 좋지. 그런데 그걸 네 힘으로 마련할 재간이 있어? 장소가 어디든 무슨 상관이야? 네 마술을 보고 즐거워하는 사람들만 있으면 되지. 난 아직도 네가 처음으로 보여 줬던 꽃 마술이 잊히질 않는걸. 얼마나 신기하고 멋졌는지 몰라. 사람들한테 그런 거보여 주면 되는 거 아니야?"

맞다, 잠시 잊고 있었다. 동희 또한 바로 눈앞에서 유정이 보여 줬던 마술에 얼마나 놀랐는지 몰랐다. 그래, 그런 마술이라면 무대나 조명이 없어도 얼마든지 사람들을 웃고 놀라게 할 수 있을 것이다.

동희는 그 길로 집에서 별다른 도구 없이 할 수 있는 마술을 연습했다. 하지만 혼자 할 수 있는 마술은 한계가 있었다. 고민하던 동희는 아버지의 얼른 도구를 꺼냈다. 정확히 어떻게 사용하는 것인지 알 수는 없었다. 다만 중만이 아저씨에게 묻고 또 물어 최대한 비슷하게 할 수 있는 것들로 준비했다.

하지만 물어볼 사람도, 참고할 책도 없는 마술은 쉽게 늘지 않았다. 그저 연습을 반복하는 수밖에는 방법이 없었다. 손이 부르트고, 온몸에 상처가 가실 날이 없었다. 포기하고 싶을 때마다 '노력을 뛰어넘는 노력만이 완벽한 마술을 만든다'는 단장님의 말을 떠올렸다. 이를 악물고 두 달을 연습했다.

그리고 오늘 처음으로 배오개장에 나온 것이었다. 어차피 마술 공연을 할 거라면 사람들 눈에 확실히 띄는 게 좋겠다 싶어 공연용 양복까지 제대로 갖춰 입고 나왔다. 하지만 사람들의 따가운 눈총만 더 받을 뿐 도무지 용기가 나지 않았다. 이대로 돌아가야 하나 싶어 자꾸만 한숨이 나왔다. 그때 누군가 뒤통수를 딱 후려쳤다.

"동희 너, 이러고 있을 줄 알았다."

병수였다. 어깨가 축 처진 동희를 보더니 혀를 끌끌 찼다. 병수는 구두닦이 가방을 내려놓더니 갑자기 손뼉을 치며 외쳤다.

"자! 날이면 날마다 오는 게 아니에요. 달이면 달마다 오는 게 아니에요. 찢어진 종이가 멀쩡하게 변하고, 한겨울에 색색의 꽃이 피고, 빈 주머니에서 달걀이 쑥 나온다고요. 얼마나 신기한지 울던 애도 울음을 뚝 그치고, 허리 굽은 노인도 허리를 쭉 편다는 그것! 바로 마술입니다. 신기한 마술을 볼 수 있는 흔치 않은 기회! 자자, 일단 한번 보러 오세요. 재미없으면 돈도 안 받아. 만일 재미있고 신나면 일 전도 좋고 이 전이면 더 좋고. 원하는 만큼 돈을 내면 됩니다."

의외의 병수 모습에 동희의 입이 딱 벌어졌다. 병수의 신나는 손뼉 박자와 너스레에 사람들이 하나둘 몰려들었다. 병수가 동희의 옆구리를 찌르며 작은 목소리로 말했다.

"뭐 해? 빨리 뭐든 시작해. 사람들 모였을 때 눈길을 탁 잡아 놔야지."

친구가 이 정도까지 하는데 더는 얼이 빠져 있을 순 없었다. 동희는 얼른 손수건과 종이꽃을 꺼냈다. 일부러 젊은 처녀 무리에 다가가 빈손에서 꽃이 나타나는 마술을 선보였다. 순식간에 눈앞에 예쁜 꽃이 나타나자 처녀들이 와, 하고 소리를 지르며 얼굴을 붉혔다. 그 소리에 사람들이 더 몰려들었다. 순식간에 서른 명은 족히 넘는 사람이 동희와 병수를 빙 둘러쌌다.

이 여세를 몰아 확실히 시선을 사로잡아야 했다. 동희는 양복저고리를 벗고는 소매를 걷었다. 그러고는 쇠고리를 꺼내 하나씩 공중으로 던져 올렸다. 하나, 둘, 셋…. 여섯 개까지 공중으로 올린 쇠고리를 다시 하나씩 받았다. 여섯 개를 모두 받은 뒤 다시 공중으로 던져 올리자 신기하게도 쇠고리가 모두 연결돼 있었다.

모인 사람들이 소리를 치며 박수를 쳤다. 지나가던 사람들뿐 아니라 장사하던 상인들도 기웃거리기 시작했다.

"자자! 이럴 게 아니라 우리 앉아서 제대로 구경 한번 해 봅시다."

까치발을 들고 구경하던 한 아저씨가 외쳤다. 좀 전까지만 해도 콩을 팔던 패랭이 모자 아저씨였다. 그러자 누가 줄을 세운 것도 아닌데 앞에 있던 사람들은 흙바닥에 앉았고, 그 뒤에도 사람들이 바짝 붙어 섰다. 장터에서 놀이패나 차력사를 많이 봐 온 덕분일 것이다. 즉석에서 둥그렇게 작은 공연장이 마련됐다. 얼추 자리가 갖춰지자 사람들이 빨리 시작해 보라고 성화였다.

자신을 바라보는 수십 개의 눈빛이 콱 박힌 듯, 쿵쿵 심장이 세차게 뛰는 걸 느꼈다. 동희는 무대를 활보하며 너스레를 떨기 시작했다.

"조선 사람치고 재미있는 구경 안 좋아하는 사람 없을 겁니다. 소싯적에 놀이패 따라다닌다고 엽전깨나 날린 분들도 있을 거고요! 여기도 재미있는 구경이라면 양잿물도 마실 분이 있을 것 같은데…."

동희가 말을 하며 사람들을 훑어보자 웃는 소리가 터져 나왔다. 여기저기서 '맞다, 맞아.' 맞장구도 쳐 주었다.

"오늘은 구경 중에서도 가장 윗길에 있는 구경입니다. 이런 장터에서는 절대 볼 수 없는 구경이지요. 자! 절대로 눈도 깜빡이지 마시고 지켜보시기 바랍니다. 바로 마술입니다!"

왜놈 극장에서 돈 있는 사람들이나 보는 마술을 여기서 한다고? 모인 사람들이 '에이, 설마' 하면서도 기대가 되는지 웅성거렸다.

동희는 우선 가장 자신 있는 신문지 마술부터 시작했다. 찢어진 신문이 멀쩡한 신문으로 바뀌자 사람들이 환호성을 질렀다. 젖지 않는 신문 마술에서는 박수며 휘파람이 터져 나왔다.

"오메, 저 총각 좀 보소. 얼굴만 잘생긴 줄 알았는데, 도술도 참말로 잘한다잉."

한 아주머니의 말에 옆에 선 총각이 타박을 놓았다.

"아주머니, 총각 아니고 소년, 도술이 아니고 마술이요."

그러자 머리가 허연 할아버지가 끼어들었다.

"도술이면 어떻고 마술이면 어떤가. 이렇게 신기한 구경거리는 내 평생에 처음 본다. 거 참 잘한다."

사람들의 말이 바로바로 귓가에 들렸다. 화려한 무대는 없어도 동희는 이상하게 기분이 더 좋았다.

이번엔 밧줄을 꺼냈다. 밧줄을 목에 감아 당기자 눈을 가리며 비명을 지르던 사람들은 멀쩡한 동희를 보자 더 놀랐다. 종이공으로 밧줄을 통과시키기도 했다. 물론 기노쿠라가 알려 준 방법을 썼다. 실수 없이 깔끔하게 공이 밧줄과 분리됐다. 마술이 거듭될수록 사람들이 더 몰려들었다.

동희는 손뼉을 치고 소리를 지르며 웃는 사람들의 얼굴을 돌아보았다. 마술 공연은커녕 하루 벌어 하루 먹고 살기도 빠듯한 사람들이, 돈 몇 푼에 악다구니를 치며 싸우는 가난한 사람들이, 그렇게 삶에 지친 사람들이 환하게 웃고 있었다. 아까 공짜냐 묻던 더벅머리 거지 아이도, 동희를 툭 치고 지나갔던 옹기장수 아저씨도 맨 앞자리에 앉아서 웃고 있었다. 내 마술이, 내 재주가 사람들에게 웃음을 주고 있었다. 동희도 괜히 실실 웃음이 나왔다. 뱃속 깊은 곳에서부터 따뜻하고 간질간질한 무언가가 자꾸 솟아오르는 것 같았다. 그걸 행복이라고 불러도 될까, 동희는 잠시 생각했다.

그러는 사이 병수가 어디서 구했는지 바가지 하나를 들고 사람들 사이를 돌아다니며 돈을 걷기 시작했다. 하지만 선뜻 돈을 내는 사람들은 없었다.

"아니, 좀 전에 웃음소리는 요란했는데 재미있게 보신 분들이 이리 없는 겁니까?"

병수가 주변을 돌아보며 말하자, 사람들이 눈길을 슬슬 피했다.

"이러면 다음 마술은 못 하겠는데요. 동희야, 여긴 인심이 박해서 안 되겠다. 그만 짐 싸서 가자."

"어? 하지만…."

그때였다. 갑자기 거지 아이가 튀어나오더니 몇몇 사람들을 손가락으로 지목했다.

"저기 저 아저씨 아까 엄청 웃으면서 박수 치는 거 내가 다 봤어요. 저 영감님도 밧줄이 공을 통과할 때 엉덩방아를 찧을 만큼 깜짝 놀라며 웃었잖아요. 거기 아주머니도…."

지적당한 사람들이 "어이쿠 그놈 눈썰미 좋네. 옛다, 일 전이다", "나는 이 전이요" 웃으면서 돈을 내놓았다. 시작할 때부터 맨 앞자리를 차지하고 앉아 있던 옹기장수 아저씨도 무뚝뚝한 얼굴로 1전을 바가지에 넣었다. 동희와 눈이 마주치자 아까 어깨를 치고 간 것이 미안했던지 흠흠 헛기침을 했다. 동희는 말없이 고개를 숙여 고맙다는 인사를 했다.

"마술사 형! 이제 다음 마술 얼른 보여 줘요."

꾀죄죄했지만 눈빛만은 맑은 아이가 동희를 올려다보았다. 가슴속에서 찌르르한 무언가가 자꾸만 솟아올랐다. 동희는 고개를 끄덕이며 보따리에서 아버지의 얼른 도구를 꺼냈다.

"네네. 다들 이렇게 원하시니 얼른 얼른 보여 드려야죠. 이번에는 다른 구경거리를 보여 드리려 합니다. 예전에 저기 경상도 진주 지역에 솟대쟁이패라고 놀이패가 있었어요. 거기에 얼른쇠라고 불리는 사람이 있었습니다. 이 얼른이 뭐냐 하면…."

거기까지 말한 동희는 부채를 꺼내 들었다. 동희가 부채를 부치며 미리 왼쪽 소매에 숨겨 놓았던 색색의 한지를 날렸다. 마치 꽃비처럼 울긋불긋한 종이가 공중에 날리자 사람들이 우아, 하며 위를 올려다보았다.

"이렇게 한겨울에 갑자기 꽃비를 내리게 하는 게 얼른이랍니다. 아! 꽃이 있는데 빠진 게 있네요."

동희가 다시 부채 바람을 일으키자 놀랍게도 나비가 날아들었다. 꽃비 사이에서 너울너울 춤을 추었다. 마치 따스한 봄날 꽃밭 한가운데 있는 듯한 느낌에 사람들의 입가에 미소가 번졌다.

동희는 이어서 부채에서 동전을 계속 만들어 냈다. 빈 주머니에서 달걀을 꺼내는 얼른도 선보였다. 사람들이 동희의 손짓 하나하나에 빠져들었다. 동전과 달걀이 갑자기 나타날 때는 박수를 치고, 발을 구르며 환호했다. 얼쑤, 잘한다, 추임새도 자연스럽게 끼어들었다.

마술단에서 마술을 하던 때와는 완전히 다른 느낌이었다. 잘 갖춰 입은 사람들 앞에서 늘 시험 보는 기분으로 무대에 섰었다. 행여나 실수할까 봐 주눅이 들어 즐길 수가 없었다.

하지만 지금 이 순간, 장터 흙바닥에 앉은 이 사람들은 자신의 말 한 마디, 작은 동작 하나하나에 웃고 박수치며 반응했다. 그러면 더 신이 나서 자꾸자꾸 마술을 보여 주고 싶었다. 마치 함께 무대를 만들어 가는 것 같았다. 아버지가 얼른을 할 때도 이런 기분이었을까?

"얼른이 딴 게 아니고 마술이구먼."

누군가 소리치는 말에 동희가 고개를 끄덕였다.

"맞습니다. 얼른은 조선의 전통 마술 같은 겁니다. 서양의 마술처럼 화려한 무대나 조명은 없어도 오랜 세월 동안 사람들에게 즐거움을 주었습니다. 저는 서양의 마술도 배웠고, 우리 조선의 전통 얼른도 익히는 중입니다. 언젠가는 이 둘을 접목해서 조선의 새로운 마술을 만들어 볼 생각입니다."

동희는 말을 하고는 스스로도 놀랐다. '나만의 마술'을 하고 싶다고 막연히 생각하긴 했지만, 구체적으로 떠올리기는 처음이었다.

짝짝짝.

구경꾼들 틈에서 수염이 허옇고 갓을 쓴 노인이 동희에게 박수를 치며 다가왔다.

"허허. 다시는 못 볼 줄 알았는데 고향의 얼른을 여기서 보다니. 정말 기분이 좋구면."

그러면서 병수가 들고 있던 바가지에 50전이나 내놓았다. 깜짝 놀란 병수는 선뜻 돈을 받지 못했다.

"어르신, 이건 너무 많습니다."

"내 소중한 추억을 되살려 주었는데 이 정도 값은 내야지. 꼭 조선의 얼른을 잇는 좋은 마술사가 되길 바라네."

노인답지 않게 눈빛이 형형하고, 목소리에는 힘이 있었다. 동희는 자기도 모르게 꾸벅 인사를 하며 외쳤다.

"네! 꼭 조선인 최초의 마술사가 되겠습니다."

노인은 허허허 웃으며 사람들 사이로 사라졌다. 그걸 신호로 모여 있던 사람들도 흩어졌다. 이제 도구를 정리하려는데 거지 아이가 동희의 바지를 잡아당기며 물었다.

"마술사 형! 언제 또 와요?"

"곧 올 거야. 또 와야지."

"너무 재미있었어요. 마술을 보는 동안에는 배고픈지도, 추운지도 모르겠더라고요. 형, 꼭 다시 와요."

그 말에 코끝이 찡해졌다. 아이의 뒷모습을 보며 '그래, 꼭 다시 올게' 다짐을 하며 섰는데, 병수가 동희의 어깨를 툭 쳤다.

"어이, 조선인 최초의 마술사! 그 별명 괜찮은데. 다음부턴 커다랗게 써 붙이자. '조선 최초의 소년 마술사, 남동희.' 카, 사람들이 구름같이 몰려들겠지. 이참에 나도 구두닦이 때려치우고 너랑 같이 이 길로 나서야겠다."

병수가 동전이 제법 든 바가지를 흔들며 웃었다.

"당연하지, 너 없으면 오늘 공연은 시작도 못 했을걸. 고맙다. 늘."

동희가 진지한 표정으로 말하자, 병수는 부끄러운지 대답 대신 뒤통수를 툭 쳤다.

"됐어. 인마. 우리 사이에 고맙기는. 가자! 오랜만에 소리를 질렀더니 배가 고프네."

둘은 어깨동무를 한 채 장터 안 국밥집으로 향했다.

스승이라 불러라

우당탕탕.

산만 한 덩치에 험상궂게 생긴 사내들이 공연 중간에 갑자기 들이닥쳤다. 장터에서 공연을 한 지 열흘째였다. 사내들은 다짜고짜 마술 도구들을 발로 걷어차고, 내동댕이쳤다. 모인 사람들도 겁을 줘서 내쫓았다. 놀란 병수는 발이 땅에 붙은 듯 꼼짝도 하지 못했다. 무섭기는 동희도 마찬가지였다.

"도, 도대체 왜 이러세요?"

우두머리인 듯 뺨에 흉터 자국이 있는 사내가 별안간 동희의 멱살을 잡았다.

"네가 마술사라는 놈이냐? 어린놈이 왜 이리 버릇이 없어? 여기서 장사를 시작했으면 인사를 해야 할 것 아니야?"

"인사라니요? 누구한테 인사를 하라는 겁니까?"

"허! 이놈 보게. 여기 배오개장터에서 장사를 하려면 우리한테 허락받아야 하는 거 몰랐어?"

"그런 얘기는 처음 듣는데요. 아저씨들이 뭔데 허락을…. 흐읍…."

겁에 질린 표정으로 병수가 뛰어와 동희의 입을 갑자기 막았다.

"아이고, 죄송합니다. 얘가 뭘 잘 몰라서 헛소리를 하는 겁니다요. 자릿세는 얼마나 드리면 될까요?"

노점에서 이런저런 장사를 많이 해 본 병수는 단박에 그 사내들이 자릿세를 뜯으러 온 건달이라는 것을 알아봤다. 병수가 굽신굽신하며 물어보자 우두머리가 비릿한 웃음을 지었다.

"그래도 말이 통하는 놈이 하나 있어 다행이네. 가만 보자. 여기서 마술 공연을 한 열흘 했지? 일단 일 원만 내. 그리고 앞으로는 매달 이 원씩 내고."

1원이라니 말도 안 된다. 그동안 번 돈을 거의 다 내놓으라는 건데, 그럴 수는 없었다. 하지만 상대는 덩치 큰 어른 다섯이었다. 병수도 생각보다 큰 액수에 선뜻 돈을 내놓지 못하고 망설였다. 기다리던 건달들은 다시 난동을 피우기 시작했다. 흙바닥에 나뒹구는 아버지의 도구들을 보니 동희는 화가 머리끝까지 치밀어 올랐다. 저도 모르게 그들에게 덤벼들었지만 당연하게도 상대가 되지 않았다. 정신없이 얻어맞고 있는데 갑자기 목소리가 들렸다.

"그만하시오. 그 돈 내가 냅니다."

어눌한 조선말. 고개를 들어 보니 기노쿠라 단장이 서 있었다.

건달들은 의외라는 듯 하오리를 입은 기노쿠라를 쳐다봤다.

"허! 쪽발이하고도 아는 사이였어? 나야 뭐 아무한테나 돈만 받으면 상관없지만 말이야."

우두머리는 기노쿠라가 내미는 돈을 받아 들고는 "다음 달에 또 올게"라는 말을 남기고 유유히 사라졌다. 놀란 동희는 바닥에서 일어설 생각도 못 하고 물었다.

"단, 단장님이 여긴 어떻게…?"

기노쿠라는 대답 대신 손수건을 내밀었다.

문득 일본으로 떠나려고 했던 날 밤, 말없이 손에 붕대를 감아 주던 기노쿠라의 모습이 떠올랐다. 위기의 순간마다 자신의 손을 이끌어 줬던 단장님이었는데, 욕심에 그 손을 내가 놓아 버렸구나 싶어 목이 멨다.

"여기서, 마술을 계속하고 있었던 것이냐?"

동희는 부끄러워 고개만 끄덕였다.

"역시 내 눈이 틀리지 않았구나."

기노쿠라는 혼잣말처럼 중얼거리더니 동희를 똑바로 바라보았다. 동희를 처음 만난 그날처럼 확신에 찬 눈빛이었다.

"이따가 마술단 천막으로 오너라. 보여 줄 것이 있다."

기노쿠라는 그 말만 남기고는 곧바로 자리를 떴다.

보여 줄 것이라니, 그게 뭘까? 동희는 궁금증이 일어 도무지 일이 손에 잡히지 않았다. 자꾸만 멍하니 딴생각만 하는 동희를 보다 못한 병수가 말했다.

"야, 남동희! 너 지금 궁금해 죽겠지? 어서 가 봐. 어차피 오늘은 마술 공연하기도 힘들 것 같고. 여긴 내가 마저 치울 테니까."

"진짜? 정말 고맙다. 언제 끝날지 모르니까 먼저 집에 가 있어. 이따 올 때 본정통에서 네가 좋아하는 왜떡 사다 줄게."

동희는 그렇게 소리치며 바람처럼 뛰어갔다.

뭔가 이상했다.

오랜만에 찾은 마술단 천막은 휑뎅그렁했다. 한참 저녁 관객을 맞을 준비로 분주할 시간인데 오가는 단원들도 보이지 않았다. 여긴 왜 왔냐고 가즈오가 또 막아서면 어쩌나 잔뜩 긴장했는데, 고요한 적막만이 감돌았다. 동희는 조심스레 대기실 천막 문을 열어 보았다. 단장님 혼자 앉아 있었다.

"왔느냐? 거기 남포등을 들고 따라 오너라."

아직 환한 낮인데 남포등은 왜요? 묻기도 전에 기노쿠라는 일어나 밖으로 나갔다. 동희는 얼떨결에 남포등을 들고 뒤따랐다. 공연이 열리는 큰 천막 뒷문으로 들어갔다. 무대 뒤편은 마술사들이 드나드는 통로이기도 했지만, 작은 마술 도구들을 보관하는 창고 역할도 했다. 오랫동안 청소를 안 했는지 무대 뒤가 어수선했다. 도대체 무슨 일이지? 의아해 하는 동희에게 기노쿠라가 뭔가를 건넸다. 얼결에 받고 보니 단단하고 묵직한 놋쇠 열쇠였다.

"이 열쇠로 저 문을 열어라."

"네? 지하실 문을요?"

동희는 깜짝 놀라고 말았다. 지하실은 기노쿠라 외에는 '기술자'만 들어갈 수 있는 금단의 구역이었다. 단원들 말로는 이 지하실에 기노쿠라 마술의 비밀이 숨어 있다고 했다. 무대에서 기노쿠라가 마술을 하면, 그 아래에서 기술자가 비밀 장치를 움직여 사람을 사라지게도 하고, 공중에 뜨게도 만든다고. 그런데 왜 나에게? 동희는 열쇠를 받아 들고는 잠시 망설였다.

"괜찮대도 그러는구나."

그제야 동희는 열쇠로 자물통을 열었다. 지하실로 통하는 묵직한 나무문을 위로 들어 올리자 어둠 속으로 이어진 긴 계단이 보였다. 기노쿠라는 동희의 손에 들려 있던 남포등을 가져가더니 불을 환하게 켜고는 계단을 먼저 내려갔다.

"안 오고 뭐 하고 섰어?"

"예? 아, 네."

동희는 계단을 조심스레 내려갔다. 생각보다 긴 계단이 끝나자 넓은 공간이 펼쳐졌다. 지하에 이리 깊고 널찍한 공간이 있을지는 상상도 못 했다. 게다가 거기에 빽빽이 들어차 있는 온갖 기계와 도구라니, 동희는 눈이 휘둥그레졌다.

바닥에서 천장까지 닿아 있는 거대한 쇠기둥에는 도르래가 연결돼 있었고, 뾰족뾰족한 톱니처럼 생긴 크고 작은 바퀴가 맞물려 있었다. 그 외에도 다양한 지렛대며 쐐기, 굴대, 쇠막대 같은 것들이 잔뜩 있었다. 마치 작은 공장 같은 모습이었다.

"와! 이게 다 뭐예요?"

"이것들이 다 내가 아미리견에서 가져온 거다. 이제 마술은 일루전이라 불리는 환상마술의 시대야. 사람들의 환상을 무대에서 실제로 펼쳐 보이는 거지. 이 기계들의 힘으로 말이다."

기노쿠라가 바닥에 놓인 굵은 밧줄을 하나 들어 동희에게 내밀었다.

"이 밧줄이 뭔지 알겠느냐?"

동희는 밧줄을 만져 보고서야 깜짝 놀랐다.

"이건 그냥 밧줄이 아니네요. 밧줄 안에 단단한 것이 있어요. 아! 바로 그것이군요. 천도복숭아 마술이요."

동희는 저도 모르게 흥분해서 큰소리로 외쳤다.

"그래, 맞다."

"하지만 천도복숭아 마술은 가즈오가 했던 거잖아요."

"가즈오도 지하에서 어떤 장치를 쓰는지는 모를 게다. 한 번도 와 본 적이 없으니."

천하의 가즈오도 못 가 본 곳에 자신이 서 있다니 동희는 도무지 믿기지 않았다.

"봐라! 이 밧줄은 원래 속이 비어 있도록 만들었어. 끝부분을 여기 있는 톱니바퀴에 연결하면 길어지는 쇠기둥이 밧줄 안에 있는 빈 공간으로 들어가지. 그래서 사람이 밧줄을 타고 위로 올라갈 수 있는 거란다."

그저 신기하게만 보였던 마술에 이런 비밀이 있었다니, 동희는 입을 다물지 못했다. '일루전'이라는 서양 마술은 그야말로 신세계였다. 그동안 자신이 했던 마술은 이에 비하면 시시한 손재주에 불과한 것 같았다.

"원한다면, 둘러보아도 된다."

말이 끝나기가 무섭게, 동희는 온갖 기이하고 놀라운 모양의 도구들을 들여다보았다. 만져 보았고, 두들겨 보았다. 그러다 알록달록하게 생긴 상자를 무심코 눌렀는데 갑자기 뚜껑이 열리면서 괴상하게 생긴 인형이 튀어나왔다. 눈이 번쩍이고, 코가 빨갛고 입도 기묘하게 컸다.

"으악, 이, 이게 뭡니까?"

동희가 기겁을 하자 기노쿠라가 허허 웃었다.

"피에로라는 서양 인형이다. 상자 아래에 용수철이 달려 있어 갑자기 튀어나오는 것이지."

"용, 용수철이요?"

"용수란 돌돌 말려 있는 용의 수염이란 뜻이란다. 옛날부터 용의 수염은 잡아당겼다 펴도 원래의 모양으로 되돌아간다고 생각했다. 철로 만든 용수철은 아무리 잡아당겨도, 또 눌러도 제자리로 돌아가는 성질을 가지고 있지."

"그래서 상자를 열면 튀어나오는 거군요."

"그렇지. 여러 서양 마술에서 유용하게 쓰이는 도구다."

동희는 언젠가는 꼭 쓰일 것 같은 예감에 머릿속에 용수철이란 단어를 단단히 심어 놓았다. 그때 낯익은 것이 보였다.

"어! 저건…?"

공중 부양 마술을 할 때 동희가 누웠던 긴 탁자였다. 아무리 봐도 그냥 보통 탁자였다. 그때 분명 탁자와 단장님 사이에 단단한 무언가가 있었는데, 동희는 탁자 주변을 살펴보고, 만져 보다가 탁자 상판 밑에 살짝 튀어나와 있는 단추를 발견했다. 기노쿠라가 한 번 눌러 보라는 듯 고개를 끄덕였다. 동희가 단추를 누르자 아무것도 없던 탁자 위에 언문의 'ㄹ' 자같이 생긴 쇠막대가 연결된 판자가 튀어나왔다.

"아! 이거였군요. 이 판자가 위로 움직였던 거예요. 단장님은 이 쇠막대가 꺾인 부분으로만 동그란 틀을 움직여 마치 위아래로 아무것도 없는 것처럼 보이게 했던 거고요. 그런데 판자를 어떻게 위아래로 움직인 거죠? 이것도 저 천도복숭아 마술처럼 톱니바퀴와 도르래로 움직이는 건가요?"

잔뜩 흥분한 동희의 말을 듣던 기노쿠라의 얼굴에 놀라움이 스치더니 곧 평상시의 얼굴로 돌아왔다.

"그건 천천히 네 힘으로 알아보도록 해라. 앞으로 그 열쇠는 너에게 맡길 것이니."

뜻밖의 말에 동희는 어리둥절했다.

"네? 어째서 저 같은 놈에게 열쇠를 주신단 말입니까?"

"이제부터는 이 장치들을 이용해서 새 마술을 해 보아라. 사람들의 환상을 무대 위로 옮겨 보는 거다."

"제가 감히 어떻게요. 가즈오도 있고, 더 잘하는 마술사들도 많은데요."

당황한 동희가 손을 내저으며 뒷걸음질 쳤다. 이제 1년 남짓 마술을 배운 풋내기에게 말도 안 되는 일이었다. 기노쿠라답지 않게 긴 한숨을 내쉬었다.

"이제 그들은 여기 없다. 네가 떠난 후 많은 일이 있었지….."

조선에 흉년과 물가 폭등이 이어지자 조선인뿐 아니라 일본인들도 지갑을 닫았다. 설상가상으로 덴쓰네 마술단의 성공 이후에 경성에 정착하려는 일본 마술단이 많아졌다. 그런 와중에 마술단에 정말 큰일이 벌어졌다. 가즈오가 쓸 만한 단원들을 이끌고 신생 마술단으로 몰래 옮겨가 버렸다. 평소 완벽한 연습만을 강조하는 엄격한 기노쿠라에게 불만을 품었던 것이다. 남은 단원들로는 마술단을 꾸리기엔 역부족이었다. 그래서 잠시 마술단 문을 닫았다 했다. 담담한 말투였지만 초췌해진 얼굴이 그동안의 고생을 말해 주는 것 같았다.

"우연히 소문을 들었다. 장터에서 마술을 하는 소년이 있다고. 혹시나 했는데 정말 동희 너였다. 거기서 네가 그러더구나. 조선인 최초로 마술사가 돼 새로운 마술을 선보이겠노라고. 그 생각이 아직도 남아 있다면, 어떠냐? 이곳에서 나와 함께 만들어 보는 것이?"

믿기지 않는 제안이었다. 자신을 내친 줄로만 알았는데 아니었다. 그동안 자신을 지켜봤고, 이제는 함께 새 마술을 해 보자, 제안을 한 것이다. 동희는 놀람과 설렘으로 가슴이 벅차올랐다. 하지만 걸리는 것이 있었다. 기노쿠라를 처음 본 순간부터 지금까지 늘 궁금했다.

"왜 이렇게까지 절 믿으시는 겁니까? 전 조선인인 데다가 단장님을 배신하고 덴쓰네에게 가려던 배은망덕한 놈인데요."

"널 믿는 것이 아니다. 널 알아본 날 믿는 것이지. 무엇보다 너는 마술을 할 무대가 필요하고, 난 내 마술단을 다시 살리고 싶다. 그만하면 우리가 함께할 충분한 이유가 되겠지?"

서로가 필요하다는 것, 그 어떤 미사여구보다도 확실한 대답이었다. 동희는 고개를 끄덕였다.

"단, 꼭 지켜야 할 것이 있다. 내게 대충은 통하지 않는다. 마술은 노력을…."

그 말이 끝나기도 전에 동희가 대답했다.

"노력을 뛰어넘는 노력만이 완벽한 마술을 만든다! 잘 알고 있어요. 저도 대충할 생각은 전혀 없습니다."

기노쿠라의 얼굴에 흐뭇한 미소가 얼핏 떠올랐다가 곧 사라졌다.

"그래서 말인데…. 앞으로는 스승이라 불러라."

스승이라니, 처음엔 잘못 들은 줄 알았다. 언제나 마음속으로는 스승이라 생각하고 있었으나, 감히 부를 수 없는 이름이었다. 조선인인 내게는 절대로 허락되지 않을 이름이라 언감생심 꿈도 꾸지 않았다.

"그게, 정말이십니까?"

"그래야 네 마음대로 무대에 마술을 올리는 일이 없지 않겠느냐?"

유정에게 잘 보이기 위해 몰래 마술을 한 걸 꼬집는 말이었다. 부끄러워 얼굴이 발갛게 달아오른 동희를 보며 기노쿠라가 슬쩍 웃은 것도 같았다.

"앞, 앞으로는 절대로 그런 일 없을 겁니다."

"나도 스승으로서 네게 최선을 다해 마술을 가르칠 것이다. 너도 있는 힘껏 배우길 바란다."

덴쓰네 이후로 다시는 제자를 들이지 않겠다던 기노쿠라가 자신을 다시 받아 준 것도 모자라, 스승이 되어 준다니. 동희는 금방이라도 날아오를 듯 가슴이 부풀어 올랐다. 단장님 아니, 스승님의 말이라면 뭐든지 다 할 수 있을 것 같았다.

그런데 왜일까? 갑자기 아버지가 떠올랐다. 얼굴도 희미해진 엄마도 생각났다. 장터에서 박수를 쳐 주던 조선 사람들의 얼굴도 차례로 나타났다. 이대로 다시 아무 일도 없었다는 듯 기노쿠라 마술단에서 마술을 할 순 없었다. 어쩌면 기노쿠라가 화를 내며 없던 일로 하자고 해도 어쩔 수 없었다.

"이제 전 조선 사람들을 위한 마술을 하고 싶습니다. 그래도 제가 제자가 될 수 있겠습니까?"

기노쿠라는 말이 없었다. 그렇다고 화가 난 건 아닌 듯했다. 무언가를 한참이나 골똘히 생각하더니 마침내 동희와 눈을 맞추었다.

"그 장터에서 마술을 좋아하는 사람들을 보았다. 마술사가 일본인이든 조선인이든 중요하지 않듯이, 관객도 마찬가지라고 생각한다. 오히려 입장료를 싸게 해서 많은 조선인이 마술을 보러 온다면 그것이 우리 마술단이 다시 살아나는 길이 아니겠느냐. 다른 마술단과도 차별성이 생기고 말이다. 이만하면 네 질문에 대답이 되었느냐?"

동희는 기쁨으로 고개를 연신 주억거렸다.

"대신 조건이 하나 있다."

기노쿠라는 잠시 말을 멈추더니 동희의 눈을 똑바로 바라보았다.

"지금 네가 장터에서 보여 주는 마술로는 안 된다. 어디서도 볼 수 없었던 새로운 마술이어야 한다. 할 수 있겠느냐?"

동희의 머릿속에 항아리 그림이 떠올랐다. 항아리에 사람이 들어가고, 옆 항아리에서 나오는 이상한 그림. 그 마술이면 가능할 것 같았다.

"네, 할 수 있어요. 제가 꼭 새로운 마술을 해 보겠습니다."

그리고 힘주어 덧붙였다.

"스승님!"

하나가 둘이 되고

유난히 매서웠던 겨울도 끝이 보였다.

남쪽에서 불어온 바람에 어린 쑥이며 냉이가 고개를 내밀자 사람들은 산으로 몰려갔다. 아무리 보릿고개라지만 이렇게 먹을 것이 없는 봄은 처음이었다. 조선에서 나는 쌀을 일본으로 싹 다 가져가서 그렇다는 흉흉한 소문이 나돌았다.

동희는 어제 사람들 틈바구니에서 겨우 뜯은 쑥 한 줌에 된장을 풀어 국을 끓였다. 입에 곡기를 넣어 본 게 언제인지 가물가물했다. 멀건 쑥국을 먹은 중만이 아저씨가 일찌감치 인력거를 끌고 나갔다. 멀어지는 아저씨의 모습 뒤로 봄비가 투둑투둑 떨어지기 시작했다.

"아저씨 오늘 일이 힘드시겠네. 그래도 비 오는 날에는 인력거 타는 손님이 더 많아지니까."

하지만 장터에는 사람이 모이지 않을 것이다. 동희는 오늘은 장터 마술을 쉬기로 했다.

아함, 연신 하품을 하던 동희는 낮잠이나 잘까 하고 이불 위에 벌러덩 누웠다. 요즘은 늘 잠이 부족했다. 낮엔 장터에서 마술을 했고, 밤에는 스승님께 마술을 배우고 지하실에서 장치를 연구했다. 마술단을 다시 열 수 있을 만큼 새로운 마술을 개발할 때까지는 장터에서 마술을 계속하겠다고 동희가 우겼기 때문이었다. 장터에서 마술을 계속했지만, 연이은 흉년에 돈은 잘 벌리지 않았다. 결국 자릿세는 기노쿠라가 대신 내주었다. 빨리 새 마술을 개발해야 한다는 조바심에 동희는 다시 벌떡 일어났다. 그러고는 항아리 옆에 둔 두루마리를 집어 들고는 뚫어져라 쳐다보았다. 눈이 아프도록 한자를 들여다보다 한숨을 쉬었다.

"이 한자만 해석하면 마술의 비밀을 풀 수 있을 줄 알았는데…."

매일 밤 제대로 잠도 못 자고 끙끙대는 동희가 안쓰러웠는지 며칠 전 중만이 아저씨가 수표교 밑에 가 보라 일러 주었다. 거기서 사주 보는 노인네가 웬만한 한자는 다 읽는다 했다. 왕년에 서당에서 애들도 가르쳤고, 사서삼경에 토정비결도 다 공부했다고 늘 자랑했다는 거였다. 동희는 그 길로 달려가 그나마 남아 있던 좁쌀한 주먹을 주고는 한자 읽기를 청했다.

"어디 보자. 이게 말이야. 요즘은 안 쓰는 옛날 한자들이라 해석하기가 여간 쉽지는 않다만, 내가 누구냐. 사서삼경부터 토정비결,

주공비결까지 달달달 외던 선비 중의 선비가 아니냐. 갑오년에 과거제만 없어지지 않았어도 내가 이런 데서 사주나 보고 있을 사람이 아니거늘."

한참을 거들먹거리던 할아버지는 안절부절못하는 동희를 보고서야 다시 두루마리의 한자로 시선을 옮겼다.

"내가 해석한 바로는 여기 이 그림은 천 년 전 신라에서 행해지던 '입호무'니라. 항아리에 들어가는 춤, 아마도 이 춤이란 것이 환술을 일컫는 것 같다. 자, 이제 한번 읊어 볼까?"

그러고는 마치 시조창을 하듯 한자를 해석하기 시작했다. 동희는 한 자라도 놓칠세라 귀를 바짝 갖다 댔다.

"어느 날 큰 시장에 훌륭한 환술사가 찾아왔다. 그가 항아리로 사라졌다가 갑자기 나타나는 환술을 하자, 지나가던 사람들이 다 멈춰 서고 백여 곳 집에서 다 뛰쳐나오니 모두가 박수를 치고 좋아했다. 하나가 둘이 되고, 둘이 하나가 되니 참으로 신기한 환술이었다."

할아버지는 어떠냐는 듯 자랑스럽게 동희의 얼굴을 내려다보았다. 동희는 눈만 끔뻑끔뻑하다가 물었다.

"그게 다예요? 이 항아리 환술을 어떻게 하는지 방법은 안 나와 있어요? 혹시 제가 몰라본다고 빼먹은 건 아니에요?"

"어허, 고놈, 무식한 것이 성질도 못됐구나. 감히 내 말을 못 믿는 것이야?"

그렇게 꿀밤만 몇 대 맞고 쫓겨났다.

"그러나저러나 하나가 둘이 되고, 둘이 하나가 된다는 게 도대체 무슨 말일까?"

아무리 생각해도 알 수가 없었다.

"아, 몰라, 몰라. 잠이나 자자."

동희는 다시 이불 위에 누웠다. 하지만 배가 고파서인지 도통 잠이 오지 않았다. 아침에 멀건 죽을 먹고는 점심도 건너뛰었다. 그나마 동희네는 식구가 적어서 이 정도지, 이 동네에만 굶어 죽은 이가 여럿이라 했다.

배고픔을 잊기 위해 동희는 벌떡 일어났다. 그러고는 방구석에 두었던 항아리를 다시 꼼꼼히 살펴보기 시작했다.

"그저 평범한 항아리가 아닌 건 분명한데…."

동희는 중얼거리며 항아리 바닥을 손바닥으로 쓰다듬었다. 그런데 뭔가 이상했다. 몸통과 바닥 이음새가 매끄럽지가 않았다.

혹시? 불현듯 어떤 생각이 머리를 스쳤다. 동희는 곧바로 집에서 쉬고 있던 병수를 불러왔다. 영문도 모르고 따라온 병수에게 다짜고짜 항아리를 들라 했다.

"뭐? 왜? 이게 뭔데?"

"아! 일단 이거 좀 거기서 들어 봐."

둘은 양쪽에서 항아리를 들고는 뒤뚱뒤뚱 천변으로 갔다. 꽃샘

추위는 여전했지만 며칠 전부터 얼었던 개천이 녹아 빨래를 하러 나온 아주머니들도 여럿 보였다. 동희는 신발을 벗고 바지를 걷은 다음, 항아리를 들고 개천 중간까지 들어갔다.

"엇! 차가워. 도대체 왜 이러는지 이유나 좀 알자."

반대편에서 항아리를 들고 있던 병수가 이를 딱딱 부딪치며 물었다. 그러거나 말거나 동희는 항아리를 기울여 개천에 담갔다가 다시 뺐다. 잠시 뒤, 물이 반쯤 찬 항아리에서 물이 졸졸 샜다. 분명 몸통과 연결된 바닥 이음 면에서 물이 새어 나오고 있었다.

"항아리 바닥이 분리된 게 틀림없어. 이게 분명 열렸다 닫혔다 하는 것일 텐데."

그러자 병수가 퉁명스럽게 핀잔을 놓았다.

"밖에 여는 게 없으면, 안에 있지 않겠냐. 안 보이게 안에 숨겨 놨겠지."

"그래, 맞다! 왜 그 생각을 못 했지?"

동희는 당장 항아리 안에 들어가 봐야겠다며 개천에서 나왔다. 평평한 곳에 항아리를 놓고는 병수의 도움을 받아 항아리 안으로 몸을 집어넣었다. 안은 빛이 들어오지 않아 어두웠다. 손으로 더듬더듬 항아리 안쪽을 더듬었지만, 만져지는 것은 없었다. 답답해진 동희는 소리를 질렀다.

"병수야! 촛불, 촛불 좀 가져와 봐. 빨리 빨리."

병수가 올 때까지 항아리 안에 앉아 있던 동희는 문득 항아리가 옆으로 퍼진 모양이라 공간이 꽤 넉넉하다는 것을 깨달았다.

'흠, 여기 한 사람이 숨어 있어도 될 정도로 넓은데…. 혹, 혹시!'

갑자기 '하나가 둘이 되고, 둘이 하나가 되니 참으로 신기한 환술이었다'는 두루마리의 글이 떠올랐다.

'이 항아리 안에 미리 한 사람이 숨어 있을 수 있다면, 환술사가 다른 항아리로 가는 동안 다른 이가 환술사인 척할 수 있지 않을까? 그래서 하나가 둘이 되고, 둘이 하나가 되는 신기한 환술이라고 두루마리에 적혀 있었던 걸까?'

그런 생각을 하고 있는데 막 도착한 병수가 초를 항아리 안으로 쑥 넣어 주었다. 동희는 촛불을 비춰 항아리 안쪽을 자세히 살폈다. 튀어나오거나 들어간 부분은 없는지, 낯선 그림이나 글자가 있는지도 샅샅이 뒤졌다. 하지만 항아리 안에는 그 어떤 장치나 단서도 없었다.

실망한 동희는 병수의 부축을 받아 항아리 밖으로 나왔다. 동희의 표정을 살피던 병수가 조심스럽게 물었다.

"아무것도 못 찾았어?"

"응. 하긴 아버지가 항아리 안쪽을 들여다보지 않았을 리가 없지. 그리 쉬웠으면 금방 찾았을 거야."

침울해진 동희는 다시 항아리를 들었다. 옆에 서 있던 병수가 재빨리 반대쪽에서 마주 들었다. 그런데도 기운이 빠져서인지 항아리가 더 무겁게 느껴졌다. 동희는 얼마 못 가 물레방앗간 앞에 멈췄다.

"병수야, 잠시 쉬었다 가자."

동희는 항아리 옆에 주저앉아 멍하니 통방아를 바라보았다. 둥근 물레방아에 비해 속도는 느렸지만, 쿵덕쿵덕 방아를 잘도 찧었다. 통방아는 개천처럼 물이 많지 않은 곳에 주로 설치했다. 홈을 파서 만든 통나무에 물이 가득 채워지면 그 무게 때문에 물통이 기울어지면서 방아를 찧게 되어 있었다. 통에 가득 모인 물이 쏟아지는 걸 본 동희 머릿속에서 갑자기 불빛이 번쩍하는 듯했다.

'통방아가 일정한 무게가 되면 물통이 기울어지게 설계된 것처럼, 혹시 항아리 바닥도 일정한 무게가 가해지면 열리는 장치가 있는 건 아닐까.'

그 생각을 확인해 볼 방법은 하나뿐이었다.

"병수야! 빨리 가자. 나 확인할 게 있어."

언제 지쳤었냐는 듯 동희는 병수를 재촉해 항아리를 들고 다시 집까지 왔다. 도착하자마자 제사 때 쓰는 큰 상을 꺼냈다. 그러고는 톱을 꺼내 상에 동그랗게 구멍을 냈다.

"어어. 너 뭐 하는 거야?"

깜짝 놀란 병수가 소리쳤다.

"가만있어 봐. 확인할 게 있어."

구멍 크기를 이리저리 재 보고 다시 톱질을 반복했다. 그런 다음 항아리를 구멍을 낸 상 위에 올렸다. 구멍이 항아리 밑바닥보다 살짝 커서 항아리 밑 부분이 구멍에 걸렸다. 동희는 신발을 벗고는 밥상 위로 올라갔다. 삐거덕! 오래되고 낡은 상이 소리를 냈다.

"병수야. 나 항아리 안에 또 들어갈 건데 좀 도와줘."

동희는 병수의 손을 잡고 조심조심 항아리 안으로 들어갔다. 이번엔 몸을 구부리지 않고 반듯하게 섰다. 몸무게를 바닥에 온전히 전하려는 것이었다. 바닥에서 2척(약 60센티미터) 정도 높이에 항아리가 떠 있었다. 항아리 안으로 완전히 다 들어가자 동희는 누가 아래에서 당기는 듯한 느낌이 들었다.

"어! 너 갑자기 키가 작아졌어. 아니 항아리 바닥이 열리고 있어."

병수가 놀라 손가락으로 항아리 바닥을 가리키며 소리를 쳤다. 동희가 고개를 숙여 아래를 내려다보았다. 정말 바닥이 점점 아래쪽으로 기울어지고 있었다.

"진짜, 진짜야! 항아리 바닥이 열렸어. 내 생각이 맞았…."

그때였다. 우지끈 소리가 나더니 상다리가 무게를 이기지 못하고 뚝 부러지고 말았다. 동희는 항아리와 함께 바닥에 나뒹굴었다. 동희는 흙투성이가 된 얼굴로 아픈지도 모르고 큰소리로 웃었다. 놀란 병수가 괜찮으냐고 물었지만, 동희는 웃음을 멈출 수가 없었다.

"아니, 이게 무엇이냐?"

동희와 병수가 난데없이 항아리를 안고 천막 안으로 들어서자, 기노쿠라가 깜짝 놀라 물었다.

"새로운 마술이요. 스승님! 이걸로 새로운 마술을 할 겁니다."

동희는 항아리를 내려놓자마자 숨을 헐떡이며 말했다. 어리둥절해 하는 기노쿠라에게 두루마리를 꺼내 보여 줬다.

"아주 오래전에 행해지던 마술이라 들었습니다. 지금은 그 방법이 전해지지 않고요. 여기 비밀 지하실에서 저만의 방법으로 이 마술을 해내고 싶습니다."

기노쿠라는 동희가 전해 준 그림을 찬찬히 보더니 조심스레 의견을 내놓았다.

"이건 한 항아리에서 다른 항아리로 공간 이동하는 마술인 듯 보이는데. 그러려면 아마도 항아리 바닥이 열려야겠구나."

역시 스승님다웠다. 진작 두루마리를 가져와서 물어볼걸. 괜히 혼자 해 보겠다고 끙끙거렸던 시간이 아까웠다.

동희는 상 위에서 한 실험에 대해 이야기했다. 눈을 반짝이며 듣던 기노쿠라는 당장 보고 싶다며 무대 위로 항아리를 올렸다. 예전에 사용하던 지하로 통하는 구멍에 항아리를 조심스레 넣어 보았다. 옆으로 뚱뚱한 항아리는 어느 정도 내려가자 구멍에 걸려 멈췄다.

"내가 지하로 가서 볼 테니, 네가 항아리로 들어가 보거라."

잠시 후, 지하에서 준비됐다는 소리가 들려왔다. 동희는 크게 심호흡을 하고는 항아리에 들어갔다. 구멍에 낀 항아리가 삐거덕 소리를 내며 아래쪽으로 더 내려갔지만, 다시 멈췄다. 잠시 후 항아리 바닥이 천천히 열렸다.

"오! 정말 놀랍구나. 이건 탄성이 좋은 말린 소 힘줄과 자작나무 껍질로 일종의 용수철을 만든 거겠구나. 저런 용수철이라면 일정한 힘이 가해지기 전에는 꼼짝도 하지 않다가 서서히 늘어나지. 그 옛날 그런 기술을 가지고 있었다니, 정말 대단하다."

기노쿠라의 말이 끝나기가 무섭게 항아리 바닥이 완전히 열리면서 동희는 지하실 바닥으로 떨어졌다.

"으으으악!"

"동희야! 동희야! 괜찮아?"

항아리 옆에 서 있던 병수의 다급한 목소리가 저 위에서 들렸다. 정신을 차려 보니 바닥에는 푹신한 짚과 이불이 깔려 있었다. 기노쿠라가 미리 가져다 둔 모양이었다. 위를 올려다보니 어느새 항아리 바닥은 닫혀 있었다.

"어. 괜찮아. 여기 푹신한 게 깔려 있어."

그러자 잠시 후. 악, 소리와 함께 병수가 짚더미 위로 풀썩 떨어졌다.

"나도 한번 해 보고 싶었어. 이거 완전 신난다!"

병수의 너스레에 기노쿠라와 동희는 마주보며 웃었다.

이제야말로 뭔가가 제대로 시작되는 것 같아 동희의 가슴은 세차게 두근거렸다.

　당장 다음 날부터 바빠졌다.

　본격적으로 항아리 마술 장치를 마련해야 했다. 가장 큰 문제는 똑같은 항아리가 하나 더 필요하다는 것이었다. 하지만 신라시대 항아리를 어디서 구하지? 소 힘줄과 자작나무 껍질로 만든 장치는 또 어떻게 하고? 그렇게 생각하자 동희는 눈앞이 캄캄했다.

　"어차피 항아리는 똑같을 필요는 없다. 보기에 비슷해 보이면 돼. 그리고 장치는 그 시대에 맞는 걸 써야지. 우리에겐 더 좋은 것이 있지 않느냐?"

　"아! 용수철이요! 용수철로 항아리 바닥을 열고 닫으면 되겠네요."

　동희가 흥분해 소리치자 기노쿠라가 웃으며 고개를 끄덕였다.

　"바닥이 분리되는 항아리는 배오개장터 옹기장이 천씨 아저씨한테 부탁해 볼게."

　병수가 얘기했다.

　"천씨 아저씨?"

　"왜 맨날 장터에서 마술하면 뚱한 얼굴로 맨 앞자리 앉아 있는 아저씨 말이야."

　동희의 머릿속에 첫날 장터에서 어깨를 치고 지나갔던 옹기장수 아저씨가 생각났다. 항상 마술을 하면 제일 먼저 달려오던, 1전이고 2전이고 절대로 공짜로 보는 법이 없던 그 아저씨.

"그 아저씨가 옹기도 만드셔?"

"응, 그거 다 아저씨가 직접 만든 거야. 튼튼한 건 물론이고 옹기 곡선이 예쁘다나 뭐라나. 아무튼 옹기 만드는 솜씨는 이 근방에서 최고래. 게다가 너도 봤겠지만 성격이 좀 무뚝뚝하냐. 그만큼 입이 무겁다는 거 아니겠어. 그러니 이 일에 더 제격이지."

항아리가 만들어지는 사이, 동희는 지하 비밀 통로 만들기에 매달렸다. 항아리에서 떨어지자마자 바로 다른 항아리로 옮겨가기 위해서는 비밀 통로가 가능한 한 짧아야 했다. 동희는 고민 끝에 공중에 비밀 통로를 제작하기로 했다. 도르래로 올렸다 내렸다 할 수 있는 난간이 달린 이동 통로를 고안했다. 떨어질 때 다치지 않도록 그 안에는 푹신한 짚과 헝겊을 채웠다. 그 외에도 여러 가지 비밀 장치들을 더했다. 마지막으로 항아리를 올려 둘 튼튼한 탁자도 두 개 준비했다.

"어? 탁자에는 왜 구멍이 없는 거야? 이러면 비밀 통로로 어떻게 들어가?"

병수가 큰일 났다는 듯이 호들갑을 떨었다.

"으이그, 모르면 좀 가만히 있어. 탁자에 구멍을 뚫을 거면 탁자가 왜 필요하냐? 그냥 바닥 위에 항아리를 올려 두면 되지."

동희가 타박을 주자, 병수가 머리를 긁적였다.

"그건 그러네. 그럼 이 탁자는 왜 필요한 거야?"

"봐봐. 구경꾼들이 바보는 아니란 말이야. 항아리에서 사람이 사라지면 마술을 좀 아는 이들은 가장 먼저 바닥에 구멍이 뚫린 게 아닐까 하고 의심을 할 거라고. 이 탁자는 그걸 방지하기 위한 거야."

"그러면 어떻게 비밀 통로로 들어가고 나오는 거야?"

병수가 눈이 동그래져 물었다.

"호호. 그건 비밀이지."

"야, 우리 사이에 비밀이 어디 있냐? 정말 섭섭하네."

병수가 진심으로 섭섭한 표정을 짓자, 동희가 어깨를 두드리며 달랬다.

"무대에서 직접 봐. 만일 네가 단번에 마술 비법을 알아채면 내 수제자로 받아 주마."

"아니야, 아니야. 맨날 손이 부르터라 연습하고, 다치고, 잠도 못 자고. 난 억만금을 준대도 마술사는 안 할 거야."

손사래를 치며 저만치 도망가는 병수를 보며 동희는 오랜만에 소리 내 웃었다.

마침내 천씨 아저씨가 완성된 항아리를 들고 마술단으로 찾아 왔다. 부탁한 지 보름 만이었다. 원래 항아리와 새로 만든 항아리를 나란히 놓으니 무늬 하나까지 똑같았다.

"와, 아저씨 정말 대단해요. 그 어느 도자기공보다 아저씨 솜씨가 더 뛰어난 걸요."

병수가 치켜세우자, 무뚝뚝한 천씨 아저씨의 얼굴에도 미소가
번졌다.

"신경을 좀 썼다. 칠전팔기라고 여덟 번 만에야 성공한 거야. 오
래돼 보이려고 일부러 유약도 묻히지 않았지."

"정말 감사해요. 만들기가 쉽지 않으셨을 텐데 정말 감쪽같네
요."

"나도 재미있었다. 이 항아리가 네가 말한 조선의 새로운 마술
에 쓰이는 거지? 요즘 같은 때에 조선의 마술을 볼 수 있다는 것만
으로도, 내가 거기 도움이 됐다는 것만으로도 난 좋았다."

아저씨의 말에 동희는 뭔가 울컥한 기분이 들었다. 조선의 새로
운 마술을 기다리는 사람이 또 있었구나 싶었다.

"아저씨, 저희 마술단 공연 시작하면 맨 앞자리 비워 놓을 테니
꼭 오세요."

그 말에 아저씨는 항아리 값을 받을 때보다 더 환한 얼굴로 웃
었다.

"그래, 고맙다. 어떤 마술을 보여 줄지 기대하고 있으마."

그 말을 남기고 아저씨는 천막을 나갔다. 기대하겠다는 말이 그
어느 말보다 강한 응원처럼 느껴졌다.

"자, 항아리까지 다 준비됐으니 이제 연습을 시작할 수 있겠구
나."

언제 왔는지 기노쿠라가 다가와 동희의 등을 두드리며 얘기했다.

이제 남은 것은 연습, 또 연습이었다.

동희와 자리를 맞바꿀 단원과의 호흡이 무엇보다 중요했다. 남아 있던 마술단원 중 키가 동희와 비슷하고 날랜 단원과 함께하기로 했다. 동희는 그야말로 완벽해질 때까지 연습을 반복했다.

꺾여 버린 날개

"자, 이제 마지막 마술만이 남았습니다. 이 빨간 공이 어디로 갔을까요?"

동희는 빨간 공을 원통에 넣으며 물었다. 오랜만에 배오개장터에서 길거리 마술을 열자, 사람들이 구름 떼처럼 모여들었다. 푼돈이나마 아쉬웠고 무엇보다 새 마술단을 널리 알리기 위해서였다.

"에이, 당연히 왼쪽에 넣었으니 왼쪽에 있지요."

지정석인 듯 맨 앞에 앉은 거지 아이, 칠석이가 외쳤다. 동희는 웃으며 앞으로 나와 확인해 보라고 했다. 머리를 긁적이며 나온 칠석이가 왼쪽 원통을 들어 올렸다. 하지만 빨간 공은 없었다. 어리둥절한 표정으로 동희를 보더니 "그럼 여기 있나?" 하며 말릴 새도 없이 잽싸게 오른쪽 원통을 들어 올렸다. 거기에도 빨간 공은 없었다.

"어어? 이상하다. 공이 없어, 없어졌어요."

놀란 칠석이가 말을 더듬자 동희는 손을 뻗어 칠석이의 귀 뒤에서 빨간 공을 꺼냈다.

"와! 어, 어떻게!"

놀란 칠석이만큼이나 구경하던 사람들도 와, 하는 탄성을 질렀다. 웃으며 관중을 둘러보던 동희는 깜짝 놀라 그만 공을 떨어뜨리고 말았다.

"설마?"

사람들 사이에서 아는 얼굴을 본 듯했다. 하얀 얼굴에 볼록한 이마, 새까만 눈동자에 깊게 패던 볼우물까지, 꿈에서도 그리운 얼굴이었다. 하지만 그럴 리가 없었다. 유정은 지금 동경에 있을 터였다.

동희가 멍하니 서 있자 사람들이 웅성거렸다. 그러는 사이 그 얼굴이 사라졌다. 진짜 유정인지 아닌지 확인을 해야 했다.

"죄, 죄송합니다. 갑자기 몸이 너무 안 좋아 오늘은 여기까지만 하겠습니다."

동희는 야유를 쏟아 내는 사람들을 헤치고 달려 나갔다. 유정이 여기 있을 리가 없다고 생각하면서도 발을 멈출 수 없었다. 정신없이 헤매던 동희의 눈에 저만치 빨간 내리닫이가 뚜렷하게 들어왔다. 흰옷들 사이에 있어 유난히 더 눈에 띄었다. 그 선명한 붉은색을 향해 온 힘을 다해 뛰었다. 그리고 마침내 따라잡은 순간, 마술처럼 눈앞에 유정이 서 있었다.

유정은 동희를 보고서도 당황하지 않았다.

"동희 너, 그새 마술이 많이 늘었더라."

정말 미안했다고, 보고 싶었다고, 말하고 싶었지만 차마 입이 떨어지지 않았다. 기차에 남겨 두고 혼자 와 버린 주제에 그런 말을 할 순 없었다. 동희는 고르고 고른 질문 하나를 겨우 입 밖으로 꺼냈다.

"경, 경성엔 어쩐 일이야?"

"어? 으응."

순간, 유정의 얼굴에 어두운 그늘이 스쳤다.

"그땐 그렇게 가 버려서 정말 미안했어. 나 때문에 곤란하진 않았어?"

"뭐 욕을 좀 먹긴 했지만, 너 하나 없다고 큰일이야 나겠어."

다시 새침한 표정으로 돌아온 유정은 입술을 비쭉였다.

"그나저나 그렇게 돌아가더니 겨우 이런 장터에서 마술을 하는 거야?"

비꼬는 말투에도 동희는 마냥 반가웠다.

"장터면 어때. 난 하고 싶은 마술을 실컷 할 수 있어서 좋아. 조센징이라고 욕하는 사람도 없고. 사람들 웃는 모습 보면 얼마나 기운이 나는데. 그리고 이제 곧 새로운 마술단도 열 거야. 아! 맞다. 너도 시간 되면 꼭 와서 봐. 내가 정말 놀라운 마술을 만들었다니까."

그 말에 무엇 때문인지 유정의 눈빛이 흔들렸다. 뭔가 할 말이 있는 듯 머뭇거리다가 이내 고개를 저었다.

"아니, 못 가. 곧 돌아가야 해."

그러고는 입을 꾹 다문 유정이 침울해 보였다. 언제나 그 아이에겐 햇살이 따라다니는 것처럼 환했는데, 도대체 무슨 일이 있었던 거지? 그러고 보니 이상했다. 가까이에서 보니 유정의 빨간 내리닫이는 여기저기 얼룩이 묻어 지저분했다. 게다가 봄이 온 지가 언젠데 여태 두툼한 장갑을 끼고 있었다. 의아해 하는 동희의 눈길을 느꼈는지 유정이 황급히 옷매무새를 가다듬었다.

"급하게 오느라 옷을 못 갈아입고 왔네. 동경의 백화점에서 산 옷도 많은데, 장터에 오면 더럽혀질까 봐."

묻지도 않은 말을 하며 유정이 허둥거렸다. 그때 어디선가 꼬르륵 소리가 들려왔다. 얼굴이 붉어진 유정이 팔짱을 끼며 슬며시 배를 가렸다. 동희는 유정이 무안할까 봐 자기 배를 문지르며 웃었다.

"아, 점심을 걸렀더니 배가 너무 고프다. 유정아, 지금은 급한 일 없지? 우리 밥 먹으러 가자. 여기 장터 국밥 엄청 맛있어."

"아, 아니야. 너 잘 지내는 거 봤으면 됐어."

유정이 몸을 돌리자, 동희가 급한 마음에 손을 붙잡았다. 하지만 화들짝 놀란 유정이 손을 뿌리치는 바람에 장갑이 벗겨져 땅에 떨어지고 말았다. 그 찰나의 순간, 뭔가 이상한 느낌이 들었다. 있어야 할 손가락이 보이지 않았다. 당황한 유정이 등 뒤로 손을 감추었다. 불길한 생각을 누르며 동희는 등 뒤로 감춘 유정의 손을 잡아당겼다. 잘못 본 것이 아니었다. 유정의 오른손 약지와 새끼손가락이 두 마디쯤 잘려 나가 있었다.

동희는 이게 대체 무슨 일인지 알 수가 없었다. 그대로 얼어붙은 동희의 모습에 유정이 어색하게 웃었다.

"보기… 흉하지? 사고가 좀 있었어. 스승님이 경성에서 요양을 하고 오라고 해서 잠깐 돌아온 거야."

유정은 서둘러 다시 장갑을 꼈다.

이럴 수가! 마술사가 손가락을 잃는다는 것은 다시는 무대에 설 수 없다는 말이었다. 그 무서운 덴쓰네가 정말 유정을 걱정해서 경성으로 보냈을까? 게다가 경성에는 아버지가 있는데 왜 이렇게 초췌한 모습인 걸까? 수상한 점이 한둘이 아니었지만, 지금은 곧 쓰러질 것처럼 창백한 유정에게 뭐라도 먹이고 싶었다.

"유정아, 일단 밥 먹으러 가자. 나 지금 배가 너무 고파서 서 있을 힘도 없어."

잠시 고민하던 유정은 고개를 끄덕였다. 지금 이 손을 놓으면 꼭 날아가 버릴 것 같은 불안감에 동희는 유정의 손목을 꽉 쥐었다. 국밥집까지 걸어가는 짧은 시간 동안 묻고 싶은 말이 넘쳐 났지만, 결국 아무런 말도 하지 못했다.

"와, 맛있겠다. 여기 국물이 진짜 진국이야. 너도 먹어 봐."

김이 모락모락 나는 소머리국밥이 나오자 동희가 그릇을 유정

앞에 밀어 주며 말했다. 동희가 몇 번이나 권하자 유정은 못 이기는 척 왼쪽 장갑을 벗었다. 그러고는 숟가락을 들고 어색하게 국밥을 먹기 시작했다. 왼손이 아직 익숙하지 않은지 자꾸만 국물을 흘렸다.

동희는 애써 외면하며 꾸역꾸역 밥을 밀어 넣었다. 문득 고개를 들어 보니 유정이 밥만 먹고 있었다. 젓가락질이 힘들어 반찬을 못 집어 먹는 모양이었다. 동희는 짐짓 밝은 모습으로 김치를 집어다 유정의 숟가락 위에 얹어 주었다.

"이 집이 또 김치가 얼마나 맛있는지 몰라. 아삭하게 잘 익어서 국밥이랑 기가 막히게 잘 어울려."

동희가 어울리지도 않는 너스레를 떨자, 유정이 말없이 고개를 끄덕이며 밥을 삼켰다. 동희가 또 김치를 얹어 주었다. 두 번, 세 번. 받아먹던 유정은 동희가 다시 얹어 주자, 숟가락을 탁 놓았다. 입술을 꽉 깨문 채 동희를 노려보더니 소리쳤다.

"그만! 그만해. 지금 내가 손가락 병신 됐다고 동정하는 거야?"

"아니야, 그게 아니라…."

"내가 불쌍해? 아주 불쌍해 죽겠어? 난 네가 그런 표정으로 날 보는 게 너무 싫단 말이야."

자리에서 벌떡 일어난 유정은 말릴 새도 없이 뛰쳐나갔다. 벗어 놓은 장갑 한 짝만이 덩그러니 남아 있었다. 동희는 재빨리 장갑을 집어 들고는 뒤쫓아 나갔다.

"유정아! 유정아!"

목이 터져라 유정의 이름을 불렀다. 사람들이 자꾸만 흘끔거리자 빠른 걸음으로 걷던 유정이 우뚝, 걸음을 멈췄다. 그러고는 갑자기 홱 뒤돌았다. 화가 난 것인지, 눈물을 참느라 그런 것인지 눈에 핏발이 잔뜩 서 있었다. 막상 무슨 말을 해야 할지 몰라, 동희는 그저 장갑을 내밀었다. 그러자 유정이 낚아채듯 가져가 손에 꼈다.

"더는 따라오지 마! 네가 알던 유정이는 이제 없으니까 그만 쫓아와."

"유정이가 없다니, 그게 무슨 말이야?"

"사고로 손가락을 잃은 유정이는, 다들 필요 없대. 덴쓰네도, 양아버지도. 그렇게 지긋지긋하게 쫓아다니던 친아버지까지도 말이야. 그러니까 너도, 너도 가 버려! 가 버리라고!"

유정은 장갑 낀 손으로 얼굴을 가렸다. 눈물을 감추기 위해서인 것 같았다. 아주 잠깐 어깨를 들썩이던 유정은 마음껏 울지도 못하고 이내 손을 내렸다. 그렇게 한참을 숨을 고르던 유정은 마침내 입을 열었다.

"아마 네가 기차에서 그렇게 가 버리고 나서 초조해졌던 것 같아. 이러다 일본에서는 영영 무대에 오르지 못할 수도 있겠다 싶었어. 덴쓰네는 내가 늘 마술사로 소질이 없다고 했거든. 인정받고 싶은 욕심에 유리를 통과하는 위험한 마술을 하다가 그만…. 눈을 떠 보니 병원에 혼자 누워 있더라. 손가락 두 개는 없어지고, 덴쓰네의 편지만 남아 있었어. 이런 몸으로는 더는 마술을 할 수 없을 테니 조선으로 돌아가라는 거야. 병신이 된 내가 필요가 없다는 거지."

거기까지 말한 유정은 아프도록 아랫입술을 깨물며 시선을 돌렸다. 동희는 마음껏 울지도 못하는 유정이 안쓰러워 저도 모르게 유정의 손목을 꽉 지며 외쳤다.

"아니야! 난 유정이, 네가 필요해."

놀란 유정이 빤히 쳐다보자 얼굴이 벌게진 동희는 재빨리 말을 덧붙였다.

"아니 그러니까 내 말은, 이제는 나랑 같이 마술을 하자고."

"마술을? 내가 어떻게…?"

"기노쿠라 단장님이랑 만든 새 마술단에서 같이 마술을 하면 돼."

"정말? 이런 날, 받아 주실까?"

믿을 수 없다는 듯 유정은 자신의 손을 내려다보며 조심스럽게 물었다.

"그럼, 스승님은 마술만 열심히 하면 조선인이든, 여자든 상관 안 하셔. 내가 허락받고 올 테니까 기다리고 있어. 알았지?"

기대감으로 볼이 빨개진 유정이 고개를 끄덕였다. 동희는 마술단 천막으로 나는 듯이 달려갔다.

하지만 기노쿠라는 완강했다. 덴쓰네의 양녀였던 유정을 받아 줄 수가 없다 했다. 게다가 마술사로서 가장 중요한 손을 못 쓰는 아이를 어떻게 거둘 수 있겠냐 했다. 청천벽력 같았다. 눈앞이 캄캄해진 동희가 아무리 사정해도 소용이 없었다.

"스승님, 유정이 비록 손가락이 저리됐어도 똑똑한 아이예요. 분명 손가락이 없어도 할 수 있는 마술이 있을 겁니다. 제가 반드시 찾아낼게요. 네?"

동희가 간절해질수록, 기노쿠라는 냉정해졌다.

"도대체 그 아이가 뭐라고 마술 연습도 다 팽개치고 이러는 거냐? 새 마술단을 열 시간이 얼마 남지 않았다. 새로운 조선의 마술을 보여 주고 싶다고 한 것은 다 허튼소리였느냐?"

벼락같이 화를 냈다. 그렇게 무서운 얼굴은 처음이었다. 하지만 여기서 포기할 순 없었다. 동희는 절박한 마음에 머리를 조아렸다.

"제게 마술의 세계를 처음 알려 준 이가 유정입니다. 그 아이가 있어 포기하지 않고 여기까지 올 수 있었어요. 제발 유정이와 함께 무대에 서게 해 주세요."

"내가 또 사람을 잘못 본 것이냐? 고작 여자아이 때문에 흔들릴 것이라면 여기서 마술을 그만두도록 해라."

놀란 동희가 다시 매달릴 틈도 없이, 기노쿠라는 매몰차게 뒤를 돌았다. 나가면서 다른 단원들에게 "절대 저놈을 천막에 들이지 마라" 호통을 쳤다.

더 이상 무슨 말로 스승님의 마음을 돌릴 수 있을까, 알 수 없어 막막했다. 그저 이렇게 내쳐질 수는 없다는 생각뿐이었다. 동희는 천막 앞에서 무릎을 꿇었다. 하지만 아무도 내다보지 않았다. 배고 프고 다리가 저린 것도 초반 몇 시간뿐. 지금은 아무런 감각도 없었다. 그저 견디고 견디었다.

시간이 얼마나 흘렀을까? 차가운 밤이슬에 몸이 흠칫 떨렸다. 그때 누군가 동희의 옆에 와 섰다. 힘겹게 고개를 들어보니 유정이 었다. 놀란 동희가 비틀거리며 몸을 일으켰다.

"여, 여긴 왜 왔어? 내가 다 알아서 한다니까."

"내가 바보인 줄 알아? 단장님이 나 싫다고 하신 거지?"

유정의 물음에 동희는 차마 대답을 하지 못했다.

"하긴 나라도 나 같은 애 안 받아 줬을 거야. 덴쓰네의 양녀에, 손가락 병신을 누가 받아 주겠니?"

꼭 남 얘기처럼 덤덤하게 말하는 모습에 동희는 왠지 모르게 화가 났다.

"유정이 네가 어디가 어때서? 넌 누구보다 열심히 살았을 뿐이 잖아!"

그 말에 유정이 고개를 저었다.

"아니야. 넌 내가 어떤 애인지 잘 몰라. 내가 얼마나 이기적이고 못된 앤데."

유정은 잠시 말을 멈추더니 까만 밤하늘을 올려다보았다. 동희는 생각에 잠긴 유정을 방해하고 싶지 않아 잠자코 기다렸다. 유정은 시선은 그대로 하늘에 둔 채 가만히 말을 꺼냈다.

"동희야! 내가 너 누구 닮았다고 한 거 기억나?"

물론 잊을 리가 없었다. 몰래 연예관에 들어갔다가 들켰을 때 누군가와 닮았다며 동희에게 친절히 대해 줬던 유정을, 그 덕분에 마술사가 되겠다는 꿈을 꾸게 된 그날을 어떻게 잊을 수가 있을까?

"그럼 기억나지. 나랑 닮았다는 사람이 누군지 늘 궁금했어."

"내 동생. 내가 도망가는 바람에 하늘의 별이 된 내 남동생 말이야. 너만 보면 자꾸 내 동생이 생각났어. 순진한 눈빛도, 갸름한 얼굴도, 짙은 눈썹도 참 많이 닮았어. 날 엄청 따라다니던 것까지도 말이야. 그래서 널 보면 늘 마음이 약해졌던 것 같아."

그 말을 하며 유정이 살짝 웃었다. 그랬구나. 동생이라니 안심이 되는 한편, 뭐 때문인지 섭섭한 마음도 들었다. 유정은 그런 동희의 마음을 아는지 모르는지 말을 이었다.

"조금 귀찮긴 했어도 나도 동생을 무척 좋아했어. 그런데 아버지가 동생 약값 때문에 날 양반집 종년으로 팔았다는 사실을 알았을 때는 눈이 완전 뒤집혔지. 그 길로 아픈 동생을 버리고 나만 살자고 경성으로 도망쳤어. 언젠가 엄마한테 들었던, 조선총독부의 엄청 높은 장관이 먼 친척이라는 얘기가 떠올랐거든."

이야기가 확 바뀌자 동희는 긴장이 됐다. 대체 무슨 말을 하려는 걸까? 동희는 침을 꼴깍 삼키고 유정의 얼굴만 바라보았다.

"밤이 깊도록 대궐 같은 그 집 앞에서 벌벌 떨면서 기다리는데 드디어 그분의 인력거가 다가왔어. 그런데 어디선가 갑자기 총을 든 사람이 튀어나오는 거야. 친일파 척결 어쩌고 외쳤던 것 같은데 자세히 듣진 못했어. 그저 어떻게든 그분의 눈에 들어야겠다는 생각으로 무서운지도 모르고 그 앞을 내가 가로막았거든. 총알은 내 어깨를 스쳤고, 그 덕분에 무사했던 그분은 날 양녀로 삼았어. 그때 유정이라는 이름도 지어 주셨고."

그래서 가난한 시골 소녀가 조선총독부 장관의 양녀 유정이가 될 수 있었구나. 그런데 그렇게 대단한 집안의 양녀가 왜 이렇게 됐을까? 동희의 의문을 듣기라도 한 듯 유정은 한숨을 쉬며 이야기를 이었다.

"그렇게 엄청난 집에 양녀로 들어갔으니 나도 내 앞길이 탁 트일 줄 알았어. 하지만 얼마 안 돼서 일본에서 여학교에 다니는 친딸에게 날 보내더라. 처음엔 공부를 시켜 주는 줄 알고 무척이나 들떴지. 하지만 난 그냥 몸종으로 간 거였어. 친아버지가 보내려 했던 양반집 종년과 뭐가 다를까 생각하자 하루하루 죽고만 싶었어. 그때 우연히 덴쓰네의 마술을 봤지. 나도 그녀처럼 마술의 여왕이 된다면 부도 명예도 다 가질 수 있겠다 싶었어. 그때부터 끼니를 딱 끊고는 드러누웠지. 덴쓰네의 제자가 되고 싶다고 매일 울면서 편지를 보냈어. 양아버지를 설득할 가장 좋은 말이 뭘까 고민하다가 내선일체의 좋은 본보기가 될 수 있을 거라고 했더니 바로 허락을 해 주더라. 그렇게 유리코가 돼서, 마술사로 보란 듯이 성공하고 싶었는데. 그래서 더는 남들에게 내 인생을 휘둘리지 않고 살고 싶었는데…. 이젠 모두 끝났어.”

이심이로, 유정이로, 또 유리코로 살아야 했던 유정이 너무 가여웠다. 일본에 의해 부모를 잃은 자신이나, 일본에 의해 삶이 송두리째 흔들린 유정이나 안타깝고 슬프긴 마찬가지였다. 한참이나 말이 없던 유정이 문득 혼잣말처럼 물었다.

“그날 내가 도망가지 않고 그냥 종년으로 팔려 갔으면 모두가 행복했을까? 동생도 죽지 않고. 나도 이렇게 망가지진 않았을까?”

그 말끝에 기어이 하얀 뺨 위로 눈물이 흘러내렸다. 동희는 품속에서 손수건을 꺼냈다. 유정은 자신이 남긴 손수건임을 알아보고는 얼핏 미소를 띠었다. 동희는 손수건을 건네는가 싶더니 순식간에 손끝에서 붉은 꽃을 피웠다.

“누가 뭐래도 네가 그날 보여 줬던 꽃 마술은 나한테는 최고의 마술이야.”

동희는 유정의 눈을 똑바로 바라보며 덧붙였다.

“그날 네가 도망치지 않았다면 나 역시 최고의 마술을 만나지 못했을걸. 내가 마술을 하는 일도 없었을 거고. 그러니까 유정아! 잘한 거야. 넌 무조건 잘한 거야.”

그 말에 유정은 둑이 무너지듯 그 자리에 주저앉아 오열하기 시작했다. 얼마나 오랫동안 눈물을 삼키기만 했을까? 동희는 그저 옆에 같이 쪼그리고 앉아 유정의 어깨를 토닥여 주었다. 한참이나 울던 유정이 마침내 고개를 들었다. 그러더니 야무지게 눈물을 닦았다.

"그래, 여기서 포기할 순 없지. 단장님이 받아 주실 때까지 빌고 또 빌어 볼 거야. 지금 할 수 있는 건 그것뿐이니까."

유정이 단단한 웃음을 지어 보였다. 동희는 그게 언제가 될지는 모르겠지만, 끝까지 유정의 곁에 있으리라 생각했다. 둘은 나란히 천막 앞에 무릎을 꿇었다. 둘이 같이 있으니 아까처럼 힘들지는 않았다.

어느새 하늘이 조금씩 밝아 오고 있었다. 새벽하늘에 여태 사라지지 않은 별 하나가 반짝이고 있었다.

"유정아! 저기 저 별 이름이 뭔지 알아?"

"샛별이지. 그건 왜?"

"저 샛별을 새벽별이라고도 부른대. 다른 별들이 다 사라진 새벽에도 끝까지 남아 있는 별이라서."

"그렇구나."

유정이 고개를 끄덕였다.

"새벽별은 희망을 상징한대. 어둠이 영원히 걷히지 않는 것 같아도 아침이 올 거라는 희망을 버리지 않고 끝까지 버티는 별. 그래서 아침을 가장 먼저 맞는 별이 된 거래."

동희의 말에 유정이 하늘을 올려다보았다.

"그러니까 네 말은 지금은 캄캄한 어둠 같아도 새벽별처럼 희망을 버리지 않고 버텨 보자는 거지? 그럼 언젠가는 찬란한 아침이 올 거니까."

동희는 부끄러운 듯 웃으며 고개를 끄덕였다.

"와, 얼마 전만 해도 내 앞에서는 말도 잘 못 하고 어리바리했는데. 마술만 나아진 게 아니라, 말솜씨도 좋아졌는 걸. 그런 멋진 이야기는 누가 해 준 거야?"

"우리 아버지가. 내가 보통학교를 다니다 월사금이 없어서 결국 도중에 그만둔 날이었어. 자꾸만 눈물이 나고 숨도 턱턱 막혀서 잠이 안 오더라고. 밤하늘을 바라보며 한숨을 쉬고 있는데 아버지가 옆에 오셨어. 그때 새벽별 이야기를 해 주셨는데 그게 그렇게 힘이 됐어. 그래서 너에게도 들려주고 싶었어. 우리 같이 힘내자고."

동희가 아버지 이야기를 하자, 유정의 눈빛이 젖어 들었다.

"넌 좋은 아버지를 뒀구나. 부럽다."

"으응. 좋은 아버지였지. 왜 돌아가시기 전에는 몰랐을까?"

왠지 모르지만, 동희는 유정에게 아버지의 이야기를 했다. 어머니의 죽음과 얼른쇠였던 아버지와의 마지막 날. 그리고 성공을 좇아 일본으로 가려 했으나 다시 조선에 남게 된 이유까지도. 동희의 말을 끝까지 들은 유정이 가만히 말했다.

"용케도 여기까지 잘 왔네. 꼭 새벽별같이."

그 말에 괜히 눈시울이 뜨거워졌다. 동희는 눈물을 감추려 하늘을 올려다보았다. 그 어느 때보다 새벽별이 아름답고 환하게 빛났고 있었다.

"어? 단, 단장님!"

놀란 유정의 목소리에 앞을 보니 기노쿠라가 서 있었다. 둘의 이야기를 들은 걸까? 표정이 복잡 미묘해 보였다. 하지만 그도 잠시, 유정에게 눈길도 주지 않은 채 냉정하게 말했다.

"어째서 이러고들 있는 거냐? 어서 돌아가거라."

뒤돌아서려는 기노쿠라 앞으로 유정이 달려가 무릎을 꿇었다.

"단장님. 제발 저에게 기회를 주세요."

기노쿠라는 당돌한 유정의 말에 놀란 듯 멈칫 그 자리에 섰다.

"제가 얼마나 말도 안 되고 뻔뻔한 부탁을 드리는지 잘 알고 있습니다. 하지만 이것이 제 마지막 기회라는 것도 압니다. 그래서 감히 부탁드립니다. 무대에 설 수 없어도 좋아요. 이런 손으로는 앞으로 마술을 할 수는 없겠지요. 하지만 마술단에는 마술사 말고도 필요한 사람이 있잖아요. 이를테면, 청소나 심부름 같은 일이요. 그저 가까이에서 마술을 볼 수 있다면 그 어떤 일이라도 할 수 있어요."

유정이 울먹였다. 동희도 달려와 그 옆에 무릎을 꿇었다.

"단장님. 어떤 일이라도 시키는 대로 다 하겠습니다. 제발 저희에게 한 번만 기회를 주세요."

기노쿠라는 대답 대신 하늘을 올려다보았다. 새벽별이 마지막 힘을 다해 반짝이고 있었다. 기노쿠라는 한참이나 별에서 눈을 떼지 못했다. 마침내 고개를 돌려 유정을 보았다.

"손가락을 쓰지 않아도 되는 마술이 있다. 해 보겠느냐?"

놀란 유정의 얼굴에 벅찬 기쁨이 떠올랐다.

"네? 정말이요? 그럼요. 뭐든지, 뭐든지 하겠습니다."

유정의 대답을 들은 기노쿠라는 동희에게는 엄한 목소리로 덧붙였다.

"새 마술단 개장이 얼마 남지 않았다. 동희 너는 당장 마술 연습을 하도록 해라. 지금까지 하지 못한 것까지 몇 배로 해야 한다."

"네, 스승님! 정말 감사합니다."

기노쿠라가 천막 안으로 사라지자, 동희와 유정은 서로 마주 보며 웃었다.

새벽별이 있던 자리에 어느새 붉은 태양이 힘껏 솟았다.

다시 날아올라

팟!

캄캄한 무대 위에 환한 조명이 쏟아졌다. 동희는 눈이 부셔 겨우 실눈을 떴다. 두근두근, 가슴이 미친 듯이 방망이질 쳤다. 그토록 바라던 정식 마술사가 되어 처음 서게 된 무대였다. 사람이 얼마나 들었을까? 동희는 부신 눈을 끔뻑거리며 어두운 관객석을 바라보았다.

그동안 새로 여는 마술단을 알리기 위해 얼마나 뛰어다녔는지 몰랐다. '최초로 조선인 마술사가 나오는 조선 사람들을 위한 마술단'을 보란 듯이 성공시키고 싶었다. 그래서 마술단 천막도 본정통에서 조선 사람들이 많이 다니는 종로로 옮기고, 마술단 이름도 바꿨다. 자신의 이름을 딴 '기노쿠라 마술단'의 이름을 버리기가 쉽지 않았을 텐데 기노쿠라가 먼저 이야기를 꺼냈다. '조선'을 내세우는 이름을 원했지만 단장도 일본인이고, 무엇보다 총독부에서 곱게 보지 않을 것 같았다. 고민하던 동희는 문득 막간 마술사 시험을 통과했던 날 기노쿠라가 했던 말이 떠올랐다.

"부로두웨 극장에는 온갖 나라에서 마술사들이 모였단다. 거기선 국적이 중요하지 않았어. 얼마나 독창적이고 새로운 마술인지가 중요했지."

독창적이고 새로운 마술을 보여 주겠다는 의미로 '부로두웨 마술단'이라고 하면 어떻겠냐고 말하자, 기노쿠라도 흔쾌히 고개를 끄덕였다. 병수도 어디서 영어를 주워들었는지 '모던'하면서도 '인텔리'한 것 같다며 좋아했다.

이름이 정해지자 흩어졌던 단원들을 다시 모았다. 중만이 아저씨의 소개로 솟대쟁이패에서 각종 기예를 하던 조선의 광대들도 여러 명 합류했다. 점점 마술단의 모습이 갖춰지는 사이, 동희는 병수와 함께 온갖 장터를 돌며 부로두웨 마술단을 홍보했다. 칠석이가 공짜표를 받는 조건으로 경성 곳곳에 전단도 뿌려 주었다.

그렇게 치열하게 준비한 부로두웨 마술단의 첫 무대가 시작되는 날이 바로 오늘이었다. 협률사니 광무대 같은 실내 극장 근처에 있는 종로의 넓은 공터에 큰 천막을 세웠다. 200명이 들어가는 커다란 원형 천막 위로는 펄럭이는 오색 깃발을 달아 멀리서도 눈에 잘 띄게 했다. 확성기에서는 조선 민요부터 서양 유행가들이 흥겹게 울려 퍼졌다. 일찌감치 나들이옷을 입은 조선 사람들이 줄을 길게 서 있었다. 정말 관객석이 꽉 찰까? 동희는 무대 뒤에서 공연 준비를 하면서도 몇 번이나 바깥을 내다봤다.

그리고 이제 동희는 조선의 소년 마술사로서 첫 무대에 막 오른 참이었다.

겨우 눈부심이 사라지자 희미하게 흰색 덩어리로만 보이던 것이 점차 뚜렷해졌다. 아! 흰옷을 입은 조선 사람들이 관객석을 꽉 메우고 있었다. 맨 앞자리에는 칠석이와 천씨 아저씨가 뿌듯한 표정으로 앉아 있었다. 동희의 눈에 그들의 표정이 생생히 보였다. 장터에서처럼 사람들과 가까이에서 호흡하고 싶어 무대를 낮고 가까이에 만든 덕분이었다. 자리도 1등석이니 3등석이니 하는 구분 없이 누구나 볼 수 있도록 했다.

동희는 쓰고 있던 높은 실크해트 모자를 벗고는 관객들을 향해 서양식으로 인사를 했다. 빰빠람밤 빰! 빰! 빰! 확성기에서 시작을 알리는 유쾌한 음악이 흘러나오자 기대에 찬 박수가 뒤를 이었다. 동희는 어떤 말로 무대를 열까 며칠을 고민하던 끝에 준비한 인사말을 시작했다.

"오늘 저희 부로두웨 마술단을 찾아 주신 여러분 정말 감사합니다. 여러분은 언제 마술을 꿈꾸십니까? 빚쟁이에게 쫓길 때 날개가 있으면 얼마나 좋을까요? 귀가 떨어질 것처럼 추운 겨울날, 집으로 순간 이동하는 마술도 좋겠지요? 혹은 짝사랑하는 여인의 마음을 내 것으로 만드는 마술은 어떤지요?"

관객석에서 와르르 웃음이 터져 나왔다. 사람들이 웃자 동희는 완전히 자신감을 되찾았다.

동희가 자연스럽게 손가락을 딱 튕기자 공중에 불꽃이 화르르 피어올랐다. 불꽃이 사라진 자리에 빨갛고 노란 꽃이 한 아름 들려 있었다. 동희가 꽃다발을 어둠 속으로 내밀자 조명이 하나 더 켜졌다. 환한 불빛 아래에 선 붉은색 드레스의 아름다운 소녀가 꽃다발을 받았다. 유정이었다. 꽃을 받은 유정은 서양식으로 손 키스를 보내고는 유유히 사라졌다.

"어떻게 제 마술이 그녀의 마음을 얻는 데 효과가 있었을까요?"

관객석이 다시 웃음소리로 가득 찼다.

"누구나 마술을 꿈꾸는 순간이 있습니다. 하지만 누구나 다 마술을 할 수는 없지요. 그래서 마술사는 무대 위에서 사람들의 꿈을 현실로 만듭니다. 자, 지금부터 꿈이 현실이 되는 마술의 세계로 여러분을 초대합니다."

웅장한 음악과 함께 조명이 꺼졌다. "제법인데", "볼만하겠는걸" 소리와 함께 사람들이 힘차게 박수를 쳤다.

동희가 인사말을 끝내고 내려가자, 오색 조명이 켜지면서 단원들의 마술이 시작됐다. 금빛 상자에서 하얀 새가 끝없이 날아오르고, 객석으로 던진 낚싯줄에 금붕어가 딸려 왔다. 알록달록한 우산 한 개가 열 개도 되고 스무 개로 늘어나는 마술이 펼쳐졌다. 사람들은 생전 처음 보는 마술에 연신 감탄과 환호성을 질렀다. 수십 개의 얼굴로 바뀌는 인면환출(재빠른 동작으로 가면을 바꾸는 일종의 변

검)에서는 얼굴이 바뀔 때마다 박수를 치느라 기운이 빠질 지경이었다.

중간중간 조선의 광대들도 흥을 돋우었다. 신명나는 접시 돌리기며 쇠고리 잇기에 "얼씨구", "잘한다" 하며 자연스럽게 추임새가 쏟아졌다. 신이 난 광대들은 불을 내뿜기도 하고, 칼을 삼켰다 빼기도 했다. 그야말로 신문물인 마술과 조선의 전통 기예가, 무대와 관객이 한데 어우러지는 놀이판 같았다.

갑자기 음악의 분위기가 확 바뀌었다. 조명도 하나만 남기고 꺼졌다. 긴장감 가득한 무대에 기노쿠라가 올랐다. 드디어 일루전 마술이 펼쳐질 차례였다.

첫 마술은 공중 부양 마술이었다. 마술에 참여하고 싶은 관객이 있느냐 하고 물어보자 맨 앞자리의 칠석이가 팔짝팔짝 뛰며 열렬히 손을 들었다. 마술이 끝나자 칠석이의 표정이 궁금해진 동희는 슬쩍 무대 밖을 내다봤다. 혼이 완전히 나간 얼굴로 비틀거리며 무대를 내려가고 있었다. 얼마 전 자신의 모습이 떠올라 동희는 슬며시 웃음이 났다.

어느새 옷을 갈아입은 유정이가 무대 뒤로 다가왔다. 다음 무대에 오를 차례였다. 유정은 큼직한 꽃무늬가 그려진 보라색 치파오(몸에 딱 붙는 원피스 형태의 중국 전통 의상)에 팔꿈치까지 오는 긴 비단 장갑을 끼고 있었다.

"와! 이게 누구야. 완전 양귀비가 따로 없네. 역시 동희가 좋아

할 만⋯."

언제 왔는지 병수가 호들갑을 떨었다. 동희는 서둘러 병수의 입을 막았다. 평소라면 까르르 웃었을 유정이었지만 첫 무대를 앞둔 얼굴은 긴장감으로 창백했다.

"나 잘할 수 있을까? 이러다 실수하면 어떻게 하지?"

하얗게 질린 유정은 불안한 듯 말했다.

'역시, 아직 극복을 못 한 걸까?'

동희는 떨고 있는 유정을 보자, 그날의 당혹감이 다시 밀려들었다.

마술 연습을 시작한 첫날, 유정은 날카로운 칼 앞에서 그대로 얼어붙고 말았다. 몸을 부들부들 떨면서 식은땀까지 흘렸다.

기노쿠라가 새로 준비한 마술은 '미녀 절단 마술'이었다. 긴 상자 안에 보조 마술사가 들어가면 칼로 신체를 3등분하는 무시무시한 마술이었다. 물론 자르는 것처럼 보일 뿐 상자 안에 비밀 장치가 다 마련돼 있었다. 상자 안에서 비밀 장치를 이용해 그럴듯하게 연기를 해야 했지만, 날카로운 칼 앞에서 유정은 번번이 얼어붙었다. 마술 연습이 될 리가 없었다. 기노쿠라가 아무리 안전하다고 말해도 그때뿐이었다.

"나도 알아. 진짜로 칼이 날 자를 리 없다는 거. 그런데도 칼만 보면 너무 무서워서 견딜 수가 없어. 잘려서 없어진 손가락이 끔찍

하게 아파. 어찌나 생생한지 아닌 걸 알면서도 꼭 사고가 나던 그 날로 돌아간 것 같아. 나도 미치겠어. 정말."

유정은 오른손을 내려다보며 울었다. 며칠을 참고 기다리던 기노쿠라도 한숨을 쉬며 고개를 절레절레 저었다.

"아무리 안전하다고 말해 주어도 본인이 공포를 극복하지 못하면 소용이 없지."

유정은 눈물을 흘리며 자리에 주저앉았다. 자꾸만 약한 모습을 보이자 동희는 저도 모르게 화가 났다.

"일어나! 도대체 내가 알던 유정은 어디 갔어? 덴쓰네처럼 마술의 여왕이 되고 싶다고 당당하게 말하던 그 아이는 어디 갔냐고? 네 인생을 더는 남들에게 휘둘리고 싶지 않다며? 그런데 이렇게 주저앉아만 있으면 어떡해? 지나간 사고가 계속 네 인생을 휘두르게 내버려 둘 거야?"

늘 따뜻하게 위로해 주던 동희가 화를 내자, 유정은 갑자기 정신이 번쩍 드는 얼굴이었다.

"그래, 내가 그랬지. 더는 휘둘리지 않겠다고. 지금부터는 나만의 인생을 살겠다고."

유정은 당차게 눈물을 닦더니 자리에서 벌떡 일어났다.

"단장님, 죄송해요. 한 번 더 해 볼게요."

그렇게 말하고는 유정이 스스로 마술 상자 안으로 들어갔다. 넓적한 칼날이 상자로 쑥 들어오려는 순간, 유정의 얼굴이 긴장감으로 일그러졌다. 옆에서 안절부절못하던 동희가 소리쳤다.

"유정아, 날카로운 칼 대신 부드럽고 푹신한 걸 생각해. 이를테면, 구름. 그래, 지금 너는 푹신한 구름 속에 있는 거야."

유정은 살짝 눈을 감았다 떴다. 표정이 한결 편안해 보였다. 그 사이 칼날이 허리와 다리 쪽으로 쑥 들어왔다. 유정은 잘 견뎌 주었다. 일단 한 번 성공하고 나니, 그다음부터는 일사천리였다. 유정은 끝없는 연습으로 '미녀 절단 마술'을 완벽하게 해냈다.

그래서 실제 무대에서도 충분히 잘할 수 있으리라 생각했다. 그런데 불안한 유정의 모습에 걱정을 떨칠 수가 없었다. 동희는 떨고 있는 유정의 손을 꽉 잡았다.

"기억해. 무섭거나 긴장되면….'

동희가 뒷말을 채 하기도 전에 유정이 먼저 말했다.

"부드러운 구름 속에 있다고 생각해라."

그 말을 하고는 유정이 눈을 감았다. 날카로운 칼날 대신 폭신폭신한 구름 속에 있는 상상을 하고 있을 것이다. 긴장감으로 가빴던 숨이 점차 누그러지는 것이 느껴졌다.

그리고 유정은 스스로에게 다짐을 하듯 고개를 끄덕이고는 무대 위로 올라갔다. 환한 빛 속으로 혼자 나아가는 유정의 뒷모습을 보자 동희는 괜히 콧날이 시큰해졌다.

유정이 무대에 나가자 사람들의 시선이 일제히 쏠렸다. 화사한 미소와 현란한 춤으로 무대를 휘젓던 유정은 세로로 긴 상자 안으로 들어갔다. 그러자 기노쿠라는 큰 자물쇠로 상자 문을 잠갔다. 상자 가장 위에 있는 큰 구멍으로는 얼굴이, 중간의 작은 구멍에는 왼손이, 가장 아래쪽에는 오른발이 각각 나왔다.

긴장감 있는 음악이 흐르자 기노쿠라가 넓적하고 큰 칼을 꺼내 종이를 잘랐다. 두툼한 호박도 순식간에 잘렸다. 날카로운 칼끝이 조명을 받아 더 번쩍였다.

둥둥, 북소리가 최고조로 오르고, 기노쿠라가 칼을 들어 유정이 들어 있는 상자에 그대로 쑥 밀어 넣었다. 갑자기 유정이 푹 고개를 떨어뜨렸다.

으악! 아이고!

관객석에서 비명이 터져 나왔다.

기노쿠라는 또 하나의 칼을 꺼내 상자 아랫부분에 사정없이 꽂아 넣었다. 유정의 고개가 한 번 더 팔딱였다. 무대 뒤에서 보고 있던 동희도 가슴도 철렁할 정도였다. 하지만 곧 떨구었던 고개가 천천히 들리더니 유정이 멀쩡한 얼굴로 활짝 웃었다.

하지만 이것이 끝이 아니었다. 진짜 마술은 지금부터 시작이었다. 기노쿠라가 세 개로 나뉜 상자 중 가운데 상자를 옆으로 밀기 시작했다. 그러자 놀랍게도 상자는 완벽하게 세 개로 분리됐다. 분리된 상자에서 각각 왼손과 오른발이 까닥였다. 맨 위 상자에서 유정의 얼굴은 내내 웃고 있었다.

비밀을 알고 있는 동희도 볼 때마다 신기했는데, 마술을 처음 본 관객들은 난리가 났다. 무서워서 눈을 가리는 사람, 비명을 지르는 사람, 그러다 사람 죽이겠다며 자리에서 벌떡 일어나 항의하는 사람들도 있었다.

기노쿠라가 관객석을 향해 집게손가락을 들더니 자신의 입에 갖다 댔다. 조용히 하라는 표시였다. 순식간에 객석이 조용해졌다.

처음엔 조선말을 잘 못하는 단장님이 조선 사람들 앞에서 마술을 제대로 할 수 있을까 걱정도 됐다. 하지만 기노쿠라는 손짓 하나, 표정 하나로 관객들의 마음을 쥐락펴락하고 있었다. 나라도, 언어도 뛰어넘어 모든 사람들에게 다가갈 수 있는 마술의 힘이 새삼 놀라웠다.

그러는 사이, 미녀 절단 마술은 절정을 향해 가고 있었다. 기노쿠라는 가운데 상자를 다시 제자리에 밀어 넣었고, 끼워 넣었던 칼을 하나씩 뺐다. 그리고 마침내 유정을 가둔 상자의 자물쇠가 풀리자 문이 열렸다. 사뿐히 상자를 걸어 나온 유정은 어느 한 군데 상한 곳 없이 멀쩡했다.

기노쿠라와 유정이 관객석을 향해 인사를 하자 귀가 터질 듯한 엄청난 환호가 쏟아졌다. 좀처럼 끝나지 않는 박수 소리를 뒤로 하고 두 사람이 무대 뒤로 내려왔다. 동희와 다른 마술단원들이 일제히 손뼉을 쳐 주었다.

유정은 감정이 벅차올랐는지 눈시울이 붉어졌다.

"이렇게 박수를 많이 받아 본 건 생전 처음이야. 이렇게 진심으로 좋아해 주는 사람들을 만난 것도. 조선에서 마술을 다시 시작하길 잘했어."

그러더니 동희의 눈을 똑바로 보며 말했다.

"동희야, 그때 날 붙잡아 줘서 고마워. 끝까지 내 손을 놓지 않아서 정말 고마워."

유정의 말에 동희는 얼굴이 화끈거렸다.

"내, 내가 한 게 뭐 있다고…."

뭔가 멋진 말을 더 하고 싶은데, 이상하게 말이 잘 나오지 않았다. 그때 병수가 동희의 등을 탁, 쳤다.

"자자, 연애는 나중에 하시고. 빨리 다음 무대 준비해. 이제 곧 네 차례야."

당황한 동희가 허둥지둥 무대를 향하려는데 유정이 동희를 불러 세웠다.

"동희야! 네가 말한 그 새벽별 이야기…. 이 세상에 꼭 보여 줘. 어둠 속에서도 빛날 수 있다고. 그렇게 열심히 빛나다 보면 새벽은 반드시 온다고 말이야."

그렇게 말하는 유정의 젖은 눈동자가 별처럼 반짝였다.

"응. 꼭 그럴게."

동희는 힘주어 고개를 끄덕였다. 그 옆에서 기노쿠라도 말없이 눈빛으로 응원을 건넸다. 동희는 기노쿠라를 향해 고개를 숙여 인사를 한 후 다시 무대로 한걸음 내디뎠다.

문득 아버지가 생각났다.

'아버지, 잘 지켜봐 주세요. 제 마술이 아버지의 얼른처럼 사람들의 고달픈 삶을 달래 주고, 웃음과 희망을 줄 수 있을지 꼭 지켜봐 주세요.'

동희는 마음속으로 아버지에게 간절하게 말을 건넸다. 저 하늘 어디선가 꼭 보고 계시길, 선생님이 되라는 아버지의 소원은 못 이루었지만, 꿈을 향해 걸어가는 아들의 앞길을 응원해 달라고 말이다.

와!

동희가 무대에 모습을 드러내자 환호성이 쏟아졌다. 동희는 가슴을 쭉 펴고는 무대로 나아갔다.

"지금으로부터 천 년 전, 중국에도 일본에도, 세상 그 어디에도 없었던 신비한 환술이 신라에 있었습니다. 이름하여 입. 호. 무!"

동희의 외침과 함께 천장에서 거대한 펼침 막이 내려와 차라락 펼쳐졌다. 세로로 긴 펼침 막에는 한자로 '入壺舞(입호무)'라 쓰여 있었다. 그 옆에는 조명을 받아 빛나는 항아리 두 개가 놓여 있었다. 두 항아리 사이는 족히 열 걸음은 될 정도로 멀었다.

"입호무의 비밀을 풀기 위해 그동안 수많은 환술사며 얼른쇠들이 달려들었습니다. 하지만 아무도 풀지 못한 채 이 마술은 그만 사라지고 말았죠. 하지만 여러분은 오늘 천 년의 비밀을 간직한 신비한 마술을 목격하실 수 있을 겁니다. 바로 저, 조선 최초의 마술사가 입호무를 이 자리에서 살려낼 것이기 때문입니다."

말이 끝나자 갑자기 무대 뒤에서 음악과 함께 붉은 드레스를 입은 유정이 걸어 나왔다. 미녀 절단 마술을 본 관객들이 유정에게 환호를 보냈다. 그러는 동안 동희는 항아리를 기울여 속이 비어 있다는 것을 보여 주었다.

그러자 유정이 밧줄을 꺼내 동희의 손을 꽁꽁 묶었다. 동희가 묶인 손을 이리저리 비틀어 보이며 단단히 묶였다는 것을 확인시켰다. 그런 다음 망설임 없이 오른쪽 항아리로 쑥 들어갔다. 항아리 입구에는 묶인 두 손만이 밖으로 나와 있었다.

옆에서 대기 중이던 조수들이 항아리를 탁자 위에 각각 올려놓았다. 유정은 허리를 숙여 탁자 아래와 바닥 사이에 손을 휘저어 아무것도 없다는 것을 보여 주었다.

동희는 항아리를 탁자 위에 올리기 전 이미 바닥을 열고 비밀 통로로 내려간 뒤였다. 항아리 안에는 미리 들어가 있었던 단원이 동희인 척 묶인 손을 내밀고 있었다.

이제부터는 시간이 관건이었다.

비밀 통로를 통해 왼쪽 항아리로 가려고 비밀 장치를 누르려는 순간, 관객석에서 갑자기 일본어가 들려왔다.

"어이, 남동희! 조선 마술사 좋아하시네. 이름만 거창하지 이거 너무 실망인걸…."

놀란 동희는 그 자리에 얼어붙고 말았다. 저 목소리는! 가즈오였다.

"네가 기노쿠라 단장님과 새 마술단을 연다고 해서 기대하며 달려왔는데 겨우 이건가?"

가즈오가 말을 하면 누군가 옆에서 조선어로 곧바로 통역을 했다. 일부러 관객들에게 들려주기 위한 것인 듯했다.

'가즈오! 마술을 중간에 끊으면 안 된다는 불문율도 깨다니 도대체 무슨 생각인 거냐? 그렇게까지 내가 싫은 거야?'

동희는 비밀 통로 중간에서 머뭇거렸다. 무시하고 마술을 그대로 진행해야 할지, 아니면 멈춰야 할지 판단이 서지 않았다. 관객석에서 쪽발이는 물러가라, 방해하지 말고 꺼지라는 야유가 흘러나왔다. 아랑곳하지 않고 가즈오가 다시 말했다.

"이거 너무 뻔한 마술이지 않나. 뭐가 천 년의 비밀이고, 뭐가 신비하다는 거냐? 조선의 마술이라는 게 그따위니 진작 사라진 거지. 좀 전에 항아리 바닥에 연결된 비밀 통로로 넌 이미 빠져 나왔겠지. 어디 열어 봐. 오른쪽 항아리에 그놈은 이미 없을 테니 말이야."

가즈오의 부추김에 일부 관객들이 항아리를 열어 확인해 보자고 소리쳤다. 땀이 비 오듯 흘러내렸다. 지금 돌아가면 왼쪽 항아리로 가는 비밀 장치를 쓸 수 없다.

'어떻게 하지? 그냥 마술을 계속할까? 아니야, 그러면 사람들은 그게 사실이든 아니든 가즈오의 말을 믿게 될 거야. 의심이 남아 있는 한 내가 하는 마술은 한낱 눈속임으로만 보이겠지. 그렇게 되면 입호무뿐 아니라 부로두웨 마술단도 끝장이야. 가즈오, 저놈 그걸 노리는 거야.'

잠시 망설이던 동희는 뒤를 돌았다. 그리고 왔던 길을 그대로 내달렸다.

잠시 후, 안절부절못하며 항아리를 들여다보던 유정의 얼굴에 슬며시 미소가 번졌다. 유정이 항아리 위에 나와 있는 묶인 손을 잡아당기자, 동희가 항아리에서 쑥 상체를 내밀었다.

"아휴, 이게 무슨 소란이야? 마술하는 중간에 끼어드는 천하의 잡놈이 누군가 했더니, 얼마 전 스승님을 배신하고 다른 마술단으로 간 가즈오란 놈이군. 얼마나 내가 무서웠으면 여기까지 염탐하러 왔을까. 아, 그랬으면 몰래 보고 몰래 갈 것이지, 이 무슨 몰상식한 짓이야."

뜻밖에 항아리에서 동희가 나오자 가즈오는 귀신이라도 본 듯 놀란 얼굴이었다. 동희가 그런 가즈오를 보고 씩 웃었다.

"네 머리로야 그런 뻔한 마술밖에는 못 떠올리겠지. 자, 잘 지켜봐. 내가 어떻게 입호무를 하는지 말이야."

동희는 다시 항아리로 들어갔다. 손은 여전히 묶인 채 항아리 위로 나와 있었다. 유정이 항아리 주변을 빙글빙글 돌며 춤을 추다 멈추며 짝, 손뼉을 쳤다. 갑자기 엄청난 불꽃이 솟아올랐다가 곧

사그라졌다.

앗! 저기!

놀란 사람들이 비명을 지르며 손가락으로 가리킨 것은 반대쪽 항아리였다. 어느새 순간 이동을 했는지 멀리 떨어진 왼쪽 항아리에서 동희가 쑥 얼굴을 내밀었다. 항아리 밖으로 나온 동희는 양복과 실크해트 대신 옥색 두루마기에 하얀 고무신 차림이었다. 깜짝 놀란 관객들이 소리를 지르고, 발을 굴렀다. 박수와 환호가 쏟아졌다.

"아이고, 언제 저 옆에 있는 항아리로 옮겨 갔대?"

"정말 마법처럼 순간 이동했어. 엄청난 마술이야."

"세상에 그새 한복으로 갈아입었구먼. 대단해!"

사람들이 너도나도 한마디씩 외쳤다.

아직 끝이 아니었다. 동희는 품에서 부채를 꺼내 너울너울 부치며 처음 들어갔던 항아리로 다가갔다. 그러고는 항아리에 손을 넣어 뭔가를 잡아당겼다. 항아리에서 쑥 나온 것은 놀랍게도 유정이었다. 유정 역시 빨간 드레스 대신 연분홍 저고리에 유록빛 치마를 입고 있었다.

와!

우레와 같은 박수가 터져 나왔다. 조선의 한복을 곱게 차려입은 동희와 유정이 손을 잡고 관객들에게 허리 숙여 인사를 했다. 엄청난 갈채가 마술단 천막을 뒤흔들었다. 벌떡 일어나 기립박수를 치

는 사람들. 목이 터져라 환호성을 지르는 사람들의 모습이 동희의
눈에 느리게 흘러갔다. 그들 사이에서 재빠르게 사라지는 가즈오
의 뒷모습도 보였다.

마침내 끝났다.

모든 것을 쏟아 부었고, 최선을 다해 마술을 펼쳐 보였다. 아
쉬움도 후회도 없었다. 동희는 유정의 손을 꼭 잡고 무대를 내려
갔다.

그들이 무대 뒤로 물러난 후에도 박수는 그칠 줄을 몰랐다.

"아니 도대체 어떻게 된 거야? 얼마나 놀랐던지 심장이 멎는 줄
알았다니까."

무대를 내려오자 병수가 호들갑을 떨며 동희를 맞았다. 동희가
말없이 빙그레 웃기만 하자 답답한지 제 가슴을 탕탕 쳤다.

"웃지만 말고 말해 봐. 응? 분명히 탁자에는 구멍이 없었는데 어
떻게 다시 비밀 통로에서 나와서 항아리에 들어간 거냐고?"

"그렇게 궁금해?"

"궁금해 죽겠다니까. 나 숨넘어가는 꼴 볼 거야?"

병수의 성화에 동희는 주변을 둘러보고는 목소리를 낮추었다.

"비밀은 탁자 아래에 있는 거울이야."

"뭐? 거기 거울이 있었다고?"

"감쪽같지? 탁자 밑에 아무것도 없는 척하며 휘젓다가 마지막
으로 단추를 누르면 용수철로 된 누름쇠가 열리면서 숨어 있던 거

울이 내려오는 거야. 거울이 바닥을 비추도록 각도를 비스듬하게 만드는 것이 중요해. 거울이 막아 주니까 비밀 통로도 마음 놓고 이동할 수 있는 거고 말이야.

동희의 설명에 병수는 절로 감탄했다.

"그러니까 네 말은 비밀 통로에서 올라와도 거울이 가려지니까 사람들한테 안 보인다는 거지? 탁자에 구멍이 없어도 몰래 항아리 뒤로 돌아가서 다시 들어가는 거고."

"그렇지. 네 머리도 꽤 쓸 만한데."

동희가 병수의 머리를 쓰다듬으며 웃었다. 병수는 머릿속으로 그 장면을 한참을 그려 보다가 탁 막힌 듯 머리카락을 쥐어뜯었다.

"그건 그렇다 쳐도, 옆 항아리로는 어떻게 이동한 거야? 원래 항아리로 되돌아가느라 비밀 장치도 못 썼을 텐데?"

동희는 손가락을 위로 가리켰다.

"위에서 떨어졌지."

"뭐? 어떻게? 위에서 떨어졌는데 어떻게 안 들킬 수가 있어?"

옆에서 듣고 있던 유정이 쏙 끼어들었다.

"아이고. 바보. 펼침 막 있잖아. 입호무라고 쓰인 긴 펼침 막. 동희가 순간적으로 기지를 발휘한 거지."

동희가 저고리를 벗자 갈고리 모양의 쇠고리가 달린 가죽 조끼가 나왔다.

"이걸 입고 튼튼한 용수철이 달린 쇠고리를 걸고 뛰어내린 후 재빨리 고리를 빼면."

"고리는 제자리로 돌아가고, 넌 항아리에 감쪽같이 들어가 있는 거구나. 와! 진짜 대단하다."

병수는 제가 더 신이 나 팔짝팔짝 뛰었다.

동희는 웃으며 말했지만 얼마나 진땀을 뺏는지 몰랐다. 애써 만든 비밀 장치는 이미 사용할 수 없게 됐고, 자칫 실패할지도 모를 절체절명의 순간이었다. 그때 번쩍 생각난 것이 가죽 조끼였다. 마침 걸어 둔 펼침 막이 훌륭한 가림막이 돼 줄 거라고 순간적으로 판단했다. 그리고 마침내 성공했다. 결과적으로 가즈오가 방해한 것이 오히려 '입호무'를 더 신비한 마술로 만들어 주었다.

동희는 문득 하늘을 올려다보았다. 왠지 정수리 부근이 간질간 질했다. 마치 아버지가 잘했다고 머리를 쓰다듬어 주는 것 같았다. 따듯한 충만감이 온몸을 감쌌다.

더 넓은 세상으로

동희는 용산역에 걸린 시계를 초조하게 바라보았다.

평양과 신의주를 거쳐 만주로 가는 경의선 열차가 출발하려면 아직 여유가 있었다. 간도로 순회공연을 가기 위해 모인 유정과 단원들 모두 들뜬 얼굴이었다. 특히 기차를 처음 타 보는 병수는 좀처럼 흥분을 가라앉히지 못했다. 동희는 그런 병수를 걱정스레 바라보다 고개를 세차게 저었다.

'별일 없을 거야. 그냥 무사히 기차만 타고 가면 되는걸.'

첫 공연이 성공한 이후 몇 달간은 정말 꿈같았다. 최초의 조선 마술사이자 소년 마술사인 동희에 대한 소문은 경성 곳곳에 퍼졌다. 조선인이라면 누구나 한번은 봐야 한다며 공연 때마다 긴 줄을 섰고, 뜻있는 부자들이 표를 사서 조선 사람들에게 나눠 주기도 했다. 그러다 얼마 전, 간도에서 공연을 해 줄 수 있겠느냐는 요청을 받았다. 간도로 이주한 많은 조선인들에게 힘이 되어 달라는 말에 동희는 선뜻 응했다. 기노쿠라도 경쟁자가 많은 경성에서 벗어나 더 넓은 곳으로 가는 것을 환영했다.

첫 순회공연 말고도 간도행이 중요한 이유가 또 있었다. 잔뜩 긴장한 얼굴로 용산역 구석에 앉아 있는 중만이 아저씨 때문이었다. 하오리를 입고 일본인으로 위장한 아저씨는 가방을 꼭 끌어안고 있었다. 동희는 아저씨의 불안한 얼굴을 보며 그날을 떠올렸다.

간도 순회공연이 결정 난 날이었다. 중만이 아저씨에게 기쁜 소식을 알리려 평소보다 빨리 집으로 달려갔다. 벌컥 방문을 연 동희는 놀라고 말았다. 아저씨가 짐 보따리를 싸고 있었다.

"아저씨, 이게 웬 짐이에요? 어디 가시려고요?"

당황한 아저씨는 짐을 급히 감추었다. 그러는 통에 보따리에 들어 있던 것이 툭 떨어졌다. 검은색에 묵직한 그것은 놀랍게도 권총이었다. 동희가 소스라치게 놀라자 더는 숨길 수 없다 생각했는지 아저씨가 진지한 얼굴로 말했다.

"간도로 가려 한다. 형님이, 네 아버지가 못다 한 일을 하려고 말이다."

어리둥절한 동희에게 아저씨는 놀라운 이야기를 털어놓았다.

아버지는 단순한 인력거꾼이 아니었다. 인력거로 온 경성을 다니면서 독립군의 연락책으로 일했다고 했다. 중요한 편지나 물건을 전하고, 독립군들을 몰래 이동시켜 주었다. 중만이 아저씨는 그런 위험한 일 그만두라며 말렸지만, 아버지는 조선이 조선의 것이 되는 날을 보기 위해 할 수 있는 일을 하는 거라며 그저 웃었다 했다. 그리고 결국 독립군을 돕다가 사고를 당한 것이었다.

동희는 피가 거꾸로 솟는 것 같았다. 어느 날 밤인가, 아버지가 떨어뜨린 붉은 인장이 찍힌 편지가 떠올랐다. 그게 독립군의 편지였구나. 그제야 동희는 아버지가 매일같이 늦게 집에 들어온 것이며, 남들의 시선을 끌지 않으려 애쓴 이유를 알 것 같았다. 주먹을 꽉 쥔 채 온몸을 부들부들 떠는 동희를 보며 아저씨가 말을 이었다.

"네 아버지가 죽기 직전에 미처 전하지 못한 물건과 권총을 내게 맡겼다. 이것이 가야 할 곳에 가게 해 달라고 간곡히 부탁하면서 말이야. 하지만 난 겁이 났다. 그런 엄청난 일을 어떻게 나 같은 놈이 할 수 있겠니. 그저 꽁꽁 숨겨 놓고 모른 척 살았지. 하지만 늘 마음이 편치 않았어. 피투성이가 된 형님이 날 원망하는 꿈을 얼마나 많이 꿨는지 모른다. 그런데 동희 네가 조선의 마술을, 그것도 형님이 그리 하고 싶었던 그 마술을 기어이 무대에 올리는 것을 보고는 너무 부끄러웠다. 더는 형님이 남긴 마지막 부탁을 외면할 수 없겠더구나. 그래서 간도에 이걸 전해 주러 가기로 한 거야."

아버지의 마지막 부탁이라는 말에 동희는 도저히 가만히 있을 수 없었다.

"제가, 제가 할게요! 아버지가 끝내지 못한 일이니까 제가 마무리하고 싶어요."

중만이 아저씨는 가만히 고개를 저었다.

"네가 이럴 까 봐 아버지가 이야기하지 말라고 하신 거야. 이건 내 일이다. 동희야, 넌 아버지의 유언대로 네 인생을 살아라. 조선의 마술사로 조선 사람들에게 희망을 주어라. 네 아버지도 그걸 바라실 거야."

마술로 희망을 주어라. 그 말에 자신의 마술을 보며 웃고 놀라고 즐거워하는 사람들의 얼굴이 떠올랐다. 비참하고 힘든 현실을 잠시라도 잊게 해 주는 마술이 누군가에게는 큰 위로가 될지도 몰랐다. 그리 생각하자 꽉 쥔 주먹에 조금씩 힘이 풀렸다.

그러자 퍼뜩 간도 순회공연이 떠올랐다. 이번에 간도로 공연을 가게 된 것이 그냥 우연이 아닌 것 같았다. 최근 들어 조선인이, 그것도 성인 남자 혼자 간도로 가기란 쉽지 않았다. 일본의 핍박을 피해 간도에 모여드는 조선인이 많아지면서, 그곳에 독립군을 양성하는 신흥무관학교까지 생긴 터였다. 일본의 감시가 더 심해질 수밖에 없었다. 동희는 간도 순회공연 이야기를 하며 같이 가자고 했다. 너까지 위험한 일에 끌어들이고 싶지 않다던 아저씨는 거듭된 설득에 마침내 고개를 끄덕였다.

"가자, 기차 시간이 다 됐구나."

기노쿠라가 동희의 어깨를 툭 치며 말했다. 기노쿠라는 일손을 도울 삼촌이라는 동희의 말에 아무것도 묻지 않고 아저씨를 받아 주었다.

순회공연인 만큼 마술 도구와 장치를 모두 가져가야 했다. 다들 양손에 짐을 한가득 들고 기차에 올랐다. 아저씨도 단원들 속에 끼여 자연스럽게 짐을 들고 기차에 탔다. 기차가 무사히 용산역을 출발하자 동희는 그제야 안도의 한숨을 내쉬었다. 잔뜩 긴장해 있던 중만이 아저씨의 표정도 한결 편해졌다.

덜컹덜컹. 기차는 점점 속도를 냈다.

경성을 벗어나 개성과 평양까지 지나자 완전히 긴장이 풀렸다. 혹시 몰라 부로두웨 마술단은 다시 '기노쿠라 마술단'으로 이름을 바꾸고 다들 일본인 행세를 하기로 했다. 때가 때인지라 괜히 조선인 마술사가 간도에 간다는 것을 알릴 필요는 없었기 때문이었다. 동희는 자꾸만 조선말을 하는 병수에게 눈치를 주고는 입을 닫았다. 조심해서 나쁠 건 없었다.

어느덧 기차가 신의주역에 멈췄다. 이제 신의주역을 출발해 압록강만 지나면 국경을 넘는 거였다. 그런데 이상하게 다른 역보다 오래 정차한다 싶더니 갑자기 기차 문이 벌컥 열렸다. 황색 제복을 입은 일본 헌병 대여섯 명이 들어왔다.

"요즘 국경을 넘어 간도로 몰려드는 불령선인이 많아지고 있다. 혹 이 기차에도 대일본 제국에 반하는 불량한 조선인이 있는지 철저히 수색하라는 명이다. 다들 짐을 꺼내 놓도록!"

그러고는 매서운 눈빛으로 짐을 수색했다. 뭐 하는 사람인지, 어디로 가는지 꼬치꼬치 캐묻기까지 했다. 동희는 가슴이 덜컥 내려앉았다. 중만이 아저씨의 얼굴도 창백해졌다.

　드디어 헌병들이 동희 일행에게 다가왔다. 엄청난 짐을 보더니 이게 다 뭐냐며 잔뜩 짜증을 냈다. 기노쿠라가 재빨리 자리에서 일어났다.

　"저희는 대일본 제국의 충성스러운 일본 마술단입니다. 일본의 우수한 마술 기술과 문화를 간도에 전파하러 가는 길이지요. 모두 믿을 만한 자들이고, 이 짐들 역시 모두 천황 폐하의 하늘 같은 은혜로 마련한 마술 도구와 장비들입니다. 워낙 많아서 일일이 다 뒤져 보기 힘드실 겁니다."

　그 말에 할 일이 줄었다 생각했는지 헌병 몇이 반색을 했다. 하지만 대장은 호락호락하지 않았다.

　"수상한지 아닌지는 내가 판단할 것이다. 하나도 빠짐없이 다 수색하도록 해!"

　헌병들이 짐을 마구 파헤쳤다. 그중 한 헌병이 중만이 아저씨에게로 다가왔다. 아저씨가 안고 있는 가방을 열어 보라며 소리쳤다. 일본어를 하지 못하는 아저씨는 묵묵부답으로 그저 가방을 더 끌어안았다. 억지로 열어 보려 할수록 아저씨는 더욱 몸을 웅숭그렸다.

　"이 새끼, 뭐야?"

화가 머리끝까지 난 헌병이 옆구리에 찬 칼집에 손을 댔다. 금방이라도 날카로운 칼을 뽑아 들 기세였다. 동희는 눈앞이 캄캄했다. 그냥 도망치고만 싶었다. 그때 중만이 아저씨, 기노쿠라 단장님, 그리고 유정과 병수의 얼굴이 천천히 시야에 들어왔다. 겁에 질린 채 잔뜩 얼어 있는 그들, 내가 사랑하는 그들을 이대로 둘 순 없었다. 뭐라도 해야겠다는 생각에 동희는 주머니를 뒤졌다. 마침 손에 잡힌 것은 요즘 연습 중이던 아버지의 얼른 도구였다.

'그래, 이거면 잠시 헌병들의 눈길을 돌릴 수 있을 거야. 그사이에…'

동희는 마른침을 꿀꺽 삼키고는 앞으로 나섰다. 두려움에 손이 덜덜 떨렸지만, 아랫입술을 꽉 깨물었다. 동희는 주머니에 손을 넣었다가 빼면서 부채를 실수로 떨어뜨린 척했다. 부채를 주우며 몸을 일으킨 동희는 부채를 살랑살랑 부쳤다. 그러자 순식간에 붉은색, 파란색 등 오방색 연꽃 봉오리가 솟았다. 무슨 조화인지 꽃봉오리는 공중에 둥둥 떠 있었다. 동희가 다시 부채를 부치자 꽃잎이 서서히 열렸다. 한껏 만개한 연꽃에서는 노랗고 하얀 나비가 날아올랐다. 와, 여기저기서 감탄사가 흘러나왔다. 남아 있던 아버지의 얼른 도구를 이용해 만든 조선의 마술이었다.

기차 안의 다른 손님들뿐 아니라 헌병들도 시선을 뺏긴 듯했다. 동희는 아저씨 앞에 서 있는 헌병에게 다가가 허리를 깊이 숙였다. 그러고는 유창한 일본어로 말했다.

"정말 죄송합니다. 저 아저씨가 귀머거리라 소리를 잘 못 들어요. 가방 안에는 마술용 흰 새가 들어 있답니다. 제가 새가 날아가면 안 되니까 절대로 열지 말라고 했거든요. 제가 한번 말해 볼게요."

동희는 엉터리 수화를 하며, 마술사다운 빠른 손놀림으로 가방을 바꿔치기했다. 옆에 앉은 유정이 눈치를 채고는 원래 가방을 발끝으로 의자 밑에 슬며시 밀어 넣었다. 동희는 바꾼 가방을 가져와 헌병 앞에서 열었다. 갑자기 흰 새 네댓 마리가 푸드득거리며 튀어나왔다. 새들은 여기저기 부딪히며 기차 안을 마구 날아다녔다. 비명을 지르는 사람, 새를 잡겠다고 뛰어다니는 사람으로 삽시간에 난장판이 됐다.

동희는 흰 새 한 마리를 잡아 동그랗고 빈 원통에 넣었다. 그리고 손을 넣어 휘저었다. 원통에서는 사라진 새 대신 빨간색, 파란색, 노란색 천이 끝도 없이 나왔다. 어느새 동희의 마술에 빠진 사람들이 박수를 쳤다.

끝도 없이 나오는 천은 짐 위로 수북이 쌓였다. 여전히 부딪히며 날아다니는 새들과, 동희의 마술을 보기 위해 몰려든 사람들이 뒤엉켜 마치 정신없는 장터 같았다.

헌병 대장은 머리가 아프다는 듯 인상을 찌푸리며 그만 다음 칸으로 가자고 했다. 헌병들이 모두 나가자, 동희와 단원들은 날아다니는 새를 잡고, 통로에 쌓인 천을 정리했다. 그사이 서서히 기차

가 움직이기 시작했다. 공포스러웠던 검문검색이 모두 끝난 모양
이었다.

차창 밖으로 드디어 압록강철교가 보이기 시작했다. 비로소 중
만이 아저씨는 의자 밑에서 가방을 꺼내 다시 품에 안았다. 유정은
동희를 보고 빙그레 웃었고, 병수는 서양 영화에서 본 것인지 엄지
를 치켜세웠다.

동희는 짐짓 아무렇지도 않은 표정으로 잠깐 바람을 쐬겠다며
객실 밖으로 나갔다. 통로에 선 동희는 눈이 시리게 푸른 압록강을
바라보았다. 기차는 국경을 건너고 있었다. 그제야 온몸의 긴장이
풀렸다. 그때 누군가 동희의 옆에 나란히 섰다.

"멋진 마술이었다. 이제 정말 진정한 마술사가 된 것 같구나."

기노쿠라의 칭찬에 동희는 손사래를 쳤다.

"아, 아닙니다. 제대로 연습을 못 해 실수가 많았는 걸요."

"꼭 완벽한 마술만 해야 한다는 내 고집을 이제는 바꿔야겠다는
생각이 들었다. 필요하다면 언제 어디서나 마술을 할 수 있어야 진
정한 마술사가 아니겠느냐. 네가 오늘 마술로 사람을 구한 것처럼
말이다."

마술로 사람들에게 웃음과 희망을 주고 싶다고 생각했다. 그런
데 그걸 넘어 마술로 사람을 구할 수 있다니, 마술의 힘은 정말 크
고 대단했다. 그 엄청난 세계에 한 발 더 내디딘 것 같은 기쁨에 가
슴이 세차게 두근거렸다.

기노쿠라가 동희에게 뭔가를 내밀었다. 손바닥 반만 한 크기의 작고 단단한 종이였다. 금박 테두리 안에는 알 수 없는 글씨가 멋스럽게 쓰여 있었다.

"이게, 무엇입니까?"

"명함이다. 아까 너의 마술을 본 이가 꼭 전해 달라고 하더구나. 자신의 극장에 초청하고 싶다고."

"정말요? 거기가 어디인데요?"

"아미리견에 있는 부로두웨 극장이다."

기노쿠라는 힐끗 고갯짓으로 객실 쪽을 가리켰다. 통로로 난 창문에는 금발 머리에 푸른 눈의 서양인이 이쪽을 보고 있었다. 눈이 마주친 남자는 모자를 벗고 인사를 했다. 얼결에 동희도 고개를 숙여 답례를 했다. 미소를 지은 남자는 모자를 다시 쓰고는 객실 안으로 멀어졌다.

기노쿠라가 얘기했던 전 세계의 마술사가 다 모인다는 환상의 무대. 조선의 마술사는 아직 한 명도 없다는 바로 그 부로두웨였다. 아득히 멀리 있어 그저 꿈만 같던 그곳이 마술처럼 짠 하고 나타난 것이었다. 동희의 심장이 걷잡을 수 없이 뛰었다.

"가려느냐?"

동희는 자신도 모르게 큰소리로 대답했다.

"가고 싶어요! 가서 조선의 마술을 아미리견에, 전 세계에 보여주고 싶어요."

눈을 반짝이는 동희를 보며 기노쿠라가 빙그레 웃었다.

드디어 압록강을 건넌 기차는 드넓은 대륙을 향해 힘차게 달렸다.

한때는 숨 막히도록 꽉 막힌 벽이, 물러설 수 없는 낭떠러지가 제 앞에 있다고 생각했다. 부모도, 나라도, 미래도 모두 뺏긴 식민지 조선의 소년에겐 꿈꾸는 것조차 허락되지 않는다고 말이다. 그래도 쉬지 않고 꿈을 꾸었고, 멈추지 않고 달렸다. 그리고 그 길 끝에 정말 마술처럼 찬란한 금빛 명함이 나타났다. 꼭 더 달려도 된다고 말해 주는 것처럼.

동희는 눈을 들어 끝없이 펼쳐진 지평선을 바라보았다. 언젠가는 꼭 가야 할 곳, 부로두웨가 저기 어디쯤 있을 거였다. 동희는 어느새 그 너머에 있는 세상까지도 꿈꾸고 있었다.

작가의 말

'1904년, 뉴욕의 브로드웨이 극장에 선 조선인 마술사가 있었다.'

우연히 마주친 이 문장 하나가 제 안에서 소용돌이쳤습니다.

마술을 싫어하는 이가 있을까요? 뭐든 심드렁해진 어른의 시간을 살아가는 저 역시도 텔레비전 쇼에 나오는 이은결이나 최현우의 마술을 넋 놓고 볼 때가 많은데 말입니다.

마술에 대한 제 첫 기억은 어린 시절 명절에 온 가족이 둘러앉아 보던 외국인 마술사들의 공연 방송이었습니다. 방송이 끝나면 어린 동생과 함께 마술 흉내를 내느라 온 집 안을 헤집어 놓곤 했었죠. 그래서일까요? 우리나라에서 마술이 유행한 건 최근의 일이라고 생각했습니다.

그런데 지금으로부터 무려 100년도 더 전인 1904년에 조선인 마술사가 있었다니! 그것도 뉴욕 브로드웨이 극장에서 공연을 했다니! 그 사실 하나만으로도 짜릿한 전율까지 느꼈습니다.

곧바로 그 대단한 인물에 대해 찾아봤지요. 하지만 아쉽게도 자료는 거의 남아 있지 않았습니다. 이름은 김연수고 1884년생이라는 것. 그리고 일본인에게 마술을 배운 후 주로 브로드웨이에서 활동을 했다는 정도가 전부였죠.

빈약한 자료 앞에서 실망하기보다는 곧바로 여러 질문들을 떠올렸습니다. 그 조선 소년은 어디서 처음 마술을 봤을까? 어떻게 일본인 스승을 만났을까? 그리고 어떻게 브로드웨이로 갔을까? 그렇게 오래 고민하고 상상을 펼친 결과가 바로 이 책입니다.

사실 동희가 사는 1915년은 마술사 김연수가 살았던 1904년보다 상황이 더 나쁩니다. 일본이 조선을 합병한 지 5년의 시간이 흐른 시점이죠. 일본의 식민 지배 체제가 공고해졌고, 무단통치를 앞세우며 조선인들의 생각과 가치관마저 바꾸려 했던 때였습니다. 일본은 조선의 전통문화를 저급한 것으로, 일본의 신문명을 우수한 것으로 내세웠죠. 그 선전의 맨 앞자리에 바로 마술이 있었습니다.

화려한 무대와 심장을 두근거리게 하는 빠른 음악, 새롭고 진기한 마술까지. 처음으로 마술 공연을 본 조선 사람들의 놀라움과 충격은 얼마나 컸을까요? 동희 역시 이날의 경이로움을 잊지 못해 마술사가 되기로 결심합니다.

하지만 '부모도, 나라도, 미래도 모두 뺏긴 식민지 조선 소년'에 불과한 동희의 앞길엔 '숨 막히도록 꽉 막힌 벽'이, '물러설 수 없는 낭떠러지'가 가득합니다. 그래도 동희는 울고 괴로워할지언정 멈추지 않습니다. 계속 꿈을 향해 앞으로 달려갈 뿐이죠.

솔직히 동희가 올곧고 바른 아이이기만 한 것은 아닙니다. 오히려 거짓말로 아버지를 속이고, 단장님을 배신하기도 합니다. 식민지의 2등 국민으로 사느니, 가짜 일본인으로 살겠다는 생각까지도 하죠. 끊임없이 실수하고 흔들리지만, 끝내 길을 잃지 않았던 이유는 무엇이었을까요?

그건 동희가 '무엇이 되는 것'보다 '어떻게 사는 것'을 더 중요하게 여겼기 때문이라 생각합니다. 마술사가 되어 성공하는 것보다, 어떤 마술사로 살 것인지를 고민했다는 얘기지요. 동희는 편한 길 대신 힘들고 지친 조선 사람들에게 잠시나마 웃음과 희망을 주는 마술사가 되고 싶어 합니다. 그것이 동희를 저 지평선 너머 '부로두웨'까지 이끄는 힘이 되지 않았을까요?

그런 의미에서 동희의 이야기가 비참한 시대를 헤쳐 간 영웅의 이야기가 아니라, 역사의 소용돌이 속에서도 어떤 삶을 살 것인지 치열하게 고민한 청소년의 이야기로 읽히기를 바랍니다.

아무리 감당하기 어려운 시간이라 할지라도 흔들리지 않는 길 하나가 있다면, 동희처럼 더 먼 지평선을 만날 수 있지 않을까요?

일본 이름으로 활동하던 마술사 김연수는 제2차 세계대전 중 돌연 자신이 조선인임을 밝힙니다. 어떤 마술사로 살아갈지 치열하게 고민한 결과였다고 생각합니다.

　언젠가 동희가 아미리견의 부로두웨 무대에 옥색 두루마기를 입고 서게 될 날을 그려 봅니다. 아마 조선을 넘어 전 세계에 웃음과 희망을 전하게 될지도 모르겠습니다. 흔들리지 않을 동희의 꿈을 끝까지 응원해 보려 합니다.

　또한, 저마다 어떤 삶을 살 것인지 고민하며 꿈을 향해 달려가는 우리 모두의 길을 응원합니다.

　처음으로 장편소설을 썼습니다.

　수없이 흔들렸으나, 길을 잃지 않고 나아갈 수 있었던 건 한정영 작가님과 여러 글벗들 덕분입니다. 이 책이 세상에 나올 수 있도록 애써 주신 서해문집의 김종훈 편집장님에게도 감사를 보냅니다. 끝으로 늘 첫 독자를 자청하는 딸 예윤과 응원해 주는 가족들에게 고마움을 전합니다.

2021년 4월
박미연